L'ENRAGÉ

La collection Espace Nord
est dirigée par Jacques Dubois
et publiée avec l'aide
de la Communauté française de Belgique

Illustration : Jean-Marc COLLET.

Crédits photographiques : Estampes de Pieter Brueghel :

Imprimé en Belgique
ISBN 2-8040-1478-9
D/2000/258/33

Dominique Rolin

L'Enragé

Préface de Philippe Sollers
Lecture de Ginette Michaux

LABOR

PRÉFACE

Le rire de Bruegel

Il y a toujours eu, en art comme en littérature, une tradition de révolte contre la mise à plat ou en perspective calme de la représentation. Sous le vernis grec, puis italien, sous l'assurance constructive humaniste et rationaliste, une affirmation de folie sans concessions n'a pas cessé d'inquiéter l'espace comme le discours. De Bosch à Goya...

En 1857, Baudelaire, avec sa prescience coutumière, écrit de Bruegel, que l'on va peu à peu redécouvrir : « Quel artiste pourrait composer des œuvres aussi monstrueusement paradoxales, s'il n'y était poussé dès le principe par quelque force inconnue ? [...] La nature est incessamment transformée en logogriphes... Les derniers travaux de quelques médecins, qui ont enfin entrevu la nécessité d'expliquer une foule de faits historiques et miraculeux autrement que par les moyens commodes de l'école voltairienne, laquelle ne voyait partout que l'habileté dans l'imposture, n'ont pas encore débrouillé tous les arcanes psychiques... »

Baudelaire est donc immédiatement sensible à ce qu'il appelle la « contagion » de Bruegel, au double aspect, politique et allégorique, de sa peinture, au fait qu'elle surgit, à cause même de l'Inquisition, en pleine « épidémie de sorciers ». Dans son récit, Dominique Rolin reprend cette enquête sous une forme apparemment plus innocente, mais en réalité plus sournoisement efficace : elle raconte à la première personne la vie de Bruegel, elle fait comme si elle était lui en train de mourir. Ce qu'il « revoit » ainsi, c'est à la fois des anecdotes (enfance, perceptions, apprentissage, découverte de la violence, mariages, naissances, voyages, carrière, etc.), et sa vraie vie plus vivante, celle de la multitude de ses tableaux ouvrant brusquement sur une vision d'agonie. Voilà un « personnage » de roman qui ne veut pas entrer dans le roman, qui monologue son refus de se laisser ramener à la famille romanesque, sa rage d'inscrire sa vérité à l'écart.

Quelle est d'ailleurs la vraie vie : celle qui comporte les dates, l'enregistrement des rapports de force, la circulation du pouvoir, des souffrances, de l'argent ; ou bien l'autre, celle qui s'organise comme une palette sourdement logique à travers des chocs de matières, des gestes, des fragments chiffrés, des couleurs ? Sommes-nous notre carte policière d'identité ou bien une figure presque insignifiante perdue dans un des coins de la scène que nous survolons en mourant comme un panorama sans bords ? Si la « planète appelée Terre peut être considérée comme un œil, si elle est un œil », nous n'en avons jamais fini d'apprendre à voir ce qu'elle « regarde » dans sa chambre noire.

Plus qu'aux classiques, c'est à la Bible qu'il demande la révélation d'un art de l'allusion, du spasme, du fourmillement. Son monde est à l'envers, *dénonciateur, dramatique, jamais centré, ravageant. C'est lui qui a* vu *la tour de Babel. C'est lui qui, dans* Dulle Griet, *Margot l'Enragée, titre de l'un des plus beaux romans de Dominique Rolin, a montré la grande révolte des femmes, meurtrière, victorieuse du diable lui-même. C'est lui qui a signé une des toiles les plus pathétiques de l'histoire de l'imaginaire : le* Triomphe de la Mort.

Le bec de la femme-oiseau

Les Flandres contre le Midi. Bosch plutôt que Titien ou Michel-Ange. « C'est lui [Bosch] qui était le seul à concevoir l'enfer. L'homme était condamné dès sa naissance, il vivait en intimité prémonitoire avec sa propre décomposition. Il avait beau tenter de s'en arracher en tirant vers Dieu, il n'y parvenait pas : la tension finissait toujours par faire craquer sa vision. »

L'horreur n'est d'ailleurs pas le sacrifice sanglant, mais une sorte d'insurrection de l'espace. « Le sang ne m'intéressait pas visuellement. Je l'avais évité comme on évite certains sons, jugés inutiles, dans la composition d'une œuvre musicale. Si l'on voulait exprimer avec justesse et profondeur la vérité d'un corps qui se défait, le sang n'était pas nécessaire... D'instinct, depuis toujours, j'avais roulé mes agonisants et mes morts dans une espèce de sombre velours bienheureux, une farine de ténèbres et de lumières... »

Tout ce livre baigne ainsi, mystérieusement, dans une cruauté familière, implacable, ironique, défi aux bons rapports que l'espèce entretient avec elle-même, aux illusions dont s'entretiennent les sexes à force d'hypocrisie. C'est dans un rire que Bruegel va mourir, un rire muet et sans signification que nous autres, modernes, ne savons peut-être pas encore entendre, ou n'osons pas écouter.

Mais, auparavant, il termine son dernier tableau, son chef-d'œuvre, celui qu'il lègue dans son testament à sa femme : la Pie sur le gibet. *« La Pie, c'était la caricature de ma fidèle chérie perchée sur le gibet de la Mort, c'est-à-dire moi ! Le bavardage temporel de la femme-oiseau triomphait du silence de l'éternité. Grâce à son exiguïté têtue, cruelle, sournoise, parasitaire, la femme-oiseau dominait la grise étendue sensuelle de l'homme. Son bec et son plumage à reflets bleu-noir faisaient une incision minuscule au centre de la perspective... » Regardez cette* signature *de Bruegel, froide, résolue, splendide : quelqu'un qui savait.*

Philippe Sollers

I

LA CLAIRVOYANCE EST UN BAIN FRAIS — MES YEUX PASSENT EN PREMIER

J'ai dû dormir longtemps. Impossible de préciser s'il s'agit de minutes, d'heures ou de jours. J'ai mal partout. J'ai froid. Pourtant le feu flambe clair dans la cheminée. Quelqu'un s'en occupe. Serait-ce la fin, déjà ? Déjà ? Je suis fatigué, heureux et malheureux à la fois. S'en aller à l'âge de quarante-cinq ans, c'est tôt.

— Mayken...

Ma voix est faible. Cependant la porte s'ouvre immédiatement, comme si ma femme avait guetté mon appel. La robe soulevée par ses petites chaussures feutrées fait un bruit de glissement. Elle approche avec une légèreté qui n'appartient qu'à elle. Elle pose sur un meuble le candélabre qu'elle tenait à la main. Elle écarte les rideaux du lit dans lequel je suis presque assis, calé par les oreillers. Son visage est contre le mien, presque à me toucher. Elle est plus belle que jamais. Et, mon Dieu, qu'elle semble jeune sous le linge blanc drapé en turban sur sa tête. Je fais un effort pour soulever mon bras droit. Miracle ! je réussis à saisir un bout pendant de ce linge.

— Ôte-le, dis-je.

Elle m'obéit. Elle est coiffée comme j'aime : ses cheveux presque roux dégagent le front, les tempes et la nuque pour s'enrouler en nattes serrées que relie ensemble un cordon de petites perles. Des boucles s'en échappent et lui font... comment dit-on ?... je perds mes mots, c'est grave... une... auréole, voilà.

— Pieter.

Son souffle vient, surtout sur mes yeux. Elle a toujours su que mes yeux passent en premier dans l'ordre de mes sens. C'est par les yeux que j'écoute et flaire et touche, cela a toujours été ainsi. Place à mes yeux ! place ! Une fraîcheur couvre mes paupières et mes joues.

— Comment te sens-tu ?

Je réponds que je suis bien. À propos, quelle heure est-il ? Sept heures du soir. Peu importe. On entend des cris et des galopades au-dehors sous les fenêtres. Une femme hurle. Non, non, non, supplie-t-elle, pas lui, oh, pas lui ! Silence de mort ensuite. Un corps vient de tomber sans doute, là, très près, et le sang coule, épais et noir, dans le caniveau. J'ai mal, on dirait qu'un démon me démolit à coups de marteau. Mayken me passe la main sur le front en me demandant de ne pas m'agiter. Elle a raison. M'abandonner à fond à la maladie d'abord, guérir ensuite. Moi, Pieter Brueghel, je veux peindre encore. Mes bras sont remplis de tableaux futurs. Des couleurs ruissellent sous ma peau, dans l'épaisseur de mes nerfs. Des corps, des visages, des horizons, des arbres, tout ce que je désire enfin.

Brusque besoin de pisser. Bon signe. Je le dis à Mayken, qui m'aide à enfiler mes pantoufles et ma robe de chambre. Elle me soutient. Elle prend le vase d'une main, de l'autre elle dirige le jet. Tintement cristallin du liquide mousseux montant dans le récipient. Cet objet d'utilité est superbe à regarder, frais comme un œil touché de biais par la bougeante lumière du feu. Mon urine est belle aussi, sombre topaze. À noter dans un coin de ma tête. Je tente quelques pas dans la chambre pour déraidir mes articulations. Cette maladie qui me ronge (depuis, combien ? deux, trois ans) est directement et naturellement liée à la mort. On est obligé de vivre avec son squelette comme s'il était collé à l'extérieur de l'individu au lieu de rester fourré à l'intérieur. Mon squelette me donne des ordres. Eh bien non. Je ne me laisserai pas faire. Mayken a passé son bras autour de ma taille et je m'appuie contre elle de tout mon poids. Elle sent bon.

— Tu sens la bruyère, dis-je.

« Bruyère » est un mot-signal entre nous. Nous le prononçons seulement quand nous sommes émus. Et je le suis en ce moment : c'est la première fois que je retrouve assez de forces pour me mettre debout. Mayken devient rouge, aussi rouge que les manches de sa camisole. Le rouge est ma couleur de prédilection. Il est possible que ma femme rougisse uniquement à cause de ça. Par amour, elle en serait capable. Avec d'infinies précautions elle m'installe sur le fauteuil près de la cheminée, voilà encore une chose que je n'ai plus faite depuis longtemps. Assez de mon lit ! Un corps dans un lit, c'est un mort anticipé, c'est un sac de linge sale, ça pue, c'est mou, c'est contre nature, ça n'a plus rien d'humain. Elle s'est assise à mes pieds. Des larmes descendent sur ses joues fraîches. Une larme plus vive que les autres s'écrase sur sa gorge. Je voudrais y poser la main comme à l'époque où j'étais un homme robuste capable de dessiner et peindre vingt-quatre heures sur vingt-quatre. Je me borne à observer le grain de sa peau, la manière dont le muscle du cou tourne sur les épaules. Dans l'intimité Mayken porte un déshabillé à petits plis très ouvert sur les côtés. Le buste s'y enfonce à la manière d'un fruit au fond d'une corbeille. Depuis la naissance de Jan il y a un an, Mayken a pris du volume. Épatant, les grosses femmes. J'apprécie aussi les maigres d'ailleurs, pour d'autres raisons. Sa jupe froncée à la taille lui donne du gonflant.

— Pourquoi pleures-tu, ma fille ?

Je l'appelle souvent « ma fille » pour m'amuser. Elle pourrait l'être puisqu'elle n'a que vingt-quatre ans. Elle l'est d'une certaine façon. Sans attendre de réponse à ma question, j'enchaîne :

— N'est-ce pas ?

— N'est-ce pas quoi ? fait-elle.

— N'est-ce pas que tu as vingt-quatre ans ?

Elle secoue la tête en faisant oui, elle frotte avec énergie son nez, ses yeux, sa bouche, elle refuse de se laisser aller au chagrin, elle est forte, elle est même si forte qu'elle pourrait me protéger, me retenir au bord de... Me garder vivant dans une maison dont j'ai besoin et qui a besoin de moi aussi. On devine ça aux craquements discrets des boiseries. Une vraie conversation, tic, se tient, tic, dans l'épaisseur des murs, tac, des poutres, des châssis. La porte qui s'ouvre, par exemple, sur mon atelier juste à côté s'adresse à moi dans sa langue de porte :

— Viiiens, Piiiieter, viiiens, Piiiieter, le travail t'attend.

Voilà ce que je perçois continuellement depuis que nous habitons ici, à l'angle de la rue Haute et de la rue de la Porte Rouge, en plein cœur de Bruxelles. Il n'y a pour ainsi dire aucune distance entre le dedans de ma maison et l'extérieur animé de la ville. À certaines heures, j'ai l'impression que la foule du quartier des Marolles remplit l'espace de la pièce en me piétinant, elle s'assied sur moi, gueule, chante, boit, copule, bouffe, rote et parfois dégueule. Ces Bruxellois sont des gens fantastiques : rudes, joyeux, farceurs, violents, et qui osent aller ouvertement jusqu'au bout de leur folie, ce qui est plutôt rare. Dès 1563, quand nous nous sommes mariés et installés ici, je me suis adapté à eux autant qu'eux à moi. Il y a du courant. Ces gens sont également d'un courage de lion. Leur façon de se battre contre ces salauds espagnols. Leur façon de résister en rusant, en volant l'occupant qui nous écrase, en tuant si nécessaire. Le peuple veut manger à sa faim. Il a raison. Manger, c'est la base. Sans la nourriture, il n'y a ni âme, ni Dieu, ni pensée, ni paradis, ni enfer.

L'homme affamé n'est rien de plus qu'un bloc de viande à l'étal d'un boucher. J'aurais souhaité vivre encore pour assister à la fin de ce régime d'atrocités, cela aurait été le couronnement. Mais ça n'en prend pas le chemin. Malgré les rideaux épais masquant les fenêtres, j'entends de nouveau des cris et le fracas des armes entrechoquées. Cochons. Pourritures. Canailles.

— Calme-toi, dit Mayken en essuyant ma figure en sueur.

Elle m'embrasse, disparaît un moment et revient avec un bol de tisane fumante sur un plateau de cuivre. Bol. Cuivre. À noter. Elle me fait boire à petites lampées. La regarder encore et encore, cette belle femme qui est la mienne. Je n'ai plus rien d'autre à faire ici-bas, sans doute. Parce qu'elle est baissée, son corsage bâille, et sous les plis de la jupe on aperçoit la courbe des mollets. Surprenant à imaginer : la chair visible du haut rejoint sous l'épaisseur des étoffes la chair visible du bas pour construire une espèce de colonne souple, rose, ronde, rousse à certains endroits. Et cette colonne-là m'appartient, oui, m'appartient à moi, Pieter Brueghel. Mieux encore : elle consent à n'appartenir qu'à moi. Une telle idée me réchauffe soudain si violemment que j'arrache mon béret et le jette à terre comme si je voulais défier quelque chose ou quelqu'un. Dès que je serai guéri, Mayken reprendra sa place à mon côté dans le lit, c'est important. La mémoire est liée d'abord au toucher, plus encore qu'à la vue. Si je touche Mayken, d'anciennes images renaissent au bout de mes doigts. Les paysages recommencent à briller, et les villages et les gens. Pour fêter ma guérison, j'irai à Notre-Dame de la Chapelle, au début de la rue Haute. Nous nous y sommes mariés il y a six ans. Je brûlerai un cierge en l'honneur de cette bizarre Vierge en cire installée il y a peu par l'occupant. Drapée de la tête aux pieds dans sa mante noire, elle révèle juste une portion de son visage de poupée tragique par une fente de l'étoffe. La flamme des bougies fait bouger des ombres et des lumières blafardes sur son nez pointu et sa bouche mince. On pourrait croire qu'elle se marmotte des histoires à longueur d'année. Qu'est-ce qu'elle peut bien raconter ? Une certaine beauté solennelle et repoussante, oui. Un rayonnement glacé. Son autel est toujours bourré de femmes de n'importe quel âge qui se tiennent prosternées, mains jointes et cous tendus. En quelque sorte cette Vierge espagnole est leur miroir. En la priant, elles se contemplent sans doute, agenouillées sur les dalles froides. Pour ma part, je l'apprécie pour son étroitesse et sa rigidité cadavérique. Émouvante momie sans pitié. Elle répand autour d'elle en cascade un mystère que l'on ne percevra jamais. Au cours des siècles à venir, elle gardera son secret. Et cela vaut peut-être mieux. En fait, elle ressemble à *Dulle Griet*, ma grande païenne. Ce qui tendrait à prouver que nous sommes tenus par un très petit nombre de symboles. À chaque homme digne de ce nom revient la tâche d'ouvrir ces symboles comme on fendrait un corps avec un couteau bien aiguisé pour y aller voir au plus profond, en extraire de gré ou de force la signification cachée. C'est dur, mais ça vaut le coup. En réalité je n'aurai vécu que pour ça et j'en suis content. J'enrage pour une seule raison : je n'ai plus assez de temps à ma disposition pour terminer mon travail de fouilleur. Dieu ne le veut pas. Dieu est injuste. Je hais Dieu en ce moment très précis de ma rumination parce que je crois en lui, donc parce que je l'aime et l'ai toujours aimé.

Mon enfance...

Halte. Trop tôt pour l'évoquer. Chaque chose à sa place. Ce qui importe à présent, c'est la mise en ordre d'un certain nombre de problèmes, petits et grands. Car il ne faut pas tourner le dos à l'évidence, hein, ce n'est pas mon genre, ce n'est pas mon style : il est probable que je ne passerai pas la nuit. Souffrance, souffrance du haut en bas : pieds, genoux, hanches, thorax, épaules, bras, tête.

Tellement rageuse, cette souffrance, qu'elle en devient presque agréable.

— Pieter !

Mayken s'est redressée d'un coup en criant mon nom, lequel ne m'atteint qu'à travers des épaisseurs de brouillard. On pourrait croire qu'au lieu d'être proches l'un de l'autre, nous nous trouvons à l'extrémité d'un champ immense, découvert sous un ciel voilé. Les replis bleu-vert du terrain nous empêchent de nous apercevoir, ainsi que des rangées de saules au bord d'un étang. Ma petite femme a peur. Elle craint de m'avoir perdu.

— Pieter, oh, Pieter !

Sa voix plane à la façon d'un oiseau d'hiver.

— Pieter !

Je me force à regarder mieux. Pas le moment de m'abandonner à mes visions. Imbécile que je suis. Mayken est là. Elle tremble. Elle trépigne. Elle agite la sonnette de cuivre posée sur le coffre. Elle est aussi blanche que sa guimpe. Elle m'appelle au secours, c'est sûr. Elle a besoin de moi, ma fille. Je fais un effort inouï, simplement pour tendre le bras vers elle comme je le fais depuis toujours. Elle... peut... compter... sur moi. Je n'ai pas le droit de me conduire en lâche avec cette femme qui m'a tout donné d'elle, et plus encore. Sans elle, je n'aurais rien foutu. Le brouillard qui me recouvre a un drôle de goût de fumier. La porte s'est ouverte et je reconnais vaguement notre vieille servante, occupée à s'essuyer les mains dans son tablier blanc. Très beau, ce blanc autour des mains rouges fripées par la lessive. À noter dans un coin de ma tête pour plus tard. Mais quel idiot je suis. Il n'y a pas de plus tard. Il n'y aura plus jamais, jamais de « plus tard » pour moi. De sorte que l'intérieur de mon cerveau est bourré de notations inutilisables. Dommage. Tristesse. Connerie. Noir absolu qui précède ou suit un coup sur la nuque, un peu plus haut ou un peu plus bas, je ne peux le dire avec certitude et ça m'embête : j'ai l'habitude d'être précis, ponctuel, pour les petites choses de la vie autant que pour les grandes. J'ai toujours détesté le flou, l'indécis. À mon sens la maladie fondamentale de l'homme consiste à rester dans le vague de l'approximation, le doute, ni chair ni poisson, ni diable ni Dieu, ni bon ni mauvais, il se contente d'être un peu ceci et un peu ça, un peu ici et un peu là, et c'est ainsi qu'à force d'hésitation il digère sans y penser son existence. Ha ha, c'est plutôt la vie qui le digère après l'avoir transformé en mélancolique bouillie sentimentale !

Eh bien, moi qui me suis toujours méfié sur ce plan-là, voilà que j'éprouve ce soir un soulagement extraordinaire à me soumettre à l'incertitude. Supposition : si le tribunal de l'Inquisition me questionnait juste maintenant : « Pieter Brueghel, êtes-vous debout ou couché ? » je serais incapable de répondre nettement. Mon silence m'enverrait droit au gibet. Ou bien : « Pieter Brueghel, sommes-nous au printemps ? en été ? en automne ? en hiver ? ». Ou bien encore : « Êtes-vous dehors ou dedans ? ». Même silence. On me pendrait autant de fois qu'il y a de points d'interrogation dans le procès-verbal. Parfait. Mais ce que ce tribunal de salopards ne saurait absolument pas interpréter, c'est que sous l'ignorance que j'ai de mon état corporel circule une très étrange clarté. La brume extérieure cache une magnifique lucidité intérieure. À ce niveau, la clairvoyance est un bain frais, fluide, ordonné, une sorte d'océan transparent et profond dans lequel mes sens, brassés incessamment, agités, retournés, gonflés, creusés par des vagues tourbillonnantes, se calent enfin au meilleur de leur forme. Comme quoi la maladie, la détérioration des chairs, l'imminence de ce qu'il est convenu d'appeler « la mort » sont autant d'aberrations superficielles. Je me sens très fort, très calme.

— Pieter !

J'ouvre les yeux avec difficulté : on dirait que des cailloux pèsent sur mes paupières.

Tiens. Me voici de nouveau dans mon lit. Une secousse de temps s'est produite sans que je m'en aperçoive. Il y a une animation particulière à travers la grande pièce. Je commence à émerger. Les draps sont bien tendus. Ah, nous sommes en plein jour. Les rideaux sont écartés, le soleil met sur le sol un carré d'or tellement beau que si je faisais l'effort nécessaire je pourrais en saisir un coin et le tirer d'un coup jusqu'à moi comme s'il s'agissait d'une couverture en brocart. Mayken converse avec deux hommes habillés de noir qui me tournent le dos. Je n'ai jamais aimé le noir dans ma peinture. Quand je l'emploie, c'est seulement pour provoquer les couleurs environnantes, leur apporter une vibration particulière. Je suis de plus en plus persuadé que les couleurs sont des créatures vivantes : elles ont une structure originale, un organisme, une âme, une réflexion. Elles sont capables de se donner, mais capables également de se reprendre. D'aimer ou de haïr. Elles ont le pouvoir de l'orgueil et de l'humilité, de la joie et de la colère. Le tout est de savoir cela à fond et de les traiter avec le respect qu'elles méritent. D'ailleurs elles y sont sensibles. Elles vous rendent au centuple ce qu'on leur offre. Elles sont généreuses, les couleurs ! Je les aime parce qu'elles sont toujours plus éclatantes qu'on ne le supposait au départ. Sous l'effet d'un seul coup de pinceau, elles démarrent, jaillissent, claquent.

J'appelle Mayken. Les deux bonshommes restent dans leur coin, penchés sur la table où l'on distingue des instruments de métal et de verre : cornues, alambics, éprouvettes, pinces, etc., éclairés par la flamme bleue d'une bougie. Ma femme accourt. Je veux savoir quel jour nous sommes.

— Le cinq du mois de septembre, répond-elle.

— Et l'année ?

Elle sourit comme si je me moquais d'elle.

— Mil cinq cent soixante-neuf.

Elle ajoute aussitôt que la veille au soir j'ai eu un malaise alors que j'étais assis près du feu. J'étais tombé raide en arrière.

— Tu m'as fait peur, petit homme.

— Qui sont ces hommes en noir ?

— Des médecins que j'ai fait chercher.

— Pourquoi pas notre docteur habituel, Mayken ?

— Il séjourne à Anvers en ce moment.

— Je n'aime pas ces étrangers, ma fille. Fous-les dehors.

Un peu gênée, elle me fait un léger signe d'intelligence et va vers les sinistres individus qui secouent la tête en avançant leur lèvre inférieure avec une moue obscène. Je n'ai jamais eu confiance dans la médecine. Mais ce matin, devant ces oiseaux aux paupières blanchâtres, ma réticence se fait plus profonde encore. Qu'ont-ils découvert au sujet de mon corps que je ne sache depuis longtemps ? Qu'il est en train de trépasser ? Et après ? Ils s'imaginent peut-être, dans leur caboche que la science embrouille, m'enseigner quelque chose de nouveau ? de sublime ? de suprême ? Oh, débilité ! Mon expression doit les effrayer sans doute. Ils s'éloignent. Leur cape noire se soulève, on dirait des ailes de corneille. Corneilles. Les corneilles de mon pays natal. Halte. Repousser de telles images. Trop tôt pour leur céder. Problèmes urgents à résoudre. Par lents battements d'étoffes les types disparaissent de profil dans l'entrebâillement de la porte que la vieille servante prend soin de refermer. L'autre servante nettoie les carreaux des fenêtres ouvertes en grand sur les deux rues. Du côté Porte Rouge, le silence est un peu argenté, filiforme. Alors que du côté Haute l'animation est épaisse, brune, avec des reliefs. La rumeur est si forte même que j'imagine que ce doit être jour de marché. Rires gras des marchands de poisson, rires déchirants des bouchers, rires mouillés des maraîchers. Odeurs montant des échoppes où l'on débite des platées de moules cuites au jus. Tout cela est bon à entendre, à respirer. Étant donné mon lamentable état physique, je me vois forcé de développer au maximum un don d'ubiquité qui m'a grandement servi tout au long de ma foutue existence. Je suis cloué dans mon lit, mais je suis également partout. Être à la fois ici, là, plus loin, en haut, en bas, à gauche, à droite, devant, derrière, etc., est une loi irréversible, donc une source de violence et de plénitude. Si je me suis voué à la peinture, c'est en partie pour classer dans ma tête et sous ma main l'agitation démente d'un univers qui me paraît depuis toujours à portée d'œil, malgré son infinité.

— Ma chérie...

— Je suis là, Pietje.

— Où sont les enfants ?

Je veux la présence de mes fils. J'en suis privé depuis un temps fou. Mayken sort et revient un moment plus tard, traînant Pieter l'aîné par la main. Jan est assis sur le bras de sa nourrice : il gueule à pleins poumons en frappant de ses petits poings le buste de la grosse femme, il est hors de lui, on a dû interrompre son repas.

— Il veut téter encore ? eh bien qu'il tète, nom de Dieu !

La nourrice s'installe à proximité de mon lit, déboutonne son corsage, et mon garçon se jette sur le sein nu. Dès qu'il commence à sucer, il se tait. Son visage rouge de bébé s'appuie à la chair dorée de la nourrice. Tchk, tchk, tchk, fait sa bouche goulue tandis qu'il paraît m'observer de biais, d'un œil bleuté, vague et stupéfait. Rien n'est plus beau qu'un œil. C'est pourquoi la planète appelée Terre peut être considérée comme un œil. Elle *est* un œil. Organe étonnant qui fait le lien entre le dedans et le dehors sans qu'on puisse comprendre clairement où commence l'un, où finit l'autre. À l'instant précis de ma rumination, j'ignore tout de mon fils, qui ne sait rien de moi.

Il se borne à fixer mes yeux qui fixent les siens, troubles encore comme s'ils n'appartenaient pas tout à fait à notre univers de réalité. Ses cils dorés battent avec lenteur. Se souviendra-t-il de moi, couché et moribond, plus tard, quand il sera un homme ? Gardera-t-il de cette matinée une image, même fugace comme celles qui parfois nous visitent en rêve ? Peu probable. Impossible. Sans doute. Triste. Beau. Enchaînement de la vie à la mort. Irrémédiable mouvement qui nous entraîne depuis les premières limbes jusqu'aux dernières. Vague envie de pleurer. Regrets.

Tchp. Jan décolle sa bouche du mamelon violet. Du lait lui coule sur le menton. La nourrice essuie, s'écarte. Le tableau change de perspective. Au centre de la pièce, Mayken surveille les jeux bizarres de Pieter l'aîné, cinq ans. Pieter II, comme nous avons pris l'habitude de le nommer pour le distinguer de moi. Et même Pieter d'Enfer quand il se montre insupportable, et c'est fréquent. Faire des enfants. Drôle d'histoire. Et si mes deux fils devenaient peintres, eux aussi ? Et si mon travail se poursuivait après ma mort d'une manière autre, plus libre, travail irrésistiblement plongé dans une matière qui ne me concerne plus ; s'il était armé d'une vigueur suffisante pour marquer le destin de mes garnements, quelle merveille ce serait... Ah, ce que ça peut être bon de ressentir toutes ces petites choses-là. Je me fous de la mort, à présent. Des larmes de plaisir me descendent jusqu'à ma barbe. Ça chatouille. J'ai l'impression d'être traversé par un ruisseau. Les enfants se retirent de la pièce comme par enchantement. Pieter n'a pas fait attention à moi, il ne m'a pas embrassé. Tant pis. Je sens peut-être mauvais.

Mayken retourne mes oreillers. Ferme les fenêtres. C'est vrai qu'il fait froid soudain. Le glissement de la saison vers l'hiver est sensible. Cela est bon. Il y a une certaine façon de traiter la mort comme s'il s'agissait d'une personne appétissante. Ce n'est pas toujours possible, bien entendu. Parfois seulement. Oui, parfois. Maintenant par exemple. J'aime Mayken et Mayken m'aime. La coïncidence de ces deux élans a quelque chose de troublant, d'anticonventionnel qui me plaît. Pas donné à n'importe qui. En plus de mon travail, j'aurai eu ça : un amour si chaleureux qu'il m'évoque l'idée d'un gros pain. Croustillant. Si je rapproche l'amour du pain, ce n'est pas fortuit. Le boulanger d'à côté vient sans doute de sortir sa fournée. L'amour a une croûte dorée craquant sous la dent, et puis cela devient tendre, douillet sous un tas d'épaisseurs bises ou blanches, selon. Si j'avais pu vivre encore un certain temps, j'aurais fait un, deux enfants de plus à ma femme. Crétin. Inutile de rêvasser, Pieter Brueghel. Il se fait tard. Les jours déjà raccourcissent. Je demande à Mayken de bien m'écouter.

— Tu vas dans mon atelier...

— Oui.

— Tu ouvres le coffre sous la fenêtre de droite, celui qui a de grosses serrures.

Elle secoue la tête à chacune de mes phrases.

— Tu y trouveras, numérotées et signées, une série de dix eaux-fortes. Amène-les-moi.

Elle obéit aussitôt, revient avec les planches, qu'elle dispose sur le lit à ma demande. Elle les tourne une à une. Je les examine avec attention. Si je ne souffrais pas tant, je poufferais devant ces gravures où j'ai mis plus de fureur et de haine encore que je ne l'avais cru afin de stigmatiser les horreurs d'un pouvoir criminel. Elles sont parfaites. Elles sont parlantes. Si jamais une perquisition a lieu chez moi après ma disparition, Mayken peut être arrêtée, jugée, torturée, pendue ou brûlée vive pour délit d'opinion. Donc : impossible de conserver tout ça sans nuire aux miens. Dommage. Elles ne sont vraiment pas mal du tout. J'y avais mis le paquet. C'était tout juste avant ma rechute de l'an dernier. Dommage.

— Chérie, tu vas détruire ces planches.

Elle se mord la lèvre. Mon ordre lui fait du mal. Elle pose sa tête sur l'oreiller contre moi. Elle me dévisage avec intensité. Puis elle fourre son joli front sous ma bouche. J'y mets une série de baisers. Et la voilà qui commence à déchirer posément, feuille après feuille, les dix estampes. Et elle en tasse les morceaux dans le creux de sa jupe. Et elle va s'agenouiller devant l'âtre. Et elle jette le tout dans les flammes, qui se font soudain très hautes, aussi vives qu'un lever de soleil au milieu d'un crépitement d'étincelles et de mouches de cendre noire retombant sur les briques. Bonne chose de faite. Elle revient vers moi. La nuit tombe. Maintenant le silence s'est installé dans la ville alentour. Je suis soulagé. Il me reste encore quelques heures de lucidité à vivre. Les employer avec force : elles seront utiles.

— Ma femme, dis-je, j'ai besoin de toi.

Elle remet sa tête sur l'oreiller en massant le drap autour de son cou pour me donner l'illusion que nous allons passer la nuit l'un contre l'autre comme avant. Ses yeux paraissent immenses. De plus en plus immenses. Les cils chatouillent ma joue à chaque battement de paupière. Encore plus immenses, surnaturellement brillants, comme au seuil d'une métamorphose. Oui. Oui. En effet. Ils prennent les dimensions de la pièce. Ils se font fixes, d'une translucidité de plus en plus attirante. Ils contiennent quelque chose d'important qu'il me faut absolument découvrir. Je dois y plonger en profondeur. Ils se transforment en un seul puits circulaire. Je vais y pénétrer par le milieu, plus sombre, plus creux, plus scintillant que le pourtour. Le puits en question m'appelle, me tire, me convie au grand voyage de mémoire. Laisse-toi aller, Pieter. D'ailleurs il n'y a pas d'autre solution. Allons, Pieter, entre, entre. Traverse les apparences, mon vieux. Coule-toi dans les méandres du dedans de ton passé. Et fais-en le point.

II

MA MÉMOIRE EST D'ABORD UN CIEL — CHAQUE SOUVENIR EST UN LAC

Ma mémoire est d'abord un ciel. Les innombrables ciels que j'ai vus par la suite n'ont jamais pu l'effacer, ou simplement l'assourdir, l'enténébrer, le rendre insignifiant à cause de la distance. C'est ainsi que mon tout premier souvenir de petit garçon — je devais avoir cinq ou six ans — est resté cloué dans le fond de ma tête. Nous étions sans doute au printemps. J'étais couché au milieu d'un pré qui descendait en pente douce vers la mare devant la ferme. Mon œil suivait un vol d'oiseaux qui ne cessait de décrire là-haut de grands cercles noirs. Il y avait autant de cercles que d'oiseaux en réalité. Ça montait ou descendait librement, se croisait, s'écartait, se serrait, se rapprochait sans interruption, revenait en arrière avant de bondir de nouveau. Et mon cœur s'est mis soudain à battre pour la raison suivante : les cercles en question griffaient le ciel sans y laisser la moindre trace. On pouvait imaginer que les oiseaux apprenaient à écrire sur un tableau blanc, exactement comme j'apprenais à écrire, moi, sur un tableau noir à l'école. Pourtant, du côté des animaux volants, les lettres étaient, puis cessaient aussitôt d'être. Cela aurait dû en rester là. Eh bien non. Au fond de ma tête, le manège noir des oiseaux se maintenait extraordinairement souple, vivant et fort, tout comme s'il y était gravé à mesure au moyen d'une plume bien taillée.

Mon impression était si violente que je me suis mis debout sur mes pieds nus. Le paysage entier — mon premier paysage — a paru s'organiser d'un seul coup autour des oiseaux que venait de boire en quelque sorte mon regard de petit enfant. Les nuages, un peu dorés sur les flancs, paraissaient sourdre du bleu en formes confuses, ultra-légères, continuellement changeantes. Un peu plus bas se tendait la terre, très plate mais adoucie par un revêtement d'herbe mouillée. Plus bas encore le sol se creusait autour d'un étang bordé de roseaux à tête de velours noir. J'ai ressenti un tel contentement et un tel confort que j'ai grimpé au sommet d'un petit saule tordu. Puis je suis retourné en courant vers la ferme Ooievaarsnest. J'ai fait peur aux poules, aux canards. Tout se passait dans la plus grande étrangeté, comme si je voyais la ferme où j'étais né à travers des yeux neufs. Ce qui m'a frappé surtout : le toit de chaume volumineux et doré semblait mieux fait pour supporter le ciel entier que pour couvrir la maison basse. Je suis entré dans la salle où maman s'occupait à éplucher des légumes. Sa besogne l'absorbait au point qu'elle ne m'a ni vu ni entendu. Sans hésitation je suis allé prendre sur la maie une planchette de bois, je l'ai choisie aussi lisse que possible. J'ai pris également un bout de charbon qui traînait par là. Je suis ressorti en vitesse. J'ai contourné l'étang.

— Tu dois, sonnait une voix dans ma tête.

Ce « tu dois » avait un aspect de gaieté succulente. Moi qui aimais tant désobéir et rechigner, je n'avais qu'une envie : m'y soumettre sans discussion.

Ma main s'est mise à voler sur la planche. Ma main fonctionnait comme si elle avait cessé de m'appartenir. Elle me tirait au bout de mes doigts repliés. Elle se chargeait de fixer en toute liberté ce qui avait captivé ma vision un moment plus tôt : les oiseaux, les nuages, la ferme, les poules, le saule, les chevaux, et aussi les arbres, et plus loin en arrière un moulin à vent délicatement posé comme une sorte d'insecte au bord de l'horizon... Et qu'y avait-il encore ? Mon Dieu, j'avais peur d'oublier, de négliger tel ou tel détail et je n'en avais pas le droit. La moindre graminée, le plus mince reflet sur l'eau ou sur la croupe ambrée d'un cheval, un seul mouton au sein du troupeau qui paissait par là-bas, surveillé par le berger, tout cela prenait dans l'ensemble une part fondamentale qui ne pouvait être trahie. Et trahie par moi. Car je me découvrais brusquement responsable, moi, tout jeune enfant, de la vieille nature, des gens qui l'habitaient, de la lumière qui ne cessait d'en modifier d'une seconde à l'autre les nuances. J'étais chargé désormais de la saisir, de l'exprimer.

Bien entendu, ce n'est qu'après plusieurs années que j'ai compris clairement le sens du choc éprouvé ce jour-là. Sur le moment j'ignorais qu'il s'agissait d'un point de départ. Je me suis borné à terminer ma planche. Je l'ai ramenée à la ferme en poussant divers cris d'animaux : c'était la joie. Papa venait de rentrer des champs. Maman, aidée par le valet d'écurie, barattait du beurre dans un coin, je crois. Je leur ai fourré le dessin sous le nez. Ils se sont assis tous les deux sur des tabourets, à proximité de la cuve noire suspendue au milieu de la salle. Ils regardaient mon paysage, puis moi, puis de nouveau le paysage en laissant pendre leur bouche à force de surprise. Cloués, mes vieux ! Ils étaient incapables de prononcer un mot. Cependant, tandis que je me roulais par terre à force d'être heureux, ils ont finalement retrouvé la parole pour me traiter de fou. J'avais abîmé ma blouse et mon fond de culotte, hé !

— Va te laver, m'a dit mon père sur un ton rude, tu sens la vase, Piet, mon garçon.

J'ai couru me plonger dans le baquet d'eau de l'étable à côté, j'ai baisé le mufle des vaches, j'ai caressé les flancs de chaque cheval. Oui, j'étais fou, j'étais fou. Et c'était tant mieux. Et rien ne pourrait m'empêcher désormais d'observer les choses et les gens à travers une telle folie. Cette folie m'appartenait, oui, à moi seul, Pieter Breughel, né dans un village des environs de Breda, aux Pays-Bas, au cours de l'année... Au fait, quelle année exactement ? À ce propos, un trou noir s'est fait dans ma mémoire, une ombre, un manque dû sans doute à ma très chère mère qui essayait en vain de calmer son garçon surexcité.

Car un peu plus tard s'est produit un second événement dont je me souviens avec non moins d'exactitude. Curieux, les souvenirs ! Chaque souvenir est une espèce de lac parfaitement fini, bien isolé à l'intérieur d'un espace immense que l'on est bien obligé de nommer le Temps. Entre les lacs en question s'étale un vide brumeux et doux, ni chaud ni froid, apparemment dénué d'intérêt mais qui, bientôt, se révèle d'une importance capitale. On s'aperçoit vite qu'un tel vide, séparant les lacs les uns des autres, apporte à ceux-ci un relief éclatant, une singularité. D'abord on essaie de ne pas en tenir compte, un peu par peur, un peu par légèreté. L'homme est léger dès sa naissance. On voudrait donc revenir en arrière dans le but de fréquenter les lacs anciens sans s'y engager vraiment. On se borne à quelques promenades sur leurs bords irréguliers et mousseux. On veut à la rigueur s'y asseoir, cueillir des coquelicots, cracher sur l'eau dormante, mieux encore : y jeter de menus cailloux. J'ai souvent fait cela dans la réalité. Donc je dois le faire aussi en imagination. Soyons équitable. Quand un caillou perce un lac de souvenirs, une série de cercles naît alentour : ils vont s'agrandissant, ils touchent les berges, on croit d'abord qu'ils sont arrêtés par l'obstacle majeur de la terre ferme. Eh bien pas du tout. Les cercles continuent à s'agrandir démesurément dans un autre lieu, plus secret. J'avais beau n'être qu'un très petit garçon, je pressentais déjà tout cela sans rien savoir de précis. J'étais ému. J'étais possédé par une certitude inexplicable, joyeuse et torturante : à travers les nappes de l'air, bleues, vertes, dorées, pourpres, grises, selon la saison et la position du soleil, mes cercles intérieurs, immensément déployés, continuaient de s'étendre et s'étendre encore en direction de l'infini. Un infini qui jamais ne se laisserait capturer.

Cela ressemblait bougrement à une invitation que Dieu m'aurait faite. Il fallait donc s'élancer sans crainte dans le sens d'une telle invitation. Impossible de s'y soustraire. D'un côté j'étais choisi peut-être, désigné. Mais de l'autre j'avais la conviction suivante : être choisi réclamait avant tout de choisir. Voici comment les choses se sont passées au cours de ma première année à l'école du village, où le curé nous servait d'instituteur. Assise à côté de moi sur le banc se trouvait une petite fille nommée Boontje, qui m'avait aussitôt frappé par son physique, son comportement déluré. Tout était d'une méticuleuse propreté en elle : sa robe grise et son tablier blanc, le fichu blanc qui lui couvrait la tête. En gros elle ressemblait à une pomme de terre fraîchement tirée hors du sable d'argent, à cause de son aspect rond, ferme et velouté. Mais ce qui m'attirait par-dessus tout, c'était la bourse en tissu rouge vif gansée d'or suspendue à sa ceinture au bout de deux longs cordons. Au moindre geste, la bourse dansait sur les plis de la jupe, et je ne voyais uniquement que cet objet : il me paraissait bizarre, enchanté, repoussant. Aussi je ne cessais de penser à Boontje, je rêvais d'elle à peu près chaque nuit, j'étais pressé de la retrouver sur le banc. Bref j'étais obsédé, non seulement par ce que je savais d'elle mais également par ce que j'ignorais et que je voulais découvrir à tout prix.

Un matin d'été, au cours d'une promenade à travers les champs et les bois, je me suis retrouvé dans la cour de la ferme où elle habitait.

— Boontje ! ai-je crié.

Elle est sortie de chez elle comme un diablotin hors d'une boîte, elle sautillait et se trémoussait en venant vers moi.

— On va jouer ?

Elle voulait bien. Nous nous parlions sérieusement pour la première fois : en classe on se taisait, on ne s'aimait pas du tout. Nous nous sommes pris par la main, mon cœur battait à grands coups, nous nous sommes précipités en plein milieu d'un champ de blé que brassait le vent, c'était beau toutes ces vagues blondes qui nous grattaient la peau, d'épais nuages venant de l'horizon annonçaient un orage et j'aimais les orages, j'étais follement heureux, nous nous sommes poursuivis un certain temps et je voyais toujours la bourse rouge se balancer comme un fruit sur la robe. Soudain Boontje m'a dit qu'elle avait besoin de faire pipi, elle riait, elle n'en pouvait plus de se retenir, précisait-elle.

— Ne te gêne pas pour moi, ai-je répondu.

Et des larmes de plaisir me sont montées aux yeux. Elle s'est éloignée un peu. Elle s'est accroupie. Elle a relevé sa jupe avec une telle force que tout le haut de son corps en a été recouvert. Et il n'y avait plus à observer que son derrière dont la fente était surmontée par deux fossettes. Jamais je n'avais rien vu d'aussi beau, j'en étais sûr. J'étais fier qu'un tel spectacle me soit réservé à moi, Pieter, à moi tout seul. Son pipi a fait un bruit doré en touchant le sol. Elle continuait à glousser de rire sous les plis de l'étoffe. J'aurais voulu que ça dure longtemps. J'aurais voulu que ça dure toujours. Dans cet espoir — et aussi pour lui faire une farce — j'ai cueilli une graminée que je me suis mis à promener le plus doucement possible entre ses fesses.

— Ça chatouille, a-t-elle crié en se remettant debout, tu es un drôle de Pieter, tu sais !

Ce que nous ignorions, ma petite chérie et moi, c'est que nous avions été vus par le berger, appuyé sur son bâton non loin de là derrière un buisson. Le vieux est allé raconter l'histoire à l'auberge. En un rien de temps, tout le village a su ce que j'avais fait. Quand nous sommes arrivés sur le parvis de l'église, les gens ont commencé à nous injurier. Boontje a reçu de son père une formidable raclée. Je me suis sauvé à temps et me suis baladé jusqu'au soir sous l'averse, les éclairs et le tonnerre. Je continuais à me sentir heureux, nullement coupable, au contraire. Pourtant la punition qui m'attendait à la maison a été différente de ce que j'avais prévu.

— Assieds-toi donc là, Pieter, a dit mon père, que je te raconte une histoire. Ça va t'intéresser.

Maman a servi la soupe sans dire un mot. Et pendant que nous mangions, papa m'a dit qu'il était grand temps que j'apprenne la vérité. Je n'étais pas leur fils. J'étais un enfant trouvé. Je me suis mis debout comme un sauvage en renversant le contenu de mon écuelle. Comment ça, trouvé ?

— Eh bien oui, trouvé, a repris mon père en inclinant la tête sur son épaule avec une expression que je ne lui avais jamais vue : rusée, triste et méchante à la fois.

J'ai fourré mes poings dans les poches de ma culotte si violemment que j'en ai fait péter les coutures. Et mes lèvres tremblaient, et j'ai senti la peau de ma figure se couvrir de picotements. J'ai entendu maman murmurer à travers une sorte de brouillard cotonneux :

— Non, Joos, je t'en prie, laisse-le tranquille.

Mais mon père a continué :

— Voilà, il y a huit ou neuf ans, au fait je ne me rappelle plus exactement, j'étais allé à Breda où se tenait le marché au bétail. Mon maître, qui vit dans son château des environs, m'avait chargé d'y acheter quatre vaches et d'y vendre nos poulains. Il faisait froid, les étangs étaient gelés, nous avancions avec peine dans la neige...

— Qui, nous ?

— Moi et celle que tu imagines être ta mère...

— Non, Joos, a répété maman qui se frottait le front et les joues avec son tablier comme pour essuyer les mauvaises paroles de son vieux con de mari.

— ... Et tout à coup nous avons entendu des gémissements dans le fossé qui longeait le chemin. Et qu'avons-nous aperçu ? un paquet de chiffons gigotant. Et le paquet, c'était toi, mon cher Pieter, qu'on avait abandonné dans la nature.

J'ai bondi vers la marmite, j'ai saisi la louche à long manche en l'agitant dans tous les sens. La fureur m'aveuglait.

— Et alors ? Alors ? ai-je hurlé.

Papa est devenu très pâle, il a pris sa femme par la main, ils sont allés bêtement s'accroupir dans un coin.

— Nous avons demandé partout dans Breda à qui pouvait appartenir ce morpion à moitié crevé de froid et de faim. Personne ne savait.

— Ce n'est pas vrai, mon Pieter, sanglotait ma pauvre petite mère.

Je leur ai lancé la louche à la tête.

— Nous t'avons gardé, nourri, élevé comme un vrai fils, et tu nous déshonores en allant faire l'imbécile avec Boontje. Honte à toi !

Ma rage est tombée d'un coup. Une colonne de froid dur me traversait du haut en bas. Nous sommes restés un moment à nous dévisager. J'avais soudain peur de cet homme et de cette femme. Ils avaient peur de moi. Pour me sentir moins seul, j'ai pris du papier et du charbon et je suis sorti. Après avoir marché au hasard, je me suis assis à la lisière d'un bois de pins au-delà duquel s'étendait la lande. J'observais la courbe du chemin parmi les bruyères en fleurs et, plus loin, le mouvement régulier des ailes du moulin à vent. Le chagrin éclatait enfin, terrible. Je me suis mis à dessiner comme un fou. Et petit à petit un très étrange état de bonheur s'est substitué au désespoir jusqu'à le brouiller tout à fait. Au lieu de reproduire le paysage qui m'environnait, je recomposais sur ma feuille de papier l'intérieur de notre ferme, dont les moindres objets prenaient sous les yeux de ma main droite une incroyable précision. J'étais en train de faire une découverte énorme, fantastique : j'étais capable de recréer ainsi un monde vivant, un monde réel, uniquement parce que je le voulais et le pouvais. Là-bas le moulin à vent semblait dire oui, oui, oui, une aile après l'autre, encore une aile, encore un oui, encore une aile, encore un oui, ce qui signifiait : Pieter, je suis avec toi.

Je ne suis retourné que le soir à Ooievaarsnest, où le calme habituel semblait rétabli. Je n'ai pas montré mon dessin comme je le faisais toujours : je l'ai caché sous ma paillasse.

— Mange, Pieter, a fait la femme.

J'ai fait non de la tête. Profitant d'un moment où l'homme sortait pour soigner un veau malade, elle m'a raconté tout bas que cette histoire d'enfant trouvé était une farce. Papa avait inventé ça pour me punir. Elle a voulu m'embrasser, la conne. Je me suis tourné vers le mur en rabattant la couverture par-dessus ma tête. Je me suis endormi aussitôt. J'ai pleuré dans mon sommeil. Je me suis réveillé avant les autres et je suis sorti dans la cour. J'ai crié bonjour au berger qui emmenait son troupeau. Je ne lui en voulais plus. J'étais devenu un autre. Mon enfance avait été tuée la veille à cause d'un mensonge qui était peut-être la vérité. Mais voilà : j'étais capable désormais de penser à ces choses non seulement sans tristesse mais avec une force assurée, une force que j'aurais pu qualifier de rouge s'il avait été permis d'appliquer une couleur sur un sentiment.

À l'école, j'ai observé Boontje avec plus d'attention. Son front était bas, sa bouche épaisse et ses yeux fendus en oblique jusqu'aux tempes comme ceux des veaux. Avec ostentation elle est allée s'asseoir au premier rang pour montrer au curé et aux élèves qu'elle n'avait plus rien de commun avec moi.

Pendant la récréation, sur le parvis de l'église, je me suis installé sur une pierre à l'écart des autres pour les regarder jouer. Ils avaient beau glapir, s'insulter, se flanquer des coups, leur grouillement formait une sorte de masse obscure, sourde et mate qui, à première vue, n'avait rien d'humain. J'avais l'impression saugrenue qu'un écart de plus en plus large me séparait des joueurs. Ils se ressemblaient tous. Par exemple, Boontje se trouvait là multipliée par dizaines et dizaines d'exemplaires. Malgré la mobilité de leurs attitudes et de leurs expressions, ces enfants n'étaient pas gais. Tassés sur eux-mêmes avec leurs petits dos ronds et leurs jambes courtes, on aurait dit qu'ils cherchaient à copier le comportement des vieillards comme s'ils avaient intérieurement désiré la vieillesse. Aussi leurs amusements avaient-ils un côté de brutalité solennelle qui me frappait pour la première fois. Une charretée de foin a traversé la place. Les gnomes ont interrompu un instant leur manège. Et plus je me rinçais l'œil devant ce vaste ensemble qui ne cessait de bouger à l'intérieur d'un faux silence, plus l'écart entre lui et moi se faisait profond. De ces physionomies tarées par la misère, la bêtise et la résignation, aucun détail ne pouvait plus m'échapper : verrues, poils, rougeurs, boutons, ongles crasseux, fronts bornés, etc.

Le grand malheur qui m'avait secoué la veille se métamorphosait en élan de puissance.

Je regardais, donc je dominais.

Et la scène directement branchée sur mon regard se divisait, reculait, en provoquait d'autres, toujours plus lointaines. Toutes m'étaient destinées. Cela signifiait par conséquent l'existence de milliers d'univers exactement pareils à celui dont j'étais le centre provisoire, toujours les mêmes, jamais les mêmes. La mission de l'enfant trouvé : les explorer à travers mes yeux, mon âme et ma main.

J'ai lancé subitement ma casquette en l'air et j'ai commencé à faire le pitre. Mes copains me surveillaient avec horreur et dégoût. Maintenant je les aimais. J'aurais voulu les serrer contre moi en léchant, suçant, mordant leurs joues pour qu'ils comprennent la soudaine démesure de ma tendresse. À la limite, j'aurais été capable de les engloutir.

À quelque temps de là s'est produit un autre incident, insolitement lié à ma métamorphose intérieure : dès l'enfance, l'homme est lent, incapable de construire ses propres lois, il n'y voit goutte, il est uniquement manœuvré par des bornes qui tout doucement l'entraînent vers la cécité de son destin. Passons.

Le châtelain et sa femme ont dû faire halte un jour pendant qu'on réparait une roue brisée de leur char. Nous étions en plein hiver. Monsieur le comte et madame la comtesse — dont nous avions seulement entendu parler avec un respect craintif — sont entrés dans la salle, tout enveloppés d'un froid bizarre, un froid différent de celui qui nous faisait tant de mal à nous, paysans pauvres, et que j'ai nommé plus tard un « froid de luxe ». La neige les recouvrait d'une espèce de riche dentelle à reflets pailletés, leur haleine scintillait, leurs pieds chaussés de cuir étaient étroits et longs, et leurs mains m'ont paru d'une fragilité ravissante. Ils ont secoué leur pèlerine fourrée en se rapprochant de la cuve où bouillonnait la soupe. Ils étaient très à l'aise sur nos tabourets de bois grossier. On leur a servi du lait chaud. Ils ont touché ma tête en demandant si j'étais un bon écolier. Alors la comtesse a entrouvert son manteau pour en sortir une bourse de soie brodée. Elle m'a donné une pièce, pas deux : une. Un pressentiment grandiose m'a traversé soudain d'une sorte d'éclair, un éclair comparable à celui qui avait fendu l'été précédent le corps magnifique de notre plus vieux chêne : de nos maîtres jaillissait tout naturellement un faisceau de rayons chauds, gais, tranquilles. Ils venaient de l'ailleurs — où ils étaient nés sans doute — avec une magique assurance ne réclamant de leur part aucun effort. Ils avaient beau être installés pour un petit moment dans notre misérable maison, tout se passait comme si j'avais été leur invité.

— Par ici, Pieter, entre, entre ! semblait exprimer leur corps bien nourri. Et cela m'autorisait à supposer qu'ils habitaient un autre monde, immense, peut-être sans limites, passionnant et dangereux.

Tout à coup ma fausse mère a tiré de sous ma paillasse mon tas de dessins pour le fourrer sous le nez des brillants personnages. Cela m'a rendu furieux. Ne voulait-on pas me voler un secret en quelque sorte ? Au fin fond de ma mémoire aujourd'hui réduite en cendres je revois donc le comte et la comtesse incliner sur mon travail leur tête sérieuse et molle. Ils paraissaient surpris, sans doute émus. Je me suis aussitôt méfié de ce genre d'émotion : elle m'imposait l'évidence — toute neuve pour moi — que j'étais un manant face à la puissance. La puissance acceptait de se pencher vers le manant. Foutre ! je n'avais jamais rien demandé à personne, non ? J'ai serré les poings.

Cependant mon accès d'indignation est tombé d'un coup parce que la dame a eu un geste fortuit tout à fait désarmant : elle s'est levée avec brusquerie pour se gratter la fesse gauche qui la démangeait. Une puce avait dû se glisser là. Elle se grattait exactement comme nous le faisions, nous, les paysans. Elles se grattait avec vigueur et naturel. Se gratter m'apparaissait comme une banale activité humaine qui rétablissait l'équité. Ce jour-là, par le biais d'un aussi mince épisode, mon amour de l'humanité a compris la mesure de sa profondeur et de sa relativité.

III

LE MUFLE DES VACHES M'A BEAUCOUP APPRIS — UNE MUSIQUE D'ENFER

Je grandissais. J'étais obligé de me baisser pour entrer dans l'étable au fond de laquelle je me réfugiais souvent, surtout l'hiver. La chaleur odorante émanant du bétail me protégeait du froid, bien sûr, mais me permettait aussi de découvrir des choses étonnantes à propos du dessin. Car je savais maintenant que ma vie entière irait dans ce sens-là, sans que je puisse encore en soupçonner les motifs, les élans, les ambitions, les buts. Je me bornais donc à n'être qu'un rude garçon dont la date et le lieu réels de naissance demeuraient enfouis dans le recul du mystère. Quand je me comparais aux jeunes gens du village, j'estimais être âgé d'environ quatorze ou quinze ans.

Le mufle des vaches, entre autres choses, m'a beaucoup appris sur mon métier. Je me couchais dans la paille et observais de très près leur façon de ruminer, surtout une d'entre elles, ma préférée, à qui j'avais donné le nom de Boontje, mon ancienne amie. Quelle merveille, le mufle d'une vache ! Les narines mouillées s'ouvraient et se fermaient, veloutées par un duvet d'or pâle, un filet de salive sortait d'entre ses lèvres de femme glissant l'une sur l'autre horizontalement avec régularité ; ff, ff, ff, faisaient-elles, et le froissement soyeux du fourrage me rassurait sur ma condition d'homme.

Le curé du village jugeant achevée ma première instruction, je me consacrais dès lors aux travaux des champs, nettoyais l'écurie et les granges, coupais du bois, rafistolais nos instruments, en bref j'aidais mes faux parents pour un tas de besognes. J'avais cessé de souffrir en pensant à eux ; nos rapports s'étaient normalisés. Ils se montraient plus réservés qu'autrefois à mon égard, presque timides, et cela me suffisait. Je me foutais des êtres humains. Toute ma tendresse allait vers ma Boontje aux flancs roux tachés de blanc, à travers une espèce d'élan diffus, indéfinissable, qui était peut-être une préparation vague encore aux passions futures, celles qui seraient nécessairement mon lot plus tard.

— Crois-tu qu'on m'aimera un jour ? lui demandais-je en lui grattant le derrière des oreilles.

Elle abaissait avec lenteur ses paupières. Les cils presque blancs couvraient d'un fin rideau l'œil globuleux, profondément inexpressif, dont le vide vertigineux me bouleversait, m'attirait, me laissait entrevoir qu'une vache était un résumé de l'aspect femelle du monde, ou bien que la femme était un résumé vache du monde, ambivalence qui commençait à intriguer l'adolescent obtus que j'étais.

Mes travaux terminés à la ferme, je filais rejoindre Karel, un ancien camarade d'école devenu mon ami. Fils de l'aubergiste d'un hameau voisin, il était grand et fort pour son âge, myope, taciturne, et doué d'un appétit illimité. J'adorais le voir attablé dans la grande salle de l'estaminet à l'enseigne du Bon Coin. Sa mère lui préparait des gaufres arrosées de crème fraîche et des mètres de boudin noir qu'il se tassait dans l'estomac avec de la bière. Il avait une peau très blanche qui se marbrait de rouge à la moindre émotion. Quelques poils brunissaient déjà sa lèvre dont le relief empourpré me répugnait et m'intéressait à la fois. Car sa physionomie fermée pouvait être interprétée comme un splendide paysage. Aussi je le dessinais sans arrêt. Il était fier de cela.

Un jour, sa mère, qui tenait un petit comptoir de mercerie et de sucreries, a retiré d'une étagère un bouquin crasseux rangé là depuis Dieu sait quand.

— Tiens, Pieter Breughel, je te le donne.

Il s'agissait d'un recueil de vieux proverbes flamands. Leur férocité drolatique m'a fait une impression terrible. J'ai serré ce précieux volume à côté d'une Sainte Bible que m'avait offerte le curé, trois ans plus tôt, pour ma première communion. Histoire de Jésus-Christ d'un côté, dictons populaires de l'autre, il n'en fallait pas davantage pour m'ouvrir un champ de réflexion merveilleux. Je m'écartais de plus en plus des gens. Leur grouillement, aux jours de marché ou de fêtes, me paraissait supérieurement artificiel. Sous l'épaisseur des corps gueulant, riant, etc., se dissimulait, semblait-il, un autre corps, immense et frais, celui de la nature qu'on cherchait à tuer. La nature ! Jusqu'ici j'en devinais la musculature à la fois robuste et raffinée, l'organisme savant qui ne s'arrêtait jamais de prendre et donner à travers de multiples transformations. Je désirais saisir son mystère grandiose et l'exprimer à ma façon.

À Noël, Karel m'a demandé de l'accompagner à Genck, un village assez éloigné où l'on passerait quelques jours. Événement ! On s'y amuserait ferme. On y serait superbement accueilli par les aubergistes du coin, amis de ses parents. On y rencontrerait des filles, etc.

— Tu viendras ? demandait Karel en rougissant.

— D'accord, ai-je répondu avec un enthousiasme teinté de crainte. L'inconnu s'ouvrait à moi.

Ici se place un épisode qui s'est classé plus tard dans mon patrimoine de souvenirs inoubliables, alors qu'au moment même il m'a paru insignifiant. Mes parents m'avaient donné leur autorisation pour ce petit voyage. Le jour du départ, pendant que j'enfilais mes habits les plus propres, maman m'a dit soudain :

— Fiston, je n'aime pas te voir partir aussi loin.

— Loin ?

— Ton père et moi nous ne sommes jamais allés jusque-là mais nous savons qu'il faut traverser une rivière.

— Et alors ? ai-je répliqué avec mon accent des mauvais jours, et l'impatience raidissait mes mâchoires.

— Tu nous quittes pour la première fois. Dieu sait ce qui peut se passer entre-temps.

J'ai haussé les épaules. Tout à coup maman m'a saisi par la manche avec une énergie inhabituelle.

— Tu emportes avec toi tes dessins ? a-t-elle ajouté très bas, car papa dormait encore ; il était à peine quatre heures du matin, il ne fallait pas l'éveiller. Le feu mettait déjà partout des ombres dansantes.

La question de la femme m'a frappé de stupeur. Pourquoi emporter mes dessins ? Nous nous sommes fixés longuement alors, en silence. Je croyais voir une personne nouvelle. Son visage, soudain froncé par la tristesse et l'appréhension, était saisi dans un beau filet de rides noires qui lui donnait une tension poignante. Par chance, cet échange de regards n'a pas duré. Mon père se levait.

Karel m'attendait devant le Bon Coin. Nous avons enfourché son cheval, lui devant, moi derrière. Le froid donnait à l'air une immobilité enchantée. Pour garder le sens des réalités, je récitais à Karel les proverbes flamands que j'avais appris par cœur. On riait au milieu des champs neigeux. On plaisantait sous les arbres doublés jusqu'aux derniers rameaux de minces traits de givre. Bientôt le pays s'est vallonné, et la couverture du paysage semblait doucement soulevée par une main. Nous avons croisé un groupe de chasseurs avec leurs chiens. Nous nous sommes abrités dans une masure abandonnée pour y bouffer nos provisions à l'aise. Enfin la rivière a surgi au tournant d'une colline, comme un rappel de vie dans un ensemble inanimé. Le simple fait de voir passer ce paresseux chemin d'eau qui venait d'on ne savait où et se dirigeait on ne savait où m'a violemment secoué. J'aurais voulu être la source cachée d'un tel trajet gris-vert, paisible et lourd. J'aurais voulu être aussi son embouchure. Je me comparais à la rivière. Mon destin tout entier semblait s'inscrire là, avec ses courbes nettement gravées.

Vers le soir, Genck nous est apparu, brûlant déjà de feux de joie, de lanternes allumées, de bannières. Sans transition, Karel et moi quittions le désert glacé des champs pour nous plonger dans le faux été des réjouissances. L'auberge était bourrée. On dansait aux sons de la cornemuse. On voyait sortir de la cuisine des centaines de tartes aux abricots, on bâfrait, on buvait, on se baisait partout à pleine bouche. Bientôt Karel s'est mêlé à la foule en me laissant seul : j'étais à la fois fier et angoissé de l'être. Fier parce que je pouvais décupler ainsi ma curiosité. Angoissé parce que je me sentais de plus en plus situé dans la marge de tant de bestialité gesticulante. Ma vache aux flancs de soie rousse, ma Boontje au mufle humide me manquait résolument pour son austérité muette et sa distinction. De temps en temps, à travers la fuite éperdue des heures, Karel noyé dans les vapeurs du plaisir levait sa chope très haut par-dessus les têtes pour m'engager à le rejoindre. Il serrait de près une grosse fille qui poussait des cris perçants parce qu'il cherchait à la dépoitrailler. Pour éviter de sombrer dans la mélancolie de ma lucidité — et même dans l'épouvante — j'ai absorbé coup sur coup le contenu de trois cruchons de bière, boisson que je n'avais pas goûtée jusqu'alors. Sa blondeur et sa mousseuse amertume m'ont surpris, puis enchanté. Nom d'une balle, j'étais ivre, jamais je ne l'avais été ! Un autre Pieter se glissait dans mes membres et les forçait à s'agiter en leur communiquant une espèce d'incendie audacieux mais confortable. Du même coup, ma passion pour la vie du dessin cédait le pas à ma passion pour la vie tout court. C'était nouveau. C'était exaltant. C'était facile.

Je me suis mis à danser avec toutes sortes de contorsions grotesques. Je devenais le pitre-roi de l'assistance. On m'applaudissait, on criait mon nom de tous côtés. Mais soudain un très petit incident n'occupant qu'une place infime dans le tableau de la fête m'a fait l'effet d'un coup de couteau : sous la table, un enfant se tenait blotti à l'écart, recouvert d'ombre. Le calme de son attitude s'exprimait surtout par la nuance crémeuse de sa peau d'un rose intact. Oui, intact. La fête rouge et carnée s'arrêtait au-dessus de sa tête sans pouvoir l'atteindre, l'enveloppant d'une sorte de halo si limpide et si doux que j'ai failli tomber raide à force d'émotion. Je ne voyais plus que lui, en train de chatouiller le museau d'un petit chien avec une plume de paon. Il ne regardait rien ni personne, entièrement absorbé par un centre dont il se voulait l'unique occupant. Cet enfant inconnu me donnait sans le savoir une leçon. J'ai été pris d'un haut-le-cœur. En titubant je suis sorti. J'ai appuyé mon front contre un mur, le mur tournait, j'avais envie de pisser ma honte par tous les trous de mon misérable corps. Je me suis écroulé sur le sol.

J'ai repris connaissance à cause d'une odeur spéciale : salée-sucrée, sèche et mouillée en même temps. Trois femmes, une vieille et deux jeunes, me faisaient respirer du vinaigre et me couvraient de petits attouchements. L'odeur sortait de leur personne d'une façon qu'on peut qualifier de visuelle, ce qui m'a tout à fait remis d'aplomb.

— Où suis-je ? ai-je demandé bêtement.

Elles ont ri.

— N'aie pas peur, bijou, a répondu la plus jeune qui ressemblait à un nuage de chair fraîche.

— Et Karel ?

— Karel est en main, a repris la plus vieille, horrible celle-là, édentée, boiteuse et grossièrement parée.

La pièce était presque entièrement occupée par un lit. Et c'était moi, Pieter, qui m'y prélassais à demi dévêtu. J'étais gêné. J'étais furieux. J'étais curieux. Le bas de mon corps cependant me retenait cloué là, un étrange petit feu battant s'allumait entre mes jambes. Je connaissais ce feu-là pour l'avoir éprouvé au cours de mon enfance, rattaché toujours à quelque choc de vision : une touffe d'herbe, un pli de terre sous le soc d'une charrue, l'ourlet d'une bouche, un coucher de soleil, le flanc d'un pot, etc. Et voilà que brusquement, dans cette chambre aux volets clos, mal éclairée par une chandelle,, tout m'était donné d'un coup sous la forme d'une femme. Deux d'entre elles avaient disparu. La troisième était allongée sous moi et m'encourageait d'une voix éraillée. Elle était nue. Je l'aurais trouvée belle si elle n'avait été si maigre, avec de très petits seins un peu louches. Elle serrait ma nuque avec ses mains semblables à des pinces de forgeron, ses cheveux m'emplissaient la bouche, elle feignait de rire et de pleurer, elle m'appelait « p'tit con, trésor, chou », alors qu'elle ne me connaissait pas la veille encore ! Bref, à un moment très précis, mon petit feu du bas m'a procuré un plaisir explosif qui m'a tant déplu que je me suis redressé d'un bond pour me rhabiller en hâte. Mais la fille s'accrochait à moi en hurlant :

— Et mon petit cadeau, hein, tu ne vas pas t'en aller sans me donner mon petit cadeau !

Je l'ai repoussée avec énergie. La chandelle s'est éteinte en tombant. Nous nous battions dans le noir. Elle m'a mordu l'épaule et le genou. Je ne comprenais plus rien à la situation. Ou plutôt je commençais à deviner qu'elle désirait quelques sous en échange du méli-mélo sur le lit. Pouah ! Où étaient ma Bible et mes proverbes flamands ? D'ailleurs je n'avais pas la moindre pièce dans ma bourse : Karel le taciturne s'occupait des finances.

Pour me débarrasser de la maigre bonne femme, j'ai dû lui flanquer un bon coup de pied. J'ai dégringolé quatre à quatre l'escalier, j'ai franchi le seuil de la maison au-dessus duquel se balançait une lanterne rouge, et bientôt j'ai retrouvé mon ami, qui errait de son côté, frissonnant de fatigue, dans la grand-rue du village toujours en liesse malgré l'approche de l'aube. Encore très ivre, Karel s'appuyait aux murs en chancelant, riait sans raison, grommelait des insanités. Pouah ! Est-ce que ma Bible était toujours là, bien enfouie dans ma poche ? Oui, je pouvais la toucher, en vérifier l'épaisseur carrée, sa reliure en vieux parchemin. Pouah ! la situation présente me faisait horreur, je souhaitais quitter Genck immédiatement. Mais Karel, qui continuait à se tordre mélancoliquement de rire, n'était pas en état de monter à cheval. Aussi avons-nous passé la journée suivante, non plus à l'estaminet où se poursuivaient les ripailles, mais chez un vieil homme qui nous avait pris en pitié. À l'extrémité du village, il occupait une maison modeste mais confortable. Il était l'échevin de plusieurs communes voisines. On nous a servi de la soupe au lard bien bouillante, ce qui nous a éclairci les idées.

— Restez ici deux ou trois jours, mes enfants, disait le bonhomme, je vous prête la chambre de mes fils, étudiants à Anvers. Par eux, nous sommes renseignés sur les événements. La campagne n'est pas sûre, les Espagnols préparent une expédition punitive dans la région : un paysan a tué dernièrement l'un d'entre eux, qui avait violé puis massacré sa femme et ses filles, et...

Bien entendu tout le monde s'entretenait à mots couverts des méfaits de l'occupant dans les Flandres. Mais jamais encore d'une manière aussi dure, aussi précise : tandis que l'échevin s'exprimait sur un ton posé tout en fumant la pipe, j'imaginais des coulées de sang sur la neige, des galopades, des corps nus de femmes coupées en deux, femmes bien différentes de celle dont je m'étais occupé la nuit d'avant. Une idée étrange se faisait jour dans mon esprit : la mort et le plaisir étaient étroitement liés, mêlés, combinés, au point de former un bloc unique. Même si on l'avait voulu, il aurait été impossible de les dissocier l'un de l'autre. Les hurlements de la putain se confondaient à s'y méprendre avec ceux des petites filles assassinées, des cochons égorgés dans leurs étables, des hommes saouls, et le tout était comme enveloppé par la respiration calme de la campagne environnante. Pendant deux veillées, notre hôte n'a cessé de parler de tout cela sans hâte mais d'une façon si profondément singulière que Karel et moi nous sommes sentis très émus lorsque nous l'avons quitté le matin du troisième jour. Il a posé ses mains sur nos épaules en nous recommandant une extrême prudence. Il nous engageait surtout à rentrer chez nous en droite ligne. Et si nous croisions par hasard une horde ennemie, il était bon d'éviter toute provocation ouverte.

— La haine à l'égard de l'envahisseur doit se manifester d'une façon dissimulée, réfléchie, pour être vraiment efficace, a-t-il conclu avec une gravité impressionnante.

Tandis que j'écoutais ce charmant vieillard, je regardais le dallage ciré de sa salle à manger. La fureur contrôlée de son discours parlant d'action clandestine, de résistance, semblait bizarrement liée à l'extraordinaire netteté de son intérieur. Et ce lien était normal, carré, brillant. J'étais ébloui d'apprendre par la bouche d'un homme que je n'aurais sans doute plus jamais l'occasion de revoir qu'il existait aux Pays-Bas des villes importantes : Anvers, Gand, Bruges, Malines, Amsterdam, Rotterdam. J'avais l'impression que mon avenir s'ouvrait magiquement.

Et comme pour mieux illustrer les figures nouvelles de ma pensée, une petite scène s'est produite alors que nous quittions le village encore pavoisé mais repu sous la neige : sous le porche du bordel où Karel et moi avions passé une nuit crapuleuse et magnifique a surgi ma petite prostituée de l'avant-veille. Dans l'aube grise, elle paraissait encore plus maigre, plus énergique, et ses yeux dilatés me scrutaient avec véhémence.

— Félicia ! ai-je crié en courant à elle.

Elle souriait en reboutonnant pudiquement sa chemise.

— Bonjour, Pieter, a-t-elle dit en secouant sa chevelure ébouriffée.

Nous nous sommes embrassés vivement, mais d'une tout autre manière que sur le lit. Je souffrais de la quitter. Je lui ai donné une pièce de monnaie. Pourtant je lui devais bien autre chose, et elle savait que je le savais.

Le temps s'était adouci, il neigeait rêveusement, lentement, sur la campagne que Karel et moi foulions de nouveau. Cependant la neige fondait en touchant le sol et d'innombrables flaques d'eau y laissaient traîner les fragments incertains d'un immense miroir où progressaient nos reflets noirs engourdis. Je ne reconnaissais plus rien dans la succession des paysages que nous parcourions en sens contraire et qui devenaient d'heure en heure plus étranges, plus étrangers.

— Ma Bible, murmurais-je parfois en tâtant ma poche pour me rassurer sur ma propre identité, et mon cœur battait à grands coups. Bientôt les nuages ont pris de la hauteur, splendides, pesants et sombres comme des tables de ferme entreposées dans un énorme grenier. Cependant, notre joie à l'idée de rentrer chez nous s'est troublée assez vite. Nous avons croisé sur le chemin un premier convoi de paysans surchargé de meubles, literie, objets ménagers. Puis un second. Puis un troisième. Tous avançaient avec difficulté. Nous nous sommes arrêtés, nous avons crié après eux. D'où venaient-ils ? Où allaient-ils ? Pourquoi déménageaient-ils ? Mais aucun d'eux n'a répondu. Un silence dur scellait leurs physionomies, ils se détournaient avec une expression de peur et de mépris. Ils semblaient même appartenir à un monde totalement coupé du nôtre.

À une lieue environ de notre village, j'ai mis pied à terre et me suis précipité sur un des paysans, que j'ai brutalement retenu par un pan de sa veste pour l'interroger. Il s'est dégagé sec en me frappant du revers de la main.

C'est alors que j'ai enregistré une odeur désagréable commune à tous ces corps prostrés, une odeur obscure, âpre, répugnante, qui les emportait dans ses replis voilés, emportait aussi leurs chariots cahotants dont pendaient les bâches. Soudain saisis d'appréhension, Karel et moi avons fouetté notre cheval, et nous avons traversé au galop la dernière lande avant notre village.

Quelque chose d'effroyable avait eu lieu là.

Partout à l'horizon s'élevaient des flammes dans un grand effort d'arrachement pourpre, ainsi que des cris. Nous avons atteint les premières fermes, dont les murs calcinés étaient méconnaissables. Dans les cours gisaient pêle-mêle des cadavres de moutons, porcs, vaches, ainsi que d'étranges flaques de chair dont on devinait vaguement l'origine humaine : ici et là subsistaient un pied, un bras, une tête écrasée, une purée de cervelle. L'odeur devenait de moins en moins supportable à mesure que nous avancions. Ma petite amie d'école Boontje avait dû se réfugier, au moment du massacre, dans l'écurie de son père. Entre ses jambes écartées le sang avait tourné au noir, ses mains de morte serraient encore ses tempes de morte, un cri de morte figeait sa bouche où luisaient les petites dents pointues. Atterré, Karel s'est immobilisé devant les ruines de l'auberge au Bon Coin. Ah, il était beau, le Bon Coin, avec son amas de briques et de formes carbonisées ! L'aspect de tout cela m'apparaissait si fantastique qu'au-delà de mon horreur naissait une espèce de... non pas d'enthousiasme, mais ce n'en était pas loin. Disons plutôt que mon horreur, soutenue par la révolte et la haine (sentiments qui m'étaient inconnus jusqu'alors), débouchait sur un besoin fou de création.

Seules restaient debout les fondations de Ooievaarsnest, rongées par le feu. La cuve à soupe était miraculeusement intacte. Mes parents égorgés gisaient autour. Papa avait sans doute voulu protéger maman : couché sur elle, il l'étreignait avec ses bras et ses jambes, semblables aux branches d'un bouleau mort. Nos animaux avaient été dépecés avec une sauvagerie incroyable, à l'exception de ma vache aux flancs soyeux qui achevait d'agoniser dans l'étable incendiée. Elle meuglait. Non : elle pleurait plutôt comme si la catastrophe l'avait métamorphosée en femme. J'ai éclaté en sanglots :

— Boontje ! ai-je crié dans le creux de sa belle oreille avec l'espoir qu'elle pourrait m'entendre encore.

Je voulais la retenir en vie. Il était trop tard. Soulevant ses paupières frangées de cils blancs, elle m'a regardé, oui, regardé, moi, Pieter, avec son œil dont le globe lumineux et vide m'ensorcelait depuis ma plus lointaine enfance. On aurait dit qu'elle voulait m'informer d'une chose qui me concernait personnellement, mais elle n'avait plus la force suffisante. Par la plaie de son ventre ouvert s'échappaient ses boyaux. Pourtant tout cela parvenait à rester d'une dignité épouvantable. Il me semble me rappeler que c'est à ce moment très précis que l'intuition suivante m'est venue : à travers les meurtres les plus affreux, l'organisme d'une créature moralement pure est comme frappé d'un magique enchantement. Boontje a entrouvert son mufle rose une dernière fois. J'y ai mis un baiser. Sa tête est retombée en arrière. C'était fini.

J'ai circulé parmi les débris de ma ferme natale, cherchant à identifier tel ou tel objet. J'ai pu tirer ainsi, hors d'un tas de cendres, un cruchon de grès contenant quelques écus négligés par les pilleurs.

— Ma ferme natale... bégayais-je.

Et j'ajoutais au-dedans de moi : s'agit-il vraiment de mon lieu de naissance ? Les deux formes embrassées là, sous mes yeux, m'avaient-elles conçu, oui ou non ? engendré ? leur sang coulait-il dans mes veines ? Grognant, hurlant, gémissant, je parcourais les ruines et poussais du pied des déchets innommables. À présent, l'odeur cadavérique se faisait substantielle et cherchait, eût-on dit, à m'étouffer charnellement. Resté à l'écart sur le chemin, mon ami Karel bondissait dans tous les sens, comme possédé du démon. Ses yeux lui sortaient de la tête. Il ne pouvait plus supporter d'être lui, c'était évident. Il voulait sortir de lui-même, entrer dans une autre forme. Et partout alentour un grand cercle de lamentations se tissait au silence de notre village assassiné, lequel retrouvait malgré tout, lentement, une sorte de paix ravagée. Et mes dessins, et mes dessins dans tout ça, qu'étaient-ils devenus ? La plupart avait été anéantie avec le reste. Fort curieusement, je n'en ressentais ni douleur ni regret, au contraire : presque un plaisir très sourdement enfoui quelque part en moi, non situable encore. La destruction de mon travail participait déjà, que je le veuille ou non, à une époque révolue. La destruction de mon travail était stimulante. Un nouvel âge s'annonçait. Jamais encore je ne m'étais senti à ce point dépouillé, frustré, aussi malheureux, mais aussi plein d'espérance. La catastrophe correspondait pour moi à un solennel commencement.

La fumée des incendies, rabattue par le vent du nord, m'étouffait à demi, m'empêchait de voir que le soleil brillait déjà haut. Une telle fumée portait un nom précis : l'Espagnol, l'Ennemi, le Dominateur exécré d'un pays innocent dont il me faudrait dorénavant découvrir les trésors, s'il en restait du moins. Ses volutes opaques répandaient partout alentour une espèce de musique, oui, une musique effroyable où se trouvaient harmonieusement combinés les soupirs des mourants ainsi que l'écho des cris sauvages de l'assassin en train de s'éloigner.

J'ai passé le reste du jour à gratter les décombres. J'ai pu rassembler ainsi quelques objets qui pouvaient m'être utiles : une besace, un bougeoir, un coffre de fer dans lequel j'ai serré l'argent, et deux ou trois dessins. J'ai arrimé le tout à la selle du cheval que je m'appropriais sans le moindre scrupule : Karel, frappé de folie subite, avait arraché tous ses habits. Nu comme un vers, il sautillait à travers la campagne sanglante, revenait sur ses pas en poussant des cris inarticulés, bestiaux. Je l'ai appelé. Il ne m'a pas reconnu. Je ne devais plus jamais le revoir.

IV

LE CHEMIN DU NORD — L'OUBLI SOUVERAIN — L'HOMME N'EST RIEN — MILLE MAISONS DE BRIQUES — UN TURBAN D'OR COIFFAIT SA TÊTE

Un animal qui meurt manifeste un courage d'une tenue morale exemplaire. Un homme qui meurt se transforme en animal. Telle est l'ultime pensée que j'ai pu emmener avec moi hors de ces lieux dévastés, tandis que je prenais la direction de Breda. Je me rappelais que les maîtres de mes parents y habitaient. Ils étaient mon seul recours et je n'avais rien à perdre en allant leur demander conseil.

Le soir du second jour, le cheval s'est effondré sous moi. J'ai poursuivi la route à pied d'abord, puis un convoi de fuyards m'a pris en charge. Je n'ai gardé aucun souvenir précis de mes compagnons de voyage, enveloppés jusqu'aux yeux de pèlerines ou de couvertures afin de résister au froid. Le seul fait qui me soit resté en mémoire : un petit enfant est mort en chemin. Le chariot s'est arrêté. On a enterré le corps en rase campagne. On a fabriqué une croix grossière sur laquelle on a cloué un crucifix, on l'a plantée sur la tombe.

Breda s'est annoncée d'abord par une vingtaine de gibets dressés à courte distance les uns des autres. Les pendus que poussait macabrement le vent excitaient des vols serrés de corneilles. À l'instant où j'ai quitté le groupe, qui poursuivait son voyage jusqu'à Anvers, une femme a murmuré :

— Bonne chance, monsieur !

Elle était peut-être jeune et belle, cette inconnue emmitouflée dans un épais châle noir ! Dans d'autres circonstances, nous nous serions peut-être aimés. Je n'ai vu d'elle que ses yeux, très bleus, brillants et frais.

Breda avait été épargnée cette fois par les massacreurs, qui s'étaient bornés à la contourner. Après m'être renseigné chez l'habitant, je suis allé jusqu'au château de nos maîtres, situé sur une petite hauteur. À mesure que je m'en rapprochais, j'avais l'impression qu'il émergeait d'une brumeuse image, avec ses tours à poivrières, ses murs de brique et ses innombrables fenêtres. J'étais transporté. J'étais crevé. Sans le secours d'un garde en poste à proximité du pont-levis, je serais mort d'inanition sur place. L'homme ayant fait demander pour moi un laisser-passer d'accès au château, je me suis retrouvé dès le lendemain, après une nuit de complète prostration, au seuil d'une salle prodigieusement vaste dont jamais je n'aurais osé de moi-même inventer le décor et les couleurs. Partout se dressaient des colonnades en marbre, des meubles précieux, des objets qui m'ont semblé d'or et d'argent, des tissus brillants qui composaient pour les seigneurs du lieu un cadre surprenant. Aussitôt j'ai reconnu le comte et la comtesse entrevus chez nous autrefois. Eux me reconnaissaient également, ô merveille ! Ils m'ont fait manger d'abord avec leurs valets dans des cuisines vastes aussi et scintillantes, puis dormir une ou deux nuits sous les combles après avoir examiné avec beaucoup d'attention mes quelques dessins. Tout allait soudain très vite autour de moi, et dans un mutisme à peu près complet. Les châtelains parlaient peu, moi de même. Il y a des périodes ainsi où l'existence se met à tourner comme les ailes d'un moulin pris de démence, et c'est tant mieux. On s'embêterait ferme ici-bas si les jours, les semaines, les années conservaient toujours la même cadence et les mêmes dimensions. Ce qui comptait avant tout pour le moment, c'était d'avoir chaud au ventre, bien calé par d'excellentes nourritures. Je reprenais mes forces.

Une semaine plus tard, monsieur le comte et madame la comtesse m'ont fait cadeau d'une bourse contenant quelques pièces d'or, mais oui, de l'or que je manipulais pour la première fois ! En outre, on me confiait une lettre de recommandation pour un certain Peter Coecke, originaire d'Alost, installé depuis peu à Anvers. Cet homme, précisait le comte, était un peintre de grande réputation. Dans ses ateliers travaillaient pour lui de nombreux élèves. Il pourrait sûrement m'aider. Il ajouta que Maître Coecke venait de se marier en secondes noces avec Mayken Verhulst de Malines, artiste elle aussi, très exactement une miniaturiste au talent si brillant que ses œuvres l'avaient rendue célèbre au-delà des frontières. Cette femme exceptionnelle me soutiendrait aussi de ses conseils.

Tantôt le comte, tantôt la comtesse reconduisaient le discours en appuyant sur moi des regards sérieux, comme s'ils m'admettaient sans discussion et sans s'être consultés l'un l'autre dans le cercle magique de leur compétence et de leur autorité. Leur élocution d'une volubilité somptueuse était cependant un peu sèche à mon goût. Mais qu'est-ce que cela pouvait me faire, à moi, devenu par la force des choses un vagabond sans feu ni lieu ? Ensuite ils m'ont questionné sur la destruction de mon village et les atrocités qu'on y avait commises. Leur visage s'est alors empreint d'une tristesse prétentieuse. La comtesse a posé la main sur son front ; des bagues extraordinaires brillaient à tous ses doigts. Au lieu de me soulever d'enthousiasme, le spectacle enchanteur du luxe de mes hôtes me paraissait, comment dire, naturel, et même prévu, donc détaché de moi par anticipation. Ce qu'il m'était donné d'observer dans l'instant n'était qu'une préparation veloutée aux aventures pour lesquelles je me croyais fait. Les seigneurs de Breda et moi-même, sans être reliés par la moindre intimité, nous échangions avec légèreté des propos graves où mon destin se jouait, j'en étais naïvement convaincu. Et j'aimais déjà mieux mon destin que l'animal humain. Je choisissais ce destin, j'y étais obligé. Je supposais par intuition pure qu'on choisit de la même façon instantanée soit une femme, soit un meuble, un chien, une maison. Malgré mon jeune âge, je fondais sur ma proie avec la terrible acuité d'un oiseau. Question d'instinct. La réflexion ne joue qu'après. C'est mieux.

Nous avons cependant vécu, eux et moi, quelques minutes d'attendrissement en nous séparant. Ils se tenaient assis dans la profonde embrasure d'une fenêtre douillettement masquée de rideaux à ramages et capitonnée de coussins. Ils ont tendu les bras vers moi, comme pour m'accorder leur bénédiction. Curieux, non ?

— Nous te souhaitons bonne route, Pieter. Envoie-nous de temps en temps de tes nouvelles. Et travaille ! Travaille !

Leur bonté, dont j'avais eu maint témoignage, m'a soudain gêné comme si une espèce de distance temporelle n'avait cessé de se dresser entre nous, aussi solide que du verre. Bref, je n'étais pas fait pour ces gens-là. Ils n'étaient pas faits davantage pour moi. Constatation de première importance : elle rendait nette, profonde et dramatique (mais aussi plus joyeuse) la coupure entre mon *moi* d'hier et mon *moi* d'aujourd'hui.

En vue du trajet que j'allais entreprendre, on m'avait préparé deux sacs : l'un contenait un matériel complet de dessinateur, l'autre des vêtements neufs et des victuailles. J'ai pris le chemin du Nord. L'hiver tirait à sa fin. Il pleuvait d'une façon douce, obstinée, régulière, et le ciel obscur et bas semblait frôler les terres plates où dominaient mille nuances de vert. Si j'avais eu mon expérience d'aujourd'hui à l'époque, j'aurais pensé que le paysage nu qui s'ouvrait au-devant de moi était chargé par Dieu d'effacer celui de mon enfance. Cela revenait à dire que l'on me tranchait en deux pour me contraindre à l'oubli. Et, très rapidement d'ailleurs, c'est le sentiment souverain de l'oubli, un oubli bienfaisant, recueilli, qui m'a secondé avec une spontanéité telle que je m'y suis abandonné tout à fait au cours des heures qui ont suivi, et même des mois et des années, à l'exception de quelques reliefs intéressants demeurés vifs dans ma mémoire.

— Vive l'oubli ! me disais-je donc tantôt sous la pluie ou le brouillard, tantôt sous un frais soleil. Je marchais, je m'étendais au revers d'un fossé. Je marchais, j'étais malheureux, heureux, désespéré, brûlé d'espoir. J'approchais de la ville d'Anvers : je l'ai su par les habitants de plusieurs villages où je m'arrêtais pour la nuit. Une étrange volonté de résistance interne me contraignait presque malgré moi à freiner ma progression. J'ignorais pourquoi, à moins que je n'aie feint par prudence de l'ignorer. Le paysan que j'avais été jusqu'alors redoutait la grande ville dont certains me parlaient avec un enthousiasme nuancé de terreur. Cependant, malgré mes hésitations et mes craintes, je ne cessais de dessiner. Je serrais à mesure mes croquis au fond de mon sac avec des précautions de brigand qui vient de s'emparer d'un trésor. Je les touchais souvent pour être sûr qu'ils étaient bien là, que personne ne viendrait me les reprendre, et je guettais la perspective du chemin et des champs afin de prévoir le surgissement d'un éventuel accapareur.

En bref, mon travail est devenu pendant cette période intermédiaire l'unique repère du temps, et je différais en cela des gens qu'il m'arrivait de croiser. Les gens d'ici savaient l'heure à une minute près, alors que ceux de mon ancien village se fiaient aux courbes du soleil, de la lune et des saisons pour donner au travail son rythme et ses repos. Déjà donc je vivais autrement, porté désormais par la fuite chiffrée de ce qu'il est convenu d'appeler d'une manière vague, approximative, le Temps avec un T majuscule.

Dans un petit bourg où j'ai débarqué un jour en fin d'après-midi, la première chose qui m'a frappé l'œil, c'est l'apparence des habitants. Même pauvres, ils se montraient plus rieurs, plus ouverts et plus doux que dans ma rude campagne natale, et surtout ils osaient se vêtir de couleurs voyantes. Cela provenait sans doute de la fertilité d'un sol capable de les nourrir mieux. J'y devinais également une certaine volonté de réaction provocante à l'égard de l'occupant espagnol. À l'auberge où je devais passer la nuit suivante, on achevait les préparatifs d'une noce dont les réjouissances ont duré trois jours pleins, et bien que je ne sois connu de quiconque, on me traitait comme un familier. Avec les autres donc, je buvais, mangeais ; cependant une certaine part de moi pressentait qu'il me fallait absolument rester un spectateur attentif, marginal, susceptible de tout enregistrer à travers une perspective décalée. D'ailleurs les mariés, assis au centre de la longue table, ne jouaient aucun rôle spécial dans l'ensemble de la scène. Au contraire : presque inaperçus, ils étaient constamment absorbés, gommés, effacés par la turbulence des corps environnants. Ils ne comptaient pas davantage que je ne comptais, moi. Constat intéressant ! La jeune épouse, ronde, rugueuse et trapue sous ses longs cheveux roux, gardait les yeux pudiquement baissés sur son assiette, évitant de parler à son jeune époux, lequel du reste paraissait l'avoir oubliée. À la limite, la fête aurait pu se passer d'eux, la fête se passait d'eux. Fantastique ! Admirable ! Je découvrais donc pour la première fois que les individus n'ont pas plus d'importance, dans l'ordre des phénomènes naturels, que certains insectes.

— L'homme n'est rien, ai-je crié soudain grossièrement.

Car j'étais saoul, moi aussi. J'ai noté partout alentour un sursaut. Je choquais, j'indignais, je dégoûtais. Et ces soudaines réactions de méfiance et d'antipathie avaient pour centre étincelant ma propre capacité de voir.

Enfin, enfin, Anvers a surgi au-devant de moi parmi les épais brouillard de l'automne, et le soir tombait. J'avais froid aux membres mais chaud à l'imagination tandis que je m'enfonçais dans un lacis de rues de plus en plus serré. Mille maisons de briques rouges, roses, blanches, jaunes, se dressaient côte à côte avec leurs pignons en marches d'escalier. Toutes donnaient une impression d'extrême propreté. Ayant déposé mon bagage à l'auberge et vagabondant du côté des quartiers pauvres, j'ai débouché sur une place en pente où se tenait rassemblé un troupeau de mendiants comme jamais je n'en avais vu encore : leurs vêtements en lambeaux laissaient entrevoir des plaies immondes. Ils agitaient leurs moignons de bras et de jambes, ils grouillaient comme autant d'excroissances pourries du sol. L'écho gueulant de leur voix se répercutait entre les murs. Ils puaient ferme. J'ai voulu m'éloigner. Mais ils ont interprété mon geste comme une insulte, une accusation. Ils m'ont pris en chasse, les uns juchés sur des caisses à roulettes, les autres se traînant par terre ou sautillant à cloche-pied, ou roulant sur eux-mêmes à la façon de larves. Ainsi poussé au cul par ce nœud d'horreurs humaines j'ai atteint le rivage de l'Escaut, qui m'a stupéfié. J'ai eu le temps d'enregistrer, à travers une sorte d'éclair, sa largeur dansante, ses innombrables embarcations aux voiles gonflées, ses profonds reliefs gris-vert, et surtout ses vols de mouettes semblables à de mobiles dessins à la craie sur la masse obscure des nuages. Devant, je jouissais d'un plaisir fouettant, assourdissant. En arrière je me savais traqué par la pire dégradation. À l'instant où les misérables m'ont criblé de leurs premières pierres, je me suis retourné d'un coup et, tête baissée, j'ai foncé dans le tas, habité par une force élémentaire. Ils s'accrochaient à moi, mordaient, griffaient, crachaient en me couvrant de salive et de pus. Comment je suis parvenu à me libérer ? Mystère. Après une heure de combat cependant, l'épuisement nous a fait lâcher prise et nous nous sommes écroulés dans la boue, à demi morts. J'ai repris conscience le premier. Mes adversaires restaient couchés, endormis comme des brutes, comparables à des croix tordues et noires. Ils avaient cessé d'être un agglomérat de chairs ignobles. Ils se transformaient, eût-on dit, en buissons, en cailloux, en tertres, en arbustes. Ils devenaient la nature elle-même, luxueusement. Il n'était pas jusqu'à leurs monstruosités les moins avouables qui ne fassent partie d'un ensemble velouté, chatoyant, sur lequel tombait lentement la nuit. Ensuite ils se sont réveillés, se sont traînés vers moi et m'ont donné à boire comme si j'avais été leur plus vieil ami. Mes propres blessures me faisaient souffrir, pourtant j'étais soulevé par une joie extravagante, fondamentale, dont je peux assurer aujourd'hui encore qu'elle ne m'a jamais lâché, fût-ce dans les pires circonstances. Car les gueux à présent me parlaient, me touchaient, m'appelaient « Pieter le drôle ».

— Veux-tu rester avec nous, Pieter le drôle ? m'a demandé un aveugle aux orbites vidées à la petite cuiller.

C'était tentant, bien sûr. Je les aimais soudain. Je comprenais pourquoi ils m'avaient attaqué : ils étaient une bande de rebelles qui s'étaient mis au ban de la société pour échapper à l'occupant. Vivre, dans leur cas, était synonyme de tuer, voler, crever, pour garder à tout prix la liberté, retourner enfin à la terre avec lenteur. À leur effroyable manière, ils me donnaient ainsi des conseils, une leçon concernant mon avenir. Nous nous sommes quittés en pleurant presque. Je leur ai promis de revenir. Je n'ai pas tenu ma promesse.

Un tel épisode m'a donné le courage nécessaire pour aller frapper à la porte de Maître Peter Coecke deux ou trois jours après. Nouveau choc saisissant pour le stupide jeune paysan que j'étais. Choc, en contrepoint... La porte s'ouvrait, oui, s'ouvrait soyeusement. On m'introduisait dans un spacieux vestibule. On me priait de m'asseoir un moment. Les murs étaient recouverts, du parquet au plafond, de tableaux splendides. J'ai osé m'en approcher pour déchiffrer la signature. Il s'agissait d'un certain Jérôme Bosch. Qui donc pouvait être l'incroyable inventeur de ces univers grouillants, fragmentés d'apparence mais formant un tout unique, bouleversant ? Comment s'y était-il pris, nom de Dieu, pour peindre de tels anges, des démons combattants, des fous, des gens d'armes, des Christ grimaçant de douleur sous leur couronne d'épines, des Vierges tarées, des villes et des campagnes en feu ?

Quelqu'un m'a pris par l'épaule et m'a fait entrer dans une salle vivement éclairée par de hautes fenêtres, derrière lesquelles s'étendait un jardin. Et ce quelqu'un était Peter Coecke en personne, je l'ai su un peu plus tard : des hommes jeunes pour la plupart s'approchaient de lui avec aisance, l'appelaient par son nom, riaient, tandis que je continuais à laisser traîner mon regard médusé sur les murs couverts de bibliothèques et de tableaux. Et j'entendais à travers un brouillard de crainte émerveillée la voix du maître disant :

— Ça vous intéresse, jeune homme ? Là c'est un Van Eyck, je l'ai acheté il y a un mois. Ici c'est un Bernard Van Orley. Plus loin un Quentin Metsys, un Mabuse, un Gérard David, un Lucas de Leyde.

Il continuait à me pousser parmi des meubles chargés de faïences aussi fraîches que le blanc d'un œil de jeune fille. Il s'emparait de mon carton, étalait mes dessins sur une longue table. Des gens nous entouraient, hochant la tête et pinçant les lèvres. Une rumeur d'admiration soupçonneuse montait de tous côtés. Était-ce bien de moi qu'il était question ? Ou bien étais-je embarqué dans un rêve dont j'allais me réveiller brutalement ? Mais non : j'étais plongé on ne peut plus dans la réalité. Entre deux séances de travail, les élèves et les apprentis ôtaient leur blouse blanche, circulaient, bavardaient, buvaient de la bière, jugeaient leurs toiles posées sur des chevalets de bois sombre dont l'odeur de cire d'abeilles me saoulait. J'étais ravi dans un sens. Dans l'autre je me sentais protégé par une sensation d'indifférence confortable. Le temps d'ici-maintenant s'écoulait à des lieues de ma personne, et celle-ci était dépossédée de son âme, s'éparpillant en mille morceaux. Un énorme effort m'a toutefois remis d'aplomb lorsque j'ai pu fixer mon attention sur une fille complètement nue allongée en haut d'une estrade, aussi raide qu'une statue. C'était le modèle de tous les peintres réunis là. Mais je ne comprenais pas l'intérêt qui consistait à copier les rondeurs de sa poitrine, de son ventre, ainsi que le triangle de poils ombrant la fourche de ses cuisses. « Pourquoi ? Pourquoi ? » me demandais-je, assez choqué en fait par ce grand sac de peau trop rose, à peine vivante en somme : si tendue et poudrée qu'on aurait dit un tissu.

— La peau est là pour dissimuler grossièrement la vérité de la forme, me suis-je entendu bredouiller entre haut et bas.

De quoi je me mêlais ? Personne n'a paru m'entendre, et c'était une chance : on m'aurait foutu dehors. La foule des visiteurs, plus ou moins parfumés, entrait, tournait, sortait, et j'ai compris bientôt que ce magma volubile était composé de savants, philosophes, poètes, géographes, imprimeurs. Une bizarre énergie dirigée, oui, dirigée, et qu'il m'était impossible de contrôler personnellement (drôle d'histoire !), déjà me tirait avec violence hors du temps où j'étais né pour me plonger ailleurs, dans un autre siècle peut-être. Pour un peu, j'en aurais bavé de surprise, de honte et d'impuissance.

Peter Coecke accueillait les visiteurs, superbe et ridicule dans sa robe de soie brochée à parements de fourrure. Un turban d'or coiffait sa tête rubiconde, trop bien nourrie. Halte ! Loin de moi l'idée de dénigrer le bonhomme à qui j'allais tout devoir bientôt. Nourri, entendons-nous bien, non seulement de viandes fines et de bons vins mais aussi par ses voyages entrepris douze ans plus tôt en Turquie notamment, où il avait séjourné longtemps. Le mot « Constantinople », que j'ignorais jusqu'alors, lui revenait souvent aux lèvres. Il en était plein. « Constantinople » était un éclat lubrique à l'angle de ses prunelles, la torsion musclée de son cou, les bagues lourdes ornant chacun de ses doigts, sa façon souveraine de porter les mets à sa bouche sans souiller sa barbe. Et il m'enfonçait ce mot dans la gorge.

J'étais à bout de fatigue. Trop d'agitation. Trop de bavardages, de rires, etc. Devinant mon état sans doute, Maître Coecke m'a fait manger d'abord, puis entraîné au jardin où chuchotait continuellement le jet d'eau d'une fontaine de marbre rose veiné d'or.

— Rapportée de Florence, mon cher, en... attendez, 1532, oui, m'a-t-il aimablement précisé en se passant la langue sur la moustache.

Des paons se tenaient perchés sur des arbres construits en forme de pyramides. Dans leur ombre était assise une femme extrêmement enceinte vêtue de velours incarnat. Ses épaules et ses bras de géante étaient nus, son visage un peu congestionné m'a charmé aussitôt, et j'aurais voulu savoir pourquoi. Elle feuilletait mes planches ; le regard bleu pâle de ses yeux saillants allait sans cesse de mon travail à moi tandis qu'un pli de réflexion rapprochait ses sourcils dorés. Le nez surtout m'a paru remarquable : planté à mi-face, il y pendait comme un fruit. Non : un animal plutôt. Et c'était là, dans son relief audacieux, que se concentrait une intelligence aussi vibrante et pointue qu'une flèche. Oui, oui, pourquoi étais-je ainsi captivé par elle ? Il s'agissait de Mayken Verhulst de Malines, l'épouse de Maître Coecke, qui joignait à son talent de miniaturiste celui de traductrice d'œuvres latines. Elle était célèbre partout, autant que peut l'être un homme. Soufflant ! Inquiétant aussi ! J'aurais voulu fuir. Étais-je vraiment Pieter Breughel, âgé d'environ dix-huit ans, né dans une misérable ferme du Limbourg ? J'ai fui. Mais Pieter Coecke m'a d'abord informé qu'il désirait me revoir le lendemain pour m'entretenir de certains projets à mon égard.

Je retraversais le vestibule d'entrée lorsque j'ai vu soudain surgir dans la pénombre une silhouette qui venait à ma rencontre. Je me suis arrêté net. Dieu ! c'était mon reflet dans un haut miroir, premier contact avec mon apparence d'adulte, image à laquelle je devrais coller désormais. Taille moyenne, épaules robustes, front bosselé, sourcils épais sous lesquels s'enfonçaient des yeux à l'expression méfiante, avide et cruelle, nez large. Il fallait accepter le bonhomme, on ne pouvait rien y changer. Fait exactement à mes mesures, il serait mon futur compagnon de route. Je me battrais souvent avec lui, c'était probable. Mais, par la force des choses et du temps, il deviendrait peut-être, s'il y consentait, mon seul ami.

Les semaines suivantes m'ont rendu fou d'exaltation. La maison Coecke ne désemplissait pas. J'étais à présent l'apprenti du Maître, qui m'a proposé un logement au dernier étage. Cependant j'ai refusé net. Je voulais garder une marge de solitude. Rien ne me convenait mieux que ma chambre à l'auberge des Deux Cygnes, dont la fenêtre ouvrait sur l'arrière de la cathédrale. En haut, la flèche de la gigantesque dame de pierre se perdait dans les nuages. En bas c'était une imbrication complexe de toits coupés de rues grouillantes. Mon avenir et l'humanité mouvante formaient un seul bloc, ce qui revenait à dire que mon travail en serait le commun dénominateur. Je faisais des progrès rapides grâce à Peter Coecke et à sa femme, celle-ci m'initiant plus particulièrement à certains procédés de peinture, ignorés de moi jusqu'alors. Bizarrement, elle se révélait plus présente que le Maître lui-même. Elle passait de longs moments près de mon chevalet, où je préparais des fonds ou des grisailles. À cause de sa grossesse, une sorte de graisse lumineuse l'enveloppait d'une seconde forme, moins tactile, plus glissante, presque enchantée. Cela me pesait, me coupait de mon passé d'une manière surprenante : les images de l'enfance, séparées de moi par un coup de lame imaginaire, se rangeaient comme de vieux dessins sous la voûte de mon crâne, et elles cessaient de m'émouvoir.

Les mains dodues de Madame Coecke conduisaient ma main, qui tenait les pinceaux ou les plumes. Le ventre chatoyant de Madame Coecke allait jusqu'à toucher parfois mon épaule. J'étais troublé par un tel contact. J'y pressentais un élément inconnu, un mystère que le jeune homme inexpérimenté que j'étais ne pouvait que deviner.

Je faisais progressivement connaissance avec mes nouveaux compagnons, garçons gais et pleins d'assurance pour la plupart, dont la conversation m'épuisait vite. Je préférais m'isoler en grimpant au sommet de la belle petite échelle qui donnait accès aux rayons supérieurs de la bibliothèque. Pendant des heures, j'y consultais les volumes les plus rares. Sous la reliure, l'épaisseur poussiéreuse des pages me découvrait le monde prodigieux qui s'y tenait endormi, un monde concret, rayonnant, silencieux, immense, que je souhaitais pénétrer par mes propres moyens. Il révélerait ses innombrables trésors à travers ses œuvres peintes, écrites, gravées. Il s'étendrait de plus en plus si je m'adonnais sérieusement à l'étude des langues, celles-ci ouvrant les portes du cosmos. Et tout d'abord le grec et le latin, qui me brancheraient sur les caches en trompe-l'œil de l'Histoire.

V

UN ÉVÉNEMENT SPECTACULAIRE — LES CORPS SE SONT MIS À TOMBER — JE LE FERAI ! — UNE FEMME AU DESTIN RAYONNANT — J'AI DÉFAIT SES TRESSES

Mieux même ! Pourquoi n'apprendrais-je pas l'hébreu, dont le seul tracé d'écriture se présentait à mes yeux comme un frémissement de lumière noire, un agencement de milliers de clés miniature capables de s'adapter aux milliers de serrures trouant à la fois mes sens, mon cœur, mon esprit ? Pénétrer dans les retraits de la langue biblique m'attirait, bien sûr, mais s'imposait aussi comme un devoir, ou presque. J'avais conservé ma vieille bible d'enfance, que je manipulais à présent avec précaution pour ne pas l'user davantage : elle était en lambeaux, elle ne m'avait jamais quitté ; un peu de ma sueur avait fini par donner à son parchemin une patine semblable à celle, si émouvante, d'un cou de vieillard. J'aimais cette relique de mon passé qui ne cessait d'ailleurs, à sa manière sombre et marginale, de me pousser vers un riche avenir de connaissances. J'étais insatiable sur ce plan. Très vite, j'ai pu assimiler les premiers rudiments du grec et du latin, et cela avec une facilité déconcertante qui m'a fait réfléchir mieux sur mes origines. J'évoquais souvent la figure de mon père, lorsqu'il m'avait avoué : « Pieter, tu es un enfant trouvé ! » Pendant des années et des années, sa révélation m'avait enfoncé dans un ténébreux précipice de refus, de doute, et même de désespoir. Mais à présent que j'étais devenu un familier de Maître Coecke et de son atelier, j'étais forcé d'admettre l'éventualité que papa ne m'avait pas trompé. L'aisance avec laquelle je me pliais à la discipline des études, mon goût pour les livres dont l'enseignement me faisait souvent pleurer, ma faim des choses du cerveau, tout cela n'était-il pas une indication comme quoi j'avais peut-être été abandonné dès les premiers jours de ma naissance par un couple bourgeois de haute culture, sinon par des nobles ? Une telle supposition, aussi incroyable soit-elle, me troublait sur certains plans, me justifiait dans mon effort tout en consolidant au fond de moi une base nécessaire d'indépendance, de rébellion.

Un jour donc Peter Coecke m'a fait rencontrer le professeur Samuel, qui se chargeait volontiers de mon initiation à l'hébreu. Dès l'abord, sa personnalité m'a frappé pour ses différences, face à mon professeur de grec et de latin. Ce dernier était un jeune homme élégant et serein qui semblait jailli en droite ligne des choux de l'Antiquité tant son cours avait de fraîcheur vive et de gaieté. Maître Samuel, au contraire, s'exprimait avec difficulté dans notre langue et d'une manière aussi confuse que prolixe. Fort imbu de sa personne, il citait souvent ses propres œuvres, célèbres, assurait-il, outre-Rhin. Au cours de nos leçons, il cherchait, eût-on dit, à m'hypnotiser sous le regard de ses yeux ronds, qui me faisaient penser à ceux du loulou de Poméranie de Madame Coecke. Il portait en arrière du crâne une calotte brodée à peine plus large qu'une hostie « à cause des courants d'air », murmurait-il sur un ton de mystère attendri, comme si le froid eût été de tout temps son plus féroce persécuteur. Si j'insiste aussi fort sur la description de cet estimable vieillard, c'est à cause du profond retentissement qu'il a eu sur mon destin. Je lui devais ma découverte de la Bible dans son écriture d'origine, que j'ai assimilée comme à travers une sorte de rêve didactique, sans véritable effort. Mon assiduité — qui étonnait mon entourage — m'a permis d'entreprendre dès l'année suivante l'étude comparée de certains psaumes ou versets, ceux qui m'émouvaient le plus : ils étaient selon moi la racine même de toute inspiration, de tout désir, de toute vérité.

À partir de là, les événements sont allés à toute allure en se poussant et s'escamotant. Mon travail était contrôlé par de brillants individus : leurs conseils, et souvent leur approbation, me stimulaient. Parmi eux se trouvait Ortelius l'enlumineur de cartes, Christophe Plantin, qui m'invitait souvent dans sa magnifique demeure, le peintre Antonio Moro, pour n'en citer que quelques-uns.

Mais j'appréciais plus encore de me retrouver seul avec moi-même dans ma chambre à l'auberge, toujours la même depuis mon arrivée à Anvers. Ma pensée pouvait s'y décanter, se voir à bonne distance, et ça, c'était le bonheur. Je m'imposais aussi la règle d'un tour quotidien dans tel ou tel quartier. Car le contact avec les briques, le brouillard, la boue, le soleil, m'était aussi nécessaire que la bouffe et la respiration. J'observais les gens avec passion. Le malheur d'un pays occupé avait petit à petit modifié leur comportement et même leur physique. Alors qu'à l'origine ils étaient faits pour la santé, le rire, la fête, ils s'étaient tassés pour la plupart en se ternissant bien avant la vieillesse. J'emportais des carnets et des crayons, saisissais sur le vif l'expression des visages et des corps. Ma préférence allait nettement aux plus décomposés d'entre eux, aux plus débiles. J'espérais découvrir sous les faciès et les attitudes (que l'épuisement et la haine semblaient laquer mystérieusement) un certain secret d'éternité qui me concernait.

Un soir je me suis perdu dans les ruelles du port. La lumière était bizarre, liée à l'effervescence larvée de la foule. Soudain j'ai su que j'arrivais à point pour assister à quelque événement spectaculaire — qui n'a pas tardé à se produire. D'abord j'ai cru que mon cerveau seul, un peu malade, en était l'inventeur. Eh bien non. À l'angle d'une place où débouchaient des rues à bordels se massait et grossissait incessamment un groupe de femmes. D'autres arrivaient de partout dans une agitation croissante. Immédiatement j'ai repéré l'une d'entre elles, qui semblait être le chef de la cohorte : grande, maigre et musclée, une cuirasse de fer emprisonnait son buste, une marmite renversée lui servait de coiffure, d'où s'échappait la chevelure en désordre. Elle haranguait ses compagnes sur un ton suraigu, de longs cris répondaient à son discours, on voyait se lever au-dessus des têtes une armée de lances, couteaux et fourches. Cependant le troupeau des mégères s'ébranlait en direction du palais ducal. J'ai tout juste eu le temps de me coller sous l'encorbellement d'un porche pour éviter d'être entraîné dans la houle. Un homme se trouvait à mon côté. Tremblant de peur et me serrant convulsivement l'épaule, il m'a expliqué à voix basse qu'il s'agissait d'une révolte du beau sexe, encore une, en guise de protestation contre une loi nouvelle de répression, et ce n'était ni la première ni la dernière. Mais cette fois elles semblaient se déchaîner, décidées à massacrer, piller, brûler, torturer, noyer l'ennemi, c'est-à-dire l'Homme. Ah il était beau, le beau sexe ! Une vision de l'enfer, oui, évoquant en particulier l'œuvre de Jérôme Bosch, avec ses dominantes aux couleurs de cendre et de feu. Mais l'étrangeté d'un tel spectacle venait de ce que la masse des cris, déchirants et torrentiels, finissait par exprimer son envers, c'est-à-dire le silence, le mutisme et la surdité. C'était si grandiose qu'il était permis de se demander si je n'étais pas possédé par un cauchemar. Bientôt, comme pour m'apporter la preuve que j'étais au contraire parfaitement éveillé, les corps se sont mis à tomber pêle-mêle, déshabillés à mesure par les commères et criblés de plaies, par tas immondes au creux des fossés, des douves et des caniveaux. L'admiration et l'horreur desséchaient ma bouche. Je souhaitais me mêler au cortège en folie, lequel à présent s'étirait avec une mollesse fourmillante sous le ciel embrasé. Je souhaitais devenir moi-même une femme. N'était-ce pas le seul avenir que nous pouvions espérer, nous, misérablement pourvus d'un phallus incompris ? Un jour viendra, pensais-je, où je peindrai tout cela pour triompher de l'infamie qui nous écrase. Je hurlai alors :

— Je le ferai !

Ahuri, mon voisin a bafouillé :

— Qu'est-ce que vous ferez ?

J'ai tapé du pied, brandi le poing, répétant comme un imbécile :

— Je le ferai !

Et j'ai éclaté de rire, ce qui m'a provisoirement délivré de la terreur qui, je l'avoue en toute lâcheté, me gagnait aussi.

Car les heures passaient et l'on ne pouvait songer à fuir, d'autant qu'il s'est mis à pleuvoir, ce qui excitait davantage les furies : systématiquement, elles détroussaient leurs victimes égorgées, se disputaient entre elles habits, chaussures, bijoux, bourses arrachés aux malheureux cadavres (quand je dis d'un cadavre qu'il est malheureux, je me trompe sans aucun doute : j'ai appris à la longue que la mort n'est pas forcément liée au malheur en dépit des apparences). Et maintenant le combat évoluait d'une manière sordidement logique. Les femmes, oubliant le motif initial de la manifestation, s'attaquaient, se mordaient, tombaient emmêlées sur le sol sans parvenir à se redresser. Une épaisse couche de boue les transformait peu à peu en singulière figure huileuse et sombre, un énorme tronc mou d'où s'échappaient encore, affaiblies, des imprécations inhumaines. Mais bientôt une bousculade a eu lieu, lame de fond qui déferlait vers nous, hérissées d'armes étincelantes. Mon voisin, touché par une flèche au cœur, s'est affaissé dans un beuglement. J'ai poussé du dos contre la porte avec une force tellement désespérée que je l'ai sentie céder. J'étais aspiré par le froid et la nuit d'un corridor... J'étais sauvé !

— Vite ! a fait une voix rauque à mon oreille.

Et la porte s'est rabattue, bloquée aussitôt par des barres de fer.

Une main prenait ma main, m'entraînait. Je me suis retrouvé dans une pièce peuplée d'une dizaine de créatures qui étaient le contraire des sorcières du dehors. À l'ambiance parfumée du clair-obscur qui régnait là, j'ai compris qu'il s'agissait d'un lupanar d'ordre moyen, et même bas : ce sont les plus agréables. En déshabillés aux coloris voyants, les filles s'exprimaient avec une sorte de rudesse calme, sinon sereine. L'une d'elles m'a fait monter aussitôt au premier étage, malgré mon désir de rester en bas pour discuter. Mais quand une femme veut, elle obtient. D'ailleurs j'étais trop fatigué pour lui résister. Nous avons fait l'amour, bon, et après ? Je lui ai donné un peu d'argent, bon, et après ? Eh bien j'avais mérité une excellente nuit de sommeil auprès de cette fille aux cheveux couleur de paille fraîche et à la peau laiteuse. Sa particularité (jamais plus rencontrée depuis) : son nombril un peu brun saillait comme un petit doigt.

Je me suis levé tard, j'étais courbatu. En bas, on m'a servi un déjeuner succulent, œufs frits, pain beurré, fromage blanc, café noir et confiture. Les petites putains ne savaient qu'inventer pour me faire plaisir, et dieu qu'elles étaient charmantes, joyeuses, correctes en un mot ! Courageuses et désintéressées aussi, ce qui pouvait sembler à première vue paradoxal. En fait, elles se fichaient pas mal d'un argent gagné avec facilité à la sueur de leurs aisselles. Elles aimaient vivre, cela sautait aux yeux. Et je trouvais que ce n'était pas si mal dans un monde en train de se fendre et d'exploser, de s'abîmer dans la déchéance.

Tard en fin d'après-midi je suis retourné chez mon maître, à qui je n'ai donné aucun détail sur les événements de la veille ; ce n'était pas la peine, on ne parlait que de ça en ville. La manifestation avait fait trois cents morts, cinq cent cinquante blessés. Un quartier avait brûlé. On avait arrêté quarante activistes et, sans jugement, on avait pendu dix-huit d'entre elles tandis que le supplice de la roue était infligé aux autres. Plus personne dehors, disait-on, où une repoussante odeur de chair rôtie empuantissait l'atmosphère. Et tandis que je me remettais au travail, je réfléchissais avec surprise qu'il existe plusieurs qualités de silence. Celui qui écrasait à présent les rues était lourd, mat, doublé eût-on dit par les rumeurs d'un désespoir qui ne pouvait s'éteindre. Au contraire, celui qui régnait dans nos ateliers diffusait un parfum de haute culture et de luxe délicat. Élèves, maîtres, visiteurs, conversaient gentiment comme si rien ne s'était passé. Parfois on entendait fuser le rire glousseur d'un modèle, une exclamation. À travers les fenêtres brillait le jet d'eau. En résumé, le glissement feutré des pas, les dentelles, les bijoux, les mains gantées, les beaux meubles et les visages frais, les riches tapisseries murales entretenaient ici l'illusion d'une réalité libre. Cela revenait à conclure que notre espace clos pouvait couvrir de ses chatoiements l'horreur d'un pays déchiré par la guerre civile, livré à la torture, aux incendies, à la famine que subissaient une population brisée. Un frisson de sensualité magique masquait l'enfer. Je tremblais de dégoût, je souffrais, j'aurais aimé crier au scandale, mais il était trop tôt encore. Et d'ailleurs, comment aurais-je pu me dresser contre le milieu de Peter Coecke, à qui je devais tant ? De toute façon, je n'avais pas encore en tête toutes les données d'un problème aussi complexe. Il fallait patienter, étudier, observer, élargir mon horizon.

C'est peu après que Mayken Coecke a reçu un philosophe venu tout exprès d'Italie pour diriger un colloque chez l'imprimeur-éditeur Christophe Plantin. Le mot « Italie » que j'avais entendu pourtant bien souvent autour de moi, et qui semblait glissé en filigrane de toutes les conversations, m'a soudain accroché l'oreille. « Italie » devenait, au moyen de ses trois syllabes fines et nacrées, une espèce d'écrin dans lequel étaient enfermées des pierres précieuses : Rome, Padoue, Vérone, Florence, Venise, Naples en étaient retirées avec des précautions gourmandes qui ne cessaient de m'émerveiller. Les noms des villes, les noms des gens (entre autres Michel-Ange, Tintoret, Titien), constamment mêlés aux propos, formaient ainsi un tissu d'excitations. Je m'interdisais de poser des questions pour mieux laisser se développer en moi une certaine vision d'un univers dont j'avais la curiosité parce qu'il réclamait d'être interprété par moi, oui par moi ! Un désir fou naissait, à partir des contrastes les plus choquants.

Pour mieux réfléchir à tout ça, j'ai demandé à mon maître deux semaines de congé, qu'il m'a accordées sans difficulté : je voulais traverser la Flandre et gagner les bords de la mer du Nord, où jamais encore je n'étais allé.

C'était en plein hiver, l'air triste et mouillé irisait le ciel et la terre de nuances superbes. Les blancs, les gris, les bruns y dominaient, indéfiniment fragmentés sous des scintillations pâles, comme exténuées. Jusqu'à présent, tout s'était passé comme si je n'avais pas encore eu la révélation franche de la couleur. Mais voilà qu'elle commençait à surgir, cette révélation, en contrepoint de la sobriété pure et nue d'un paysage en camaïeu, lequel doucement se retirait à ma droite, à ma gauche. Au fond d'une sorte de réserve mentale se préparait une folle profusion de rouges, de jaunes et de bleus, de verts, et cette réserve se nouait dans mon gosier, me faisait du mal, me faisait du bien, refusait encore de sortir. Pour la première fois, je me sentais vraiment jeune, vraiment fort, vraiment sain, un peu à l'image du cheval que j'avais loué et dont de temps en temps je caressais l'encolure.

Deux faits distincts ont marqué ce petit voyage. Et je n'ai su qu'après coup qu'ils étaient liés par un élément commun, qu'ils s'étaient produits dans le seul but de consolider le sol intime de ma vie future. Car le plus mince fait visuel enregistré par l'œil d'un artiste est prémonitoire en quelque sorte ; il sert de guide aveugle ensorcelé ; il sait tout, il ne commet jamais d'erreur. Ce mystérieux savoir, occupant par anticipation mon système nerveux tout entier, s'annonçait comme une aube interne alors que j'entrais dans la petite ville de Bruges où tombait la nuit.

Un reste de crépuscule argentait encore le filet des canaux dormants sous un ciel déjà noir. Le carillon des églises et du beffroi m'inondait au passage de sa pluie musicale. Des religieuses allaient et venaient. En me léchant les lèvres, je goûtais un air salé. Après une excellente nuit à l'auberge, je me suis senti porté par une émotion qui me faisait battre le cœur d'impatience. J'allais atteindre mon premier but...

En tremblant de joie, j'ai franchi le porche sculpté de la cathédrale, j'ai contourné les femmes en prière, j'ai remonté la nef arrosée par les feux multicolores des vitraux, et c'est au détour d'un pilier que j'ai brutalement découvert la Vierge à l'Enfant de monsieur Michelangelo Buonarroti, édifiée là depuis l'année 1514. D'abord, le format réduit de la statue m'a beaucoup impressionné. Très vite cependant j'ai compris que la Mère et l'Enfant serrés par un entrelacs de draperies et de chairs en marbre doré étaient saisis dans un mouvement circulaire dont le centre était Jésus. Précisément à cause de ses dimensions modestes, l'œuvre avait une grandeur que l'on peut qualifier d'orageuse et foudroyante. La regarder avec attention en glissant tantôt à gauche tantôt à droite pouvait être également interprété comme la plongée au cœur d'une rose baroque dont les pétales en demi-teintes retenaient et renvoyaient à la fois des feux blancs. Cela bougeait sans bouger. Cela s'exprimait sans rien exprimer. Cela s'adressait à moi, au cours de l'hiver 1544, à moi, Pieter Breughel, qui suis resté longtemps là, dans l'extase.

Le deuxième fait important a eu lieu le lendemain en atteignant le bord de la mer après avoir traversé le petit désert sablonneux des dunes. La mer. La mer. La mer soutenait un ciel nuageux pour le tirer par-dessus la roulante étendue des vagues. Je me suis mis à courir comme un fou en criant. Je décrivais des cercles de plus en plus serrés puis me laissais tomber sur le sol. Dieu me regardait-il ? M'aimait-il ? M'approuvait-il ? Sûrement, puisque je lui donnais l'autorisation de me regarder, m'aimer, m'approuver. Je me suis endormi dans un creux de dune jusqu'à la nuit. Entre-temps la marée avait atteint son plus haut niveau. J'étais devenu le maître d'un vide phosphorescent, indéfiniment modelé. La Vierge découverte la veille et la mer ne faisaient plus qu'un. D'un côté le mutisme. De l'autre un tissu de rumeurs. Explorer la mouvante ouverture qui m'était ainsi proposée, la creuser, la contourner, aussi longtemps que je vivrais...

Je suis rentré à l'auberge en titubant comme un homme ivre. J'ai fait plusieurs croquis. Mais j'étais encore impuissant à *dire*, au bout de mes crayons, le *volume* des choses qui venaient de m'être révélées.

Rentré à Anvers, j'ai tu ma double aventure. J'en faisais une affaire personnelle. D'ailleurs, on me témoignait fort peu d'attention ; on attendait d'un jour à l'autre la naissance de l'enfant Coecke. Mon maître voulait entourer l'événement de tout le faste que réclamait sa situation de bourgeois cossu, glorieux, Franc-Maître de la Guilde Saint-Luc depuis 1527, et de plus chargé d'un lourd honneur : la succession de Bernard Van Orley, mort à Bruxelles un an plus tôt. Peter Coecke était à la fois modeste et orgueilleux, inquiet et joyeux, d'où son désir d'apparat :

sa maison se mettait au diapason, respirait plus vite, avec plus d'éclat que d'habitude, autour de la presque mère occupant un étage entier à elle seule. On engageait de nouvelles servantes. On remplissait les pièces de nouveaux meubles. On apportait des dentelles de Malines et de Bruxelles, du linge brodé, des soies importées d'Orient. Mayken était si grosse qu'on pouvait se demander si deux enfants ne lui sortiraient pas du corps. Les visiteurs affluaient. On lui avait conseillé de garder la chambre, ce qui ne l'empêchait pas de changer de toilette plusieurs fois par jour, de se couvrir de parfums et de bijoux afin de recevoir brillamment ses amis. J'admirais la quantité de précautions déployées ainsi autour d'une femme au destin rayonnant, alors qu'à travers le pays des milliers d'autres créatures accouchaient au milieu des flammes, des tortures, de la peste et des monceaux de cadavres. Ce n'était ni juste ni même « raisonnable » : aucun raisonnement, aussi malin, aussi retors soit-il, n'excusait de tels écarts de condition. Ces écarts me contrariaient, ne cessaient d'habiter désagréablement ma pensée, m'agitaient même au point que mon travail en était durement influencé. Comme je soumettais à Peter Coecke une planche représentant une série de mendiants infirmes et scrofuleux, il a eu un léger sursaut, puis s'est mis à rire d'une façon que je ne lui connaissais pas : pointue, sèche, saccadée. Et ce rire dépourvu d'humour et de gaieté dissimulait mal un choc de désapprobation.

— Ce n'est pas la vie ça, mon cher garçon, a-t-il dit dans un soupir en caressant mon dessin du bout de ses doigts fuselés. Tu oublies l'amour, la beauté, le soleil, etc.

Je me suis empêché de répondre, la colère m'étouffait.

Le même soir, j'ai pris la décision d'aller habiter en dehors de la ville, ce qui me permettrait de rester fidèle à mon protecteur tout en continuant à travailler chez lui dans une relative indépendance. J'en avais un sacré besoin. Mes dessins commençaient à se vendre, je m'étais déjà fait une intéressante petite clientèle d'amateurs d'art. Mes économies m'ont ainsi donné l'occasion de choisir un logement, dès le mois d'avril 1545, dans une ravissante vieille maison sise au bord de l'Escaut, à une demi-lieue en amont de la cité. Le rez-de-chaussée était occupé déjà par un peintre de mon âge nommé Frans, ancien élève de Maître Coecke, dont il s'était séparé depuis pas mal de temps. Je détestais sa peinture. Influencé par l'école nouvelle, il composait d'énormes machins bourrés de temples grecs et de monstrueuses nudités aux chairs violettes. Mais j'aimais bien ce garçon pour son entrain, une sensualité saine, son appétit de vivre.

Mon appartement comprenait trois grandes pièces bien éclairées, dont l'une, orientée au nord sur une perspective de champs de choux, est devenue mon atelier. La propriétaire m'a proposé une servante, la fille aînée de fermiers des environs, croyait-elle savoir.

Flora est arrivée un matin chez moi avec son baluchon. Elle était petite, robuste, ronde. Ses gestes avaient une lenteur appliquée assez rare chez une fille aussi jeune.

— Quel âge as-tu ? ai-je demandé.

— Dix-huit ans, m'a-t-elle répondu en rougissant jusqu'au cou.

Les femmes capables de rougir me semblaient être des phénomènes, et cela me plaisait et me rassurait : le sang qui affleure à la peau d'un visage était, à mon sens, le cachet mouvant et tendre de l'âme. Flora s'est mise à l'ouvrage aussitôt avec un goût pour l'ordre et la propreté qui m'a rendu immédiatement tout joyeux. Tandis que je dessinais une série de planches qu'un marchand de drap de Rotterdam m'avait commandée, j'entendais la fille aller et venir dans les pièces à côté, pousser des meubles, laver, astiquer, ouvrir et fermer les fenêtres. Ensuite elle allait faire le marché au village. Alors la maison s'emplissait d'un tel silence que j'en éprouvais de l'inquiétude, inquiétude qui tournait à l'angoisse. Et si elle ne revenait plus ?

Je me postais derrière le rideau de la fenêtre pour guetter son retour par le chemin du fleuve. Ou bien j'ouvrais cette fenêtre à deux battants, feignant alors de dessiner la perspective largement étendue sous mes yeux. Là-bas, sur l'eau grise de l'Escaut tout agité de petites vagues écumeuses, des flottilles de caravelles descendaient vers la ville comme d'épaisses danseuses aux flancs gonflés, accompagnées d'un troupeau d'embarcations minuscules. Au-delà de la rive se déroulait le tapis vert cru des pâturages, des moulins à vent tournaient, les nuages roulaient, des mouettes liaient l'ensemble du paysage à l'intérieur de cercles d'argent rapide. Et je me sentais soulevé par deux émotions d'apparence contradictoire. D'un côté refluaient mes souvenirs d'enfance en Campine. De l'autre mon désir croissait d'avoir Flora ici, tout près, encore plus près, active, modeste, chaude.

Un jour qu'elle était restée absente plus de deux heures, je l'ai fortement grondée. Elle a éclaté en sanglots désordonnés. Stupéfait, je l'ai saisie contre moi. J'ai défait ses tresses brunes en un tournemain. Et je l'ai embrassée comme un fou. Elle a mis ses bras en collier autour de mon cou en m'avouant qu'elle était amoureuse de moi.

La nuit suivante, elle est venue coucher dans mon lit. Elle sentait bon l'herbe et le savon noir, ses grosses petites fesses brûlaient la paume de mes mains. Je lui ai demandé si elle avait déjà connu un homme avant moi.

— Oh, Pieter, bien sûr que non, Pieter ! s'est-elle exclamée avec indignation.

Ses yeux, qu'elle avait presque blanc-bleu à force de limpidité, se sont remplis de larmes de reproche. « Tiens, ai-je pensé un instant plus tard, pourquoi assure-t-elle le contraire de ce qui est pour moi, maintenant, une évidence ? » Je n'ai pas insisté pour en savoir plus. Il y avait trop de choses savoureuses à découvrir sur ce jeune corps qui se donnait avec tant de plaisir. En ce qui concernait l'âme, ça pouvait attendre, je n'étais pas tellement pressé.

À partir de ce printemps-là, ma vie s'est nettement départagée entre deux passions distinctes. Chaque matin je me rendais chez Peter Coecke pour travailler d'arrache-pied. Chaque soir je rentrais exténué d'avoir manié mes crayons, étudié mes livres, bavardé, etc. Mais dès lors, soudain calmé, je retrouvais celle que je considérais à présent comme ma petite femme. Quel délice ! Je l'obligeais à prendre ses repas à ma table. Elle y consentait, pleine de confusion. Elle avait du génie pour dresser le couvert, préparer les mets, composer des bouquets de fleurs ou des corbeilles de fruits. Pour me plaire, elle s'habillait de gris ou de brun par-dessus du linge très blanc : j'appréciais ce genre de toilette un peu monacale. Elle gardait souvent les yeux baissés, croisait ses mains abîmées par le gros ouvrage, parlait peu, éclatait parfois d'un rire aigu qui excitait ma faim d'elle.

J'invitais de temps en temps Frans à manger avec nous. Il ne se faisait pas prier, il adorait la compagnie et s'embêtait tout seul au rez-de-chaussée.

Chaque semaine, j'accordais à Flora un jour de congé pour qu'elle puisse aller voir « ses parents chéris », qui se languissaient d'elle.

— La famille, c'est sacré, Pieter, mon petit homme, balbutiait-elle à l'instant de me quitter.

Pendant son absence — c'était le dimanche — je m'enfermais dans mon atelier. J'étais heureux. J'étais tranquille. Nos brèves séparations nous rendaient encore plus amoureux l'un de l'autre. Les objets, les meubles, les odeurs, les silences de la maison me parlaient d'elle incessamment, me fortifiaient dans l'attente de son retour, m'apportaient la patience et la sécurité.

VI

SON REGARD BLEUÂTRE DE NOUVEAU-NÉ — LA CLARTÉ ANGÉLIQUE DU MENSONGE

Madame Coecke était sur le point d'accoucher. Mais l'événement ne pourrait se produire à Anvers comme prévu. Car la santé de la presque mère exigeait les soins constants d'un grand médecin attaché à la cour de Bruxelles. Décision prise aussitôt : le couple, accompagné de sa domesticité, partirait s'installer là-bas. Mon maître profiterait de la circonstance pour y débrouiller la complexe affaire de la succession Van Orley, dont il était malaisé de s'occuper à distance. Tout cela se passait au cours de l'été 1545.

La veille du départ, il m'a emmené chez le graveur Jérôme Cock. Ce bel homme d'environ trente-cinq ans possédait une importante boutique à l'enseigne des Quatre-Vents. Sous ses ordres étaient regroupés de nombreux artistes, artisans, enfin tout ce qu'il y avait d'exceptionnel alors. Et je me souviens — comme si c'était hier — du choc éprouvé lorsque je suis entré la première fois dans ce royaume du noir et du blanc, du cuivre et du burin, encombré d'énormes presses aussi musclées que certains animaux sauvages. On y respirait l'odeur de l'huile, de l'acide et de l'encre, de nombreuses races d'encre, et aussi de papier, de nombreuses races de papier de tous formats. Les murs étaient tapissés d'œuvres gravées d'après les peintures et les dessins des plus fameux noms de l'époque. Jérôme Cock désirait les miens. J'étais bouleversé d'être ainsi remarqué, choisi par un homme d'une telle trempe. D'emblée je me suis senti fou de joie dans ses locaux où retentissaient les machines, où les hommes étaient si absorbés par les travaux de leurs mains qu'ils faisaient penser à des aveugles ou à des moines. Ils circulaient, à la fois très propres et très souillés, avec une modestie merveilleuse. On aurait pu croire qu'ils voulaient se maintenir dans une tranche d'espace inférieur afin de laisser toute la place aux matériaux qui, de haut en bas de la maison, justifiaient leur présence. En fait ils n'étaient que des silhouettes, fugacement imprimées à l'envers des grands feuillets blancs, et constamment prêtes à s'évanouir.

En revoyant ce fragment-là de ma vie, qui s'étale dans ma mémoire à la manière d'une eau-forte, je vérifie une fois de plus des singulières inégalités dans les rythmes du temps. Parfois il se traîne mollement par courbes lentes, grises, plus ou moins transparentes, qui me rappellent la mer du Nord quand brille le soleil de midi. Et puis tout à coup, comme s'il était mû par une absence de raison, il commence à tourner à plein régime, écrasant ainsi sous un rouleau la somme des impressions entassées. C'est pourquoi ma mémoire a pu distinguer et retenir certaines d'entre elles en les éclairant avec vivacité, alors qu'en toute injustice elle a franchement supprimé les autres. Il faut donc admettre ces étranges aberrations : notre tissu cérébral en est l'unique responsable.

Tout cela pour préciser qu'au mois de novembre de la même année un message est arrivé de Bruxelles : Mayken Coecke avait accouché d'une fille. Comme la mère, on l'avait prénommée Mayken. L'événement avait été pénible, frôlant même la catastrophe à cause des douleurs, qui s'étaient prolongées deux jours durant. L'accouchée était encore très faible. Mais l'enfant, superbe, assurait-on, manifestait déjà une vitalité peu commune. Peter Coecke m'invitait aux cérémonies du baptême. Il semblait tenir à ma présence. Il exigeait presque. Il m'était impossible de refuser.

Malgré les lamentations et la fureur de ma Flora chérie, outrée de me voir la quitter trois ou quatre malheureuses journées, je suis parti. Merde après tout ! N'étais-je pas un homme libre ? Il fallait qu'on le sache. Je riais au-dedans de moi pendant le trajet Anvers-Bruxelles (plus facile à présent parce que les deux villes étaient désormais reliées par un service de coche régulier. Progrès ! Progrès !) : deux femmes aussi puissamment tyranniques l'une que l'autre sur des plans opposés essayaient de me tirer à elles : Flora ici, Mayken Coecke là-bas. Étrange ! Inquiétant ! Dans ce déploiement d'énergies contraires je flairais un danger. J'étais si heureux d'avoir eu cette intuition-là que je n'ai cessé de siffloter jusqu'aux portes de Bruxelles. Libre, oui ! je me jurais de rester libre jusqu'à mon dernier souffle. Tel était le serment — grave, irrévocable — qui s'échappait de ma bouche, tantôt par sons filés, tantôt par vociférations joyeuses et rythmées qui effrayaient visiblement mes compagnons de voyage.

Les Coecke étaient installés rue des Minimes dans un palais d'une magnificence rare. Madame Coecke m'a semblé fort belle dans son lit drapé de rideaux de brocart, et rajeunie, et radoucie. À son chevet s'était groupée la foule de ses admirateurs tandis qu'elle donnait le sein à sa fille, laquelle m'a fait penser d'abord à un vilain bout de viande qu'on aurait volé à l'étal d'un boucher. Le plus répugnant dans l'affaire, c'était de voir ce bout de bifteck, cette escalope saignante, traitée par tout le monde avec des marques de respect. Engoncée dans une robe de dentelle de Malines, la jeune Mayken gueulait sans arrêt, crachait, agitait ses poings minuscules pendant qu'elle passait de mains en mains. Car chacun tentait de la calmer. Mon tour est enfin venu de la prendre et de la bercer en sautillant d'un pied sur l'autre comme un imbécile. Et alors la bizarrerie a voulu qu'au moment précis où je la tenais ainsi dans mes bras, elle s'est tue comme par enchantement. Son regard bleuâtre de nouveau-né, particulièrement éveillé déjà, s'est soudain attaché à mon visage avec une telle attention qu'après une minute de silence les gens rassemblés là ont pouffé. Pour ma part je ne riais pas du tout. J'étais même dégoûté de me trouver là. J'avais sacrifié à cette farce mondaine plusieurs journées de travail. J'étais pris au piège, semblait-il. Ne nous le cachons pas : une idée sauvage m'a traversé alors en éclair, celle de lâcher mon précieux fardeau. Vision : il s'écraserait sur le sol, le petit crâne encore chauve péterait comme un fruit mou, crac, et cela mettrait naturellement un terme à la comédie ridicule jouée pendant neuf mois par les époux Coecke. Et ce mince épisode, coupant net le fil d'une destinée neuve parmi des milliers d'autres, m'apparaissait d'une logique aussi splendide qu'irréfutable.

Mon séjour s'est déroulé en festivités nombreuses, les unes privées, les autres officielles, car Maître Coecke m'obligeait à l'accompagner partout. Une surprise m'attendait : le nom de Pieter Breughel circulait de tous côtés avec des oh ! et des ah ! On m'accueillait. On me caressait l'âme à travers des tas de compliments qui touchaient mon travail. Les uns approuvaient. Mais je sentais chez d'autres des réticences, des résistances féroces. Ceux-ci avaient une manière hypocrite de glisser les prunelles dans l'angle de l'œil pour m'inspecter, à mon insu croyaient-ils. Les naïfs ! Les faux jetons ! Les petits cons ! Je devinais, sous les discours sucrés émis par de riches lèvres, une jalousie épouvantable. Cependant je n'étais dupe de rien. J'avais honte d'être un centre dont je ne voulais pour rien au monde. À côté ! Je réclamais d'être à côté, dans la marge ! Pourtant j'avais beau me coller dans des coins de salon, les gens se précipitaient sur moi de biais, coupants comme des lames. Il y avait toujours un contradicteur prêt à expliquer avec onction que ma peinture était médiocre par manque d'expérience et de culture. Depuis mes débuts je n'avais pas évolué, j'en étais resté au Moyen Age, c'est-à-dire Jérôme Bosch et compagnie, alors qu'on vivait une époque de pointe avec une révolution dans l'art, etc. J'écoutais les critiques avec attention. Par exemple : Pourquoi m'en tenais-je à des tableaux de format moyen alors que la mode lançait le gigantisme, hein ? Pourquoi mes femmes n'étaient-elles pas nues ? Pourquoi m'inspirais-je si peu du Christ, de la Sainte-Vierge et tutti quanti ?

Je rongeais mon frein.

Un seul banquet m'a distrait vraiment et même rassuré : celui du baptême de la petite. La foule était telle que je pouvais y retrouver ma bien-aimée solitude, c'est-à-dire une distance vertigineuse que je voulais maintenir entre moi et le monde extérieur.

Décrire les ripailles qui ont eu lieu alors est superflu. On en oubliait jusqu'à la mère et l'enfant. Les deux Mayken sont restées seules dans leurs appartements. Très avant dans le cœur de la fête, je suis monté les voir. Un seul bonhomme était assis près de l'alcôve. J'ai eu un coup au cœur en reconnaissant le comte qui m'avait aidé après mon départ de Ooievaarsnest, alors qu'il résidait dans son château de Breda, et dont je n'avais pas su le nom.

— Mon cher de Hornes, disait doucement Madame Coecke, voici Pieter Breughel.

Second coup : c'était donc lui, le résistant extraordinaire dont on parlait partout à voix basse, avec respect, en admirant son courage ? Lui, lui, le comte de Hornes, le premier individu qui avait changé ma vie du tout au tout ? Je n'en revenais pas. Il avait maigri, ses cheveux étaient devenus tout blancs ; cependant un feu sombre animait ses yeux. Nous avons discuté un moment sur la situation, qui se dégradait de plus en plus dans le pays.

Nous aurions aimé poursuivre l'entretien mais cela n'a pas été possible. Les deux Mayken nous ont rappelés à l'ordre avec cette autorité lascive s'attachant presque animalement à toute créature dite du sexe faible. Vingt dieux ! Le bébé tétait, slurp, slurp. Les seins de la mère évoquaient des outres de nacre sous leur lingerie écartée. L'enfant me regardait de nouveau, fronçant sa bouche trempée de lait. L'enfant lâchait le mamelon. Me regardait. Et soudain son regard vitreux a fait sourdre en moi une vague d'émotion inouïe. Pouah ! Étais-je en train de me transformer en bœuf sentimental ?

— Pas ça, Pieter, pas ça, mon vieux, ai-je dit entre mes dents.

À tout prix il fallait échapper à l'attrait du charme, à la complicité d'un silence mélodieux, d'un luxe doux, comme j'avais su me fermer plus tôt aux insultes louangeuses de mes confrères.

Ceux-ci continuaient à bouffer, boire et danser dans les salons du bas, et les rumeurs de leur plaisir nous atteignaient, à peine assourdies par l'épaisseur des plafonds et des parquets. Sans le moindre doute, la paix d'ici en était le périlleux contrepoint.

Après le départ du comte de Hornes, j'ai voulu me retirer aussi. Cependant Madame Coecke insistait pour que je reste encore, et sa voix était nuancée d'une angoisse qui lui ressemblait si peu que je me suis rassis. Tout en berçant le bébé, elle s'est renseignée sur ma vie actuelle dont elle voulait savoir chaque détail : comment était disposé mon logement, s'il était convenablement meublé, si la perspective était belle depuis mes fenêtres, en bref si j'étais content. C'est uniquement à cause du gonflement de ses narines un peu rougies que j'ai deviné son arrière-pensée. Elle a poussé un soupir délicat pour ajouter :

— Et qui s'occupe de ta cuisine, de ta lessive, du raccommodage de ton linge, Pietertje ? disait-elle dans un susurrement.

Ma fureur devant son indiscrétion m'a soudain mis en confiance, et je lui ai tout dit sur Flora, tout, par défi mais également parce que cela me faisait du bien de déballer mes secrets intimes devant cette femme succulente qui m'avait presque servi de mère jusqu'alors. Pendant que je lui décrivais ma petite servante-maîtresse, elle écoutait en plissant ses grosses paupières blondes et mordant sa lèvre inférieure, agacée visiblement.

Alors, sans motif apparent, elle a demandé que je lui passe le nourrisson couché dans son berceau. Et je continuais à me confesser obscènement, interminablement, tandis qu'elle caressait et baisait — non moins obscènement — la petite fille. Un léger incident s'est produit : Mayken numéro deux a fait caca dans ses dentelles. Une odeur désagréable a rempli la chambre. Mayken numéro un, bizarrement humiliée, a sonné les domestiques, qui sont accourus. En un clin d'œil tout fut arrangé. La mère a déclaré ensuite qu'elle était lasse — lâââsse, disait-elle — et désirait dormir. Pendant que je me retirais sur le seuil, elle a fait de la main un petit geste sermonneur :

— Prends garde à toi, Pietje. Travaille. Travaille. Ne te laisse abîmer par rien ni personne.

Ma gorge s'est serrée. Elle avait raison, cette femme. Sa raison sortait de son corps alangui à la façon d'un nimbe d'or. Il fallait retenir son conseil, gravement, au-dedans de moi.

Jamais je n'ai oublié cet instant, sérieux d'abord, comique en conclusion à cause de l'irruption dans la pièce de Maître Coecke ivre mort, car la fête au rez-de-chaussée n'était pas terminée encore malgré le jour levant. Il se cramponnait aux meubles, se cognait, tibubait, riait, secoué de hoquets et d'éructations.

— Reboutonne-toi, vieux, a dit l'épouse avec une grande gentillesse, et elle était également tout agitée de frissons gais.

Il a remis sa braguette en ordre, un peu gêné par ma présence. Il s'est écroulé sur un fauteuil en bredouillant qu'il venait de vivre les plus belles heures de sa vie. Soudain une expression d'enfance brouillait sa physionomie truculente, approfondissait mon émotion, ma gratitude. Voilà : il était un enfant, les deux Mayken étaient des enfants, j'étais un enfant, le monde entier était condamné à l'enfance éternelle.

En les quittant, je me suis retourné sur le pas de la porte. Tous les trois formaient un seul grand corps, vaguement désuni déjà. Spectacle beau, attendrissant, stupide, dérisoire, et même un peu ignoble.

Retour chez moi ! Enfin ! Enfin !

J'ai grimpé l'escalier de ma maison quatre à quatre, suis entré dans l'appartement où régnaient un ordre, un silence qui m'ont aussitôt paru insolites.

— Flora !

Dans le pré sous les fenêtres une vache meuglait.

— Flora ! Flora !

En bas, Frans était absent, lui aussi. Ses déesses roses et boursouflées me dévisageaient avec froideur. Fou d'inquiétude, je suis allé ouvrir tous nos bahuts, nos maies, nos armoires. Ouf! les affaires de ma petite femme y étaient toujours, soigneusement pliées. « Du calme, du calme, Pieter Breughel, et de la patience aussi. Rends-toi à l'atelier, retrouve tes compagnons, replonge dans ton univers d'images. De ce côté-là aucune déception n'est possible. Du bonheur, oui. De la certitude, encore oui. L'attente est d'or. »

Aux Quatre-Vents donc, j'ai dessiné jusqu'au soir sans lever le nez tandis qu'une rage merveilleuse, enracinée dans mes tripes, échauffait mon sang, mettait des ailes à mes talons, à mes poignets. Quant à ma tête, elle était comme zébrée d'éclats de lucidité coupante, elle se détachait de mes épaules pour s'élever à toute vitesse. Atteindrait-elle le niveau de la flèche de la cathédrale ou bien irait-elle se perdre au-delà des nuages qu'on voyait rouler par-dessus les toits ? Le vent soufflait, une tempête ébranlait l'air, Jérôme Cock a donné l'ordre d'allumer les candélabres, on n'y voyait plus goutte. J'exultais à présent. La foudre et le tonnerre, c'était moi. La pluie, l'ouragan, encore moi. J'étais choisi par Dieu pour être à la fois l'explosif et le détonateur. La première clause d'un tel contrat de férocité venait de naître entre Dieu et moi, grâce à ma création. Lui et moi étions égaux, soudés à jamais.

Le soir, j'ai couru jusqu'à ma maison. Les fenêtres étaient éclairées. J'ai poussé la porte de la salle à manger et j'ai bondi comme un tigre.

Baissée vers son fourneau, Flora tournait la louche dans une marmite où bouillait la soupe. Je ne voyais que la croupe de ma petite femme, gonflée par les plis de sa jupe rouge. Et cette croupe allait et venait en cadence, érotiquement, selon le rythme de mon propre sang dans mes artères excitées. Se retournant avec lenteur, elle m'a scruté avec ahurissement.

— D'où viens-tu ? ai-je hurlé.

— Comment, d'où je viens, Pietertje, mais je suis là, mon petit homme...

Ses sourcils très remontés accentuaient son expression d'inénarrable candeur.

— Et ce matin, *où* étais-tu, ma vieille ?

— Chez mes parents chéris, tiens !

— Emmène-moi chez eux immédiatement. Il est temps que je les connaisse, tes parents chéris...

Et j'ai sauté sur elle en la forçant à s'habiller.

— Pas maintenant, Pieter, il est tard.

J'en avais par-dessus la tête d'elle, des deux Mayken, de la guerre, de mes maîtres, de mes compagnons, tout cela enseveli par mon désir dément de peindre, par mon besoin de nourriture aussi (car je crevais de faim), et ma rage correspondait exactement avec la tempête toujours déchaînée au-dehors.

— En route !

Soudain elle est devenue pâle comme un linge et s'est jetée à mes genoux, qu'elle a commencé à couvrir de baisers convulsifs.

— Pardon... a-t-elle chevroté entre deux sanglots.

— Pardon pour quoi ?

Je me raidissais, je voyais venir. Elle m'a lâché le paquet d'un coup : elle était orpheline, on l'avait élevée au couvent puis placée dès l'âge de quatorze ans.

— Chez des fermiers ?

— Chez un fermier, a-t-elle précisé dans un souffle.

Tant qu'à faire, elle voulait se débarrasser d'un jet de tous ses mensonges, aidée en cela par ma fureur. Ce n'était que justice, mais une justice qu'il me fallait avaler comme un poison mortel.

— Salope ! Fumier ! c'est ton fermier que tu vas voir chaque dimanche ?

Elle a fait oui de la tête avec une grimace de gamine. Elle était si émouvante ainsi que je l'ai attirée sur mes genoux pour la caresser, calmer son chagrin. Moi, le cocu, devenais par force le consolateur de la coupable, comprenne qui voudra.

— Tu couches toujours avec lui ?

— Jamais, oh, Pietertje, quelle idée !

Elle reniflait.

— Alors, que fais-tu là-bas ?

— Son ménage. Il est paralysé des jambes.

Etc. Etc. Maintenant elle me racontait tout avec une volubilité placide et complaisante en achevant les préparatifs du repas, dont le plat de résistance était un poulet rôti arrosé de bière fraîche. Miam ! excellent...

— Et si je te demande de laisser tomber ce vieux ?

— Je le ferai, a-t-elle répondu en essuyant la sauce qui coulait sur son menton.

Si je me suis étendu si fort sur la scène, c'est qu'elle m'a permis ce jour-là de comprendre clairement que la Femme, aussi faible et bornée soit-elle, donne à l'Homme, aussi fort et intelligent soit-il, sa courbure, ses angles, ses droites, en le traitant comme un brin d'osier. Comprendre, c'était admettre, c'était donner.

Le dimanche suivant donc, j'ai emmené Flora à la foire d'Hoboken. Nous n'y connaissions personne. C'était bon de se perdre enfin dans une foule anonyme. Je prenais des croquis de têtes et de corps tandis que Flora dansait avec un gros garçon. Je l'aimais soudain. Ah oui, je l'aimais pour ses joues que rougissait l'insouciance et pour le mouvement rythmé de sa robe. Mais je l'aimais aussi pour les joueurs de cornemuse rassemblés sur le parvis de l'église, pour les bannières brodées flottant aux fenêtres, et surtout pour un lien de folie qui soudait mystérieusement l'ensemble du tableau. Cependant j'étais, moi, l'unique engendreur du délire généralisé dont je désirais violemment demeurer un simple spectateur. Flora pouvait passer de bras en bras, je m'en foutais maintenant.

J'ai quitté la place pour descendre une ruelle qui menait au bord d'un étang cerné de maisons tranquilles. Tous les enfants du village et de la région s'étaient concentrés là comme pour fuir le monde des adultes. Par petits groupes, ils inventaient des jeux dont les figures ne cessaient de changer. Ils se poussaient. Se culbutaient. Se contorsionnaient. Se laissaient tomber sur le sol. Bouffaient. Crachaient. Pissaient dans les coins. Finalement leur chahut se transformait en un silence caricatural. Une évidence m'a frappé, inverse de celle que j'avais éprouvée auparavant chez les Coecke et qui me baignait dans une sorte de nuage endeuillé : l'enfance n'existait pas ici, ne pouvait d'ailleurs exister en aucun cas. Nous appartenions à un univers de nains plus ou moins vieux dont certains mimaient la candeur, la spontanéité, et sous leurs fronts bas sommeillaient des siècles d'une expérience usée. Le soir tombait. Un nain s'est immobilisé à deux pas de moi pour m'observer en suçant un sucre d'orge avec lubricité. Je lui ai fait un clin d'œil. Il est parti au galop.

Plusieurs jours après, j'ai remarqué que Flora portait autour du cou une petite croix de bois sculpté au bout d'un cordon. Elle prétendait l'avoir achetée.

— Avec quel argent ? ai-je demandé.

Ses yeux se sont remplis de la clarté angélique du mensonge qui était pour elle un besoin, une exaltation, une espèce de cauchemar éveillé où se créait à son usage un superbe monde à l'envers. Personne n'avait le droit de venir l'y embêter. Comme j'insistais, elle a reconnu avec naturel qu'elle avait trouvé le bijou.

— Où ?

— Dans le foin.

— Quel foin ?

Elle se troublait de plus en plus, avec assurance pourtant. J'étais rageusement ravi.

— Le foin de la grange.

— Quelle grange ?

Bon. Elle a fini par admettre qu'elle avait dormi dans une grange avec le gros danseur : il lui avait donné la croix. « Dormi », disait-elle pudiquement, et non pas « baisé » ou « couché », nuances de vocabulaire qu'il me fallait apprendre pour éviter d'être le dernier des abrutis.

À partir de ce jour-là et tout au long des années suivantes, j'ai su que le mensonge était, chez ma petite femme, un organe supplémentaire aussi vital qu'un estomac, un cœur, des poumons. D'ailleurs le mensonge lui convenait à merveille. Ses cuisses étaient les plus soyeuses qu'on puisse imaginer, les moindres plis de sa petite chair s'ourlaient d'un merveilleux éclat ; que désirer d'autre, hein ? d'autant plus qu'elle accomplissait ses tâches ménagères à la perfection. Elle fourbissait, astiquait les étains et les cuivres, cirait, se montrait toujours avenante et gaie. Je la dessinais beaucoup, jamais nue cependant. De plus en plus j'étais persuadé que les vêtements sur un corps permettent de mieux se rapprocher du secret de la physiologie et peut-être — pourquoi pas — de découvrir un tel secret à travers les réseaux de nerfs de mon infatigable main droite. J'étais non moins persuadé qu'elle allait rejoindre Frans au rez-de-chaussée dès que j'avais le dos tourné. Et après ? Le problème de la fâââmme avait cessé de m'obséder. La jalousie était une perte de temps sèche qu'il fallait à tout prix condamner pour peu qu'on veuille rester soi, soi, personne d'autre. J'étais content. Désormais, les mensonges presque journaliers de Flora devenaient une sorte de jeu de construction ornemental à la fois très fragile et très résistant qu'il suffisait de savoir démonter. Simplicité pour moi. Honte pour elle. Paix armée pour nous deux.

Paix qu'est venu troubler cependant un événement triste.

Une lettre de Mayken Coecke m'annonçait la mort subite de son époux bien-aimé, que je n'avais plus eu l'occasion de voir depuis longtemps.

« Cher Pieter Breughel, écrivait-elle, Dieu l'a rappelé à lui à l'âge de quarante-huit ans, et me voilà seule et très malheureuse. Je serais réconfortée si tu consentais à venir passer quelques jours auprès de moi. D'abord nous parlerions ensemble de mon cher défunt. Ensuite notre petite Mayken désire te connaître vraiment, car elle n'a gardé de toi aucun souvenir. Sais-tu qu'on vient de fêter son cinquième anniversaire ? Mais oui, déjà... (Tout en poursuivant ma lecture, j'entendais grincer la grande roue du Temps que je m'étais efforcé d'oublier un peu.) Il est regrettable que tu n'aies pas assisté aux funérailles. Elles ont été grandioses, avec un service religieux superbe à Sainte-Gudule et tous les drapeaux des corporations en berne sur la Grand-Place. Échevins, gouverneur, bourgmestres, princes, ducs sont venus en foule pour accompagner le corbillard. Les écoliers de la ville portaient de splendides couronnes de fleurs. Viens, Pieter, viens ! »

Bref, il y avait plusieurs feuillets couverts par la grande écriture hystérique de Madame Coecke, qui n'omettait aucun détail dans la description des faits et des sentiments. Sa lettre était une vraie miniature où l'on reconnaissait ses dons de persuasion, d'originalité, d'élégance et de précision.

Flora m'a aidé à préparer mon bagage et jamais elle ne s'est montrée aussi tendre qu'au cours de la nuit précédant mon départ. Elle m'étouffait sous des caresses surprenantes, elle gigotait, se cambrait, pleurait, me suppliait de prendre soin de ma santé pendant mon séjour là-bas, se faisait aussi maternelle, c'était un comble.

— Songe, Pietje, que tu as vingt-cinq ans, il faut être prudent désormais, ajoutait-elle sur un ton de gaminerie grondeuse comme si j'avais été un vieillard cacochyme.

L'hiver était exceptionnellement rigoureux, la neige recouvrait le sol d'une croûte éblouissante. Entrer à l'intérieur du paysage, c'était entrer dans le rien, un rien craquant et velouté. J'ai décidé de prendre tout mon temps, c'est-à-dire de faire un détour de quelques lieues qui m'emmènerait d'abord dans mon village d'autrefois. Je n'y étais plus jamais retourné. J'éprouvais brusquement le besoin de renouer avec ma terre natale : le moment était venu, ni trop tôt, ni trop tard, il fallait. À mesure que je m'en rapprochais, il devenait de plus en plus évident que j'étais habité par une énergie neuve, liée au flux de mon sang. Je tremblais de joie. Je tremblais aussi de désir. Si je m'étais écouté, j'aurais déposé mes affaires dans la première auberge venue afin d'y recommencer mon existence à zéro, et cela précisément parce que je ne reconnaisais rien dans ces lieux qui avaient été les miens. J'étais un étranger ici.

Le décor me paraissait à la fois plus vaste et plus fermé qu'autrefois, teinté d'une austérité que jamais je n'avais notée encore et qui me rendait jeune, ardent.

— Pieter, mon ami, disais-je à haute voix, tu n'as rien foutu encore. Grand temps de t'y mettre.

Un groupe de chasseurs m'a dépassé au sommet d'une petite hauteur. Emmitouflés d'épais vêtements, ils se tenaient voûtés à cause du froid, leurs bottes s'enfonçaient dans la neige, leurs chiens les précédaient en galopant. Ils semblaient incrustés dans un énorme et craquant bloc de verre, ainsi que les arbres aux minces floraisons de marbre noir. J'aurais aimé leur parler mais ils ne m'ont pas vu, je crois.

Dans les fermes, reconstruites pour la plupart, d'autres habitants remplaçaient ceux que j'avais connus. Une magnifique indifférence, liée sans doute à la pureté de l'atmosphère, distribuait tour à tour ici et là des zones de mouvements et d'immobilité. Des larmes me sont venues aux yeux. C'était bon. Je n'avais plus pleuré depuis Dieu sait quand. Il faut pleurer.

Un petit garçon faisait tout seul d'interminables glissades sur une mare gelée. Je lui ai demandé son nom.

— Jef, a-t-il répondu sans manifester la moindre timidité.

— Que font tes parents ?

Il a haussé les épaules en signe d'ignorance, et cela m'a plu. Puis il a tourné le dos, visiblement écœuré par ma question, et cela m'a plu davantage encore quand je l'ai vu se livrer à distance à toutes sortes de gesticulations désordonnées. Ne cherchait-il pas ainsi à communiquer avec moi en dehors des mots ? Ne voulait-il pas m'expliquer que nous n'étions qu'un en réalité ?

J'ai quitté la région à regret. Un nouvel arrachement se produisait au niveau de mes racines. J'ai fait une dizaine de dessins, simples notations d'œil en vue de tableaux futurs.

J'ai atteint Bruxelles en fin de journée. On pataugeait dans la neige fondue. Le froid avait cédé. J'étais épuisé. J'étais heureux. Je me suis dirigé vers la rue des Minimes après un détour du côté de la Grand-Place.

VII

DEUX SQUELETTES BRILLAMMENT PARÉS — OH, GÉNIE DE LA FEMME, PARFOIS... — L'HUMANITÉ PARLE — AU VINGTIÈME COUP DE VERGES... — LES PREMIERS CONTREFORTS DES ALPES — UNE PORTE INFERNALE

Oui, ce détour m'intéressait à cause du contraste saisissant entre les riches maisons des corporations que prolongeaient en arrière des jardins délicieux et la prison de l'Amigo toute proche, bourrée de détenus dont la plupart étaient condamnés à mort. De temps en temps on voyait apparaître au-delà des barreaux d'un soupirail le masque effroyable d'un prisonnier. Une sueur de froid coulait au long des hauts murs noirs. Un misérable m'a montré le poing. Dans un caniveau, un cul-de-jatte — appartenant encore au monde prétendu libre — s'est mis à rire aux éclats tandis que je remontais le lacis des rues puantes. Ses yeux brillaient entre les paupières rongées, soit de haine soit d'amour, je n'ai pas su, je n'ai pas cherché à savoir.

Madame Coecke portait admirablement le deuil. Une toilette de velours noir, des pendants d'oreilles noirs, un collier et des bracelets noirs, un lourd parfum noir, tout cela l'illuminait d'étincelles orageuses et lui donnait l'ample majesté d'une statue en cire molle aux dimensions exceptionnelles. Elle pleurait en portant à ses yeux un mouchoir de dentelle, unique objet blanc qu'elle se soit permis. Aussitôt elle m'a fait servir une collation que j'aurais préféré déguster tout seul. Mais la veuve désirait m'imposer les fastes de son veuvage. J'absorbais donc simultanément des mets excellents et d'amères confidences sur l'agonie de Maître Coecke. Je faisais oui, oui, de la tête. Mon « oui oui » approuvait surtout la tranche de gigot saignant dans mon assiette.

J'ai dû attendre le lendemain matin pour voir Mayken numéro deux. Elle est entrée en courant dans la pièce où l'on m'avait logé. Accompagnée par sa nourrice, sa gouvernante et son professeur de latin, elle est venue d'un bond jusqu'à moi, s'arrêtant à trois pas environ comme si son petit front heurtait un obstacle imaginaire. Elle était grande pour son âge, singulièrement élancée dans sa robe de drap noir au col montant. Elle n'avait rien de comparable aux nombreuses fillettes que je connaissais jusqu'alors, lesquelles me frappaient par leur absence de taille et leur épaisseur de cul. Mayken avait un visage étroit d'une pâleur de lis. Immédiatement j'ai pensé qu'elle n'était pas une petite fille réelle mais un dessin de fillette à cause de ses traits délicats, sa façon de se tenir un peu raide, comme les jeunes saintes de Bernard Van Orley dont, précisément, les originaux tapissaient les murs.

— Bonjour, Mayken, ai-je dit. Je suis Pieter Breughel et je t'ai quasiment vue naître.

Ma voix devait rendre un son spécial. Car Mayken a levé ses fins sourcils tandis qu'une coloration d'un rose crémeux envahissait son front, son cou ; elle s'est approchée davantage, elle s'est haussée sur la pointe des pieds, poussant d'elle-même sa tête sous ma bouche afin que je l'embrasse. Ce que j'ai fait. Elle sentait bon. Ensuite, glissant sa main dans la mienne, elle m'a entraîné dans l'appartement de sa mère, un étage plus bas, où la disparition de Peter Coecke avait radicalement transformé l'atmosphère. On y parlait bas, on évitait le bruit, les visiteurs également vêtus de noir ne cessaient d'entrer puis de sortir après un bref entretien avec la veuve du doyen de la Guilde artistique Saint-Luc. On s'informait avec précaution : qu'allait-on faire de ses travaux qu'une mort aussi brutale avait interrompus ? Entre autres : plusieurs grandes toiles, un important ensemble architectural destiné à la Cour de Malines, de nouvelles traductions d'œuvres latines après celles de Vitruve et Serlio, qui lui avaient assuré la gloire bien au-delà des frontières.

Mayken numéro un gardait la tête froide. Elle répondait avec un calme exemplaire aux questionneurs. Ses plans étaient faits. Elle poursuivrait l'effort entrepris par le défunt (une larme coulait sur sa joue que ramollissait le chagrin). Rien ne serait abandonné, le sort de tant de gens dépendait de sa volonté ! Disant cela, elle m'a jeté un coup d'œil de tendre complicité tout en serrant contre sa gorge, avec une fougue surprenante chez une bourgeoise de son rang, Mayken numéro deux qui nous écoutait distraitement.

Le même soir, cet apparat autour du décès d'un homme gâté par la fortune a provoqué en moi une sorte de fracture mentale dont je n'ai pris conscience qu'un peu plus tard, au cours du souper intime partagé avec mon hôtesse et sa fille. Nous étions installés dans un petit salon circulaire de la tour. Deux candélabres d'argent versaient sur nous, sur la nappe, la vaisselle et les cristaux une lumière incessamment modifiée, exaltant ou effaçant les ombres des visages et des mains aux gestes lents. On pouvait imaginer qu'une telle lumière était faite exprès pour attirer de sous les peaux fines les os du crâne et de la face. Ainsi les os devenaient-ils si visibles dans leur blancheur et leur dureté que j'ai cru bientôt me trouver en face de deux squelettes brillamment parés. Malgré le feu qui brûlait dans l'âtre et la chaleur des vins, il faisait froid. Et ce froid était également soudé aux cris venus du dehors en dépit de l'épaisseur des murs. On devait sans doute infliger des tortures à deux pas d'ici en prévision du passage d'inspection du duc d'Albe en personne.

Répression.

Répression était le mot qui sifflait de tous côtés comme un vol d'oiseaux rapaces.

J'ai cru soudain voir, de mes yeux voir, la Mort entrer ici librement. Aucune porte, aucune muraille, aucun garde au monde n'aurait pu interdire à la Grande Salope l'accès du palais. La Mort était semblable à la figure sinistre peinte si souvent, cinquante ans plus tôt, par Jérôme Bosch. Elle apparaissait presque naïve dans son dénuement et la cruauté de ses attributs symboliques. Elle a levé tout d'abord sa faux comme pour trancher d'un seul coup la douce intimité dont nous jouissions tous les trois. Les orbites creuses et le rictus rieur des deux Mayken prouvaient qu'elles avaient compris : il était inutile de lutter contre la Grande Canaille justicière. Elle nous dominait. Elle jugeait, pénétrait, marquait tout de son immonde fatalité.

Cette hallucination, venue droit d'un enfer qu'en réalité je portais au fond de moi, a duré jusqu'au dessert. Ensuite j'ai eu progressivement moins froid. La chair est venue de nouveau recouvrir les faces des deux femmes. J'ai poussé un soupir de soulagement. J'étais peut-être légèrement ivre, je ne sais. J'ai caressé les boucles blondes de l'enfant, à qui sa mère ordonnait de se retirer. Avec une moue de contrariété espiègle, elle m'a tendu son front en faisant une profonde et ridicule révérence. Et puis soudain, sans qu'on ait pu prévoir son geste, elle a jeté sur mes genoux sa poupée préférée.

— Elle est pour toi, Pieter, a-t-elle dit avec un frisson bizarre de son petit corps, tu me la rendras quand nous nous reverrons.

Ce n'était pas là le propos d'un enfant. La mère et la gouvernante riaient. J'étais si bouleversé que je n'ai rien trouvé à répondre.

Mayken a quitté le salon. Et comme je retournais à Anvers le lendemain même avant l'aube, je ne l'ai plus rencontrée. Cependant j'emportais d'elle une double image, profondément ciselée sur ma rétine. Image de chair d'un côté. Image d'os de l'autre. Indivisibles. Belles. Terribles. Tendres. Toutes deux m'appartenaient personnellement désormais. De cela j'étais certain. Certain aussi qu'elles étaient faites pour l'inoubliable. Et comme j'ai toujours voulu respecter n'importe quel message d'outre-vie et d'outre-mort, ceux-là sont restés durement au fond de moi.

J'ai retrouvé une Flora boudeuse et contrite. Elle me faisait la gueule sous prétexte que je l'avais trop longtemps délaissée. J'ai appris cependant par Frans et par mes amis d'atelier que la coquine avait passé du bon temps pendant mon absence. Elle était sortie avec les uns et les autres. Elle avait reçu. Je l'ai questionnée. Elle répondait toujours à côté, ce qui devenait une espèce de duel excitant et cochon, d'autant mieux que je m'arrangeais pour la confondre dans sa mythomanie, ce qui n'était pas facile, nom de Dieu ! Chaque fois qu'un nouveau mensonge était débusqué, Flora en faisait surgir un autre, plus frais, plus convaincant encore, et sa honte n'avait d'égale que sa jouissance à me mystifier. Mais très vite j'en ai eu par-dessus la tête de ce jeu stérile. J'avais d'autres chats à fouetter.

Le graveur sur cuivre Giorgio Ghisi de Mantoue était en séjour à Anvers. Il exécutait un tirage d'eaux-fortes d'après une série d'œuvres de Raphaël. Et il désirait ma collaboration pour une de ses planches, *Saint Paul prêchant à Athènes*. Je me suis aussitôt mis au travail avec fureur. D'autre part Jérôme Cock m'a chargé de nouvelles copies de Jérôme Bosch, dont il était pressé d'éditer les estampes.

Divers projets flottaient aussi dans l'air, dont celui de reproduire certains paysages de Michel-Ange, de Parmigiano, et d'autres artistes contactés récemment en Italie. Mais la chose la plus importante qui se préparait : mon concours d'admission en qualité de franc-maître de la Guilde Saint-Luc, dont la date était fixée au printemps 1551. Si je réussissais l'épreuve, mon nouveau titre assurait mon avenir matériel ainsi que la diffusion de mes œuvres, ce n'était pas rien !

Tant d'activités bouffaient mes jours, une partie de mes nuits, et m'amenaient tout naturellement à mettre en parallèle deux mouvements de création aussi radicalement opposés que l'art des Flandres d'un côté, l'art méridional de l'autre. Ici : Jérôme Bosch et ses successeurs. Là-bas : Titien, Michel-Ange, Tintoret, etc. Ma passion demeurait fermement centrée sur les fabuleuses compositions de notre génial flamand. Il était le plus grand à mon sens. Il couvrait entièrement le siècle. Il était le seul à concevoir l'enfer. L'homme étant condamné dès sa naissance, il vivait en intimité prémonitoire avec sa propre décomposition. Il avait beau tenter de s'en arracher en tirant vers Dieu, il n'y parvenait pas : la tension finissait toujours par faire craquer sa vision. Ainsi, par la force des choses, Dieu et Satan, jumelés, demeuraient les tout-puissants seigneurs de nos destinées à nous, misérables poux sur la peau de la terre. Je discutais continuellement de telles questions avec mes amis, avec mes ennemis. Je m'endiablais. J'étais sûr d'avoir raison, raison, même si j'avais tort. Je sortais de nos séances d'analyse critique les nerfs brisés, la main foulée, soulevé par un désir halluciné de convaincre aussi bien les gens d'esprit que les crétins. Mais je n'y parvenais pas.

Le siècle tournait.

Ma surexcitation tombait le soir quand je rejoignais Flora dans notre paisible intérieur. Là, plus de problèmes. Fort heureusement elle et moi avions dépassé la phase de combat, nous étions calmés. Je ne l'interrogeais plus sur son emploi du temps. Elle ne cherchait plus à me provoquer, ouvertement du moins, c'est tout ce que je demandais. Elle se contentait d'être ma bonne petite ménagère astucieuse. Et puisque je n'étais pas arrivé à toucher vraiment les retraits de son âme (en avait-elle une seulement ?), je me contentais de toucher sa poitrine et son cul ravissant, valeurs sûres qui me tenaient chaud la nuit. Comme elle sentait bon le pain de campagne, j'avais l'impression de retrouver Ooievaarsnest quand je la serrais dans mes bras. Il n'en fallait pas davantage pour combler un homme de vingt-six ans, fou de travail.

Au printemps 1551, comme prévu, j'ai été admis avec succès à la Guilde.

Une fête a été organisée à cette occasion dans les locaux magnifiques de la corporation.

Détail touchant : Madame Coecke a fait tout exprès le voyage pour y assister. On a bu à ma santé, on a mené un chahut monstre. Bref j'étais devenu soudain une espèce de centre, moi, oui, moi qui n'avais jamais rien fait pour ça. À un moment, Jérôme Cock a lancé pour la première fois l'idée qu'on pourrait m'envoyer un jour en Italie afin d'y étudier les chefs-d'œuvre d'une école qu'on nommait déjà là-bas la Renaissance. Re-naissance ! Drôle de terme ! Choc ! Avait-on besoin vraiment de renaître ? Diverses expressions plissaient les visages : sympathie, hargne, opposition.

Souvenir net de cette soirée-là : une discussion fort vive s'est engagée avec Maître Samuel alors que je lui montrais ma copie de *La nef des fous*. Le vieillard exposait une théorie selon laquelle Jérôme Bosch s'était borné à l'exploitation de ses propres cauchemars. D'où son inspiration dramatiquement liée à l'irréel, donc à la caricature.

— Attention, mon très cher, aux diableries d'un peintre qui risquent de vous limiter vous-même, précisait-il sombrement. Votre travail, techniquement réussi, en subirait mé-ta-phy-si-que-ment l'effet désastreux !

Il plongeait dans le mien son ardent regard, allait et venait nerveusement, les mains nouées dans le dos, quêtait au passage l'approbation des assistants.

Certains confrères, fort saouls, ont commencé à se chamailler d'abord avec gaillardise et puis de plus en plus sèchement. L'un d'eux a giflé son contradicteur. La soirée dégénérait. Cependant Mayken Coecke, qui partageait nettement mon opinion, est restée fort tard.

Et quand nous nous sommes retrouvés seuls, elle, Jérôme Cock et moi, elle a reparlé du projet de mon voyage en Italie, qui posait surtout des problèmes d'argent. Après un moment de suspense et même d'anxiété (et elle nous surveillait sous ses paupières à demi baissées), elle a paru se décider : elle se chargeait de financer l'aventure. Dès à présent il fallait prendre date, envoyer à Florence, Rome, Naples, des messages de recommandation commencer enfin les préparatifs après avoir obtenu des réponses. J'écoutais la conversation avec l'envie de me pincer. S'agissait-il vraiment de moi ? Une fois encore, je me sentais tout à fait étranger au débat.

Une tristesse intense, qui touchait presque au désespoir, m'est tombée dessus tandis que je rentrais à la maison. Flora, qui n'avait pas assisté aux festivités, volontairement, à cause de Madame Coecke qu'elle haïssait (parce qu'elle se sentait haïe d'elle), m'attendait en cousant. Elle me paraissait soudain rétrécie, grimaçante dans la lueur de son bougeoir. Ses mains qui voletaient sur l'ouvrage, la danse du feu dans l'âtre, le calme baignant la pièce, tout cela s'imposait à mes sens comme la seule réalité, brutale, inéluctable... Flora sans doute a deviné mon trouble. Elle m'a regardé dans les yeux à la façon d'une petite sorcière qui voulait abuser de ses dons. Elle ne m'a posé aucune question sur ma soirée. Oh, génie de la femme, parfois ! Et quand je lui ai annoncé que mon départ pour l'Italie aurait lieu au mois de janvier 1552, elle n'a pas pipé. J'ai simplement observé qu'un frémissement léger tirait les coins de sa bouche. Oh, qui nous délivrera du génie de la femme !

Aussi quand nous nous sommes retrouvés bien au chaud dans le lit, j'ai failli murmurer :

— Flora mon amour, ce projet de voyage est stupide, ma vie est ici, nulle part ailleurs. Mon vrai voyage ne peut être que toi, toi ; et patati et patata...

Par chance, ma fatale déclaration est restée bloquée sous mon front d'imbécile. Sans ça j'aurais été un homme perdu puisque ligoté par des engagements qui n'en sont pas.

Les mois suivants sont passés à tire-d'aile. Je terminais en toute hâte les commandes en cours. Je rassemblais du matériel. J'étais heureux. Puis malheureux. Décidé. Puis incertain. Il en résultait une espèce d'équilibre bancal aberrant. Il me devenait absolument impossible de cerner avec sagesse mon foutu caractère.

— Pieter Breughel, répétais-je entre autres banalités, que signifie donc vivre, hein ? Chaque matin tu te lèves avec obstination, tu laves ce morceau de chair qui est prétendument toi, tu enfiles tes membres supérieurs et inférieurs dans des cylindres d'étoffe qu'il faut parfois raccommoder — une femme est là qui s'en charge —, tu fourres dans le trou de ta bouche divers aliments, lesquels après transformation te sortent par le trou du cul. À quoi ça rime ? Tu parles à ta femme. Tu parles aux autres. L'humanité parle et parle et parle. Mais personne ne se comprend vraiment. On s'écoute, soi : c'est bien assez, c'est trop. N'y a-t-il pas dans ce rythme affolant de répétitions cent motifs souverains pour aller se pendre ?

Telles ont été pratiquement mes cogitations jusqu'au jour incroyable fixé pour le départ.

Celui-ci s'est fait plus tranquillement que prévu. Il n'y a eu ni larmes ni gémissements revendicateurs de la part de Flora, qui s'est comportée — reconnaissons-le — avec une dignité parfaite, ce qui aurait dû m'inquiéter d'ailleurs. Auparavant il avait été décidé qu'une amie, veuve et mère de trois grands enfants installés déjà, viendrait habiter avec elle. Cette commère un peu rougeaude a passé auprès de nous la dernière soirée, qui a été bonne. Elle m'inspirait confiance. Je laissais une somme d'argent qui suffirait à l'entretien du ménage.

Martin De Vos, un jeune peintre bruxellois, serait mon compagnon de voyage. Il m'attendait à la Porte de Namur. J'en profiterais pour embrasser au passage mes deux Mayken.

Quand il s'agit d'un déplacement d'une telle ampleur, peut-on vraiment situer le point du départ ? Peut-on préciser l'heure exacte ? le lieu ? Car tout s'opère dans un tourbillon confus. Pourtant la dernière image que j'ai emportée de ces moments-là, indécis et violents à la fois, est celle de l'enfant Mayken âgée déjà de sept ans, tellement transformée par la croissance qu'il m'était difficile de la reconnaître : turbulente, rétive, et même agressive ; elle a catégoriquement refusé de me dire adieu. Malgré mes protestations, sa mère a décidé qu'on la fouetterait devant moi. Mayken hurlait, couchée sur les genoux de sa nourrice, qui lui avait dénudé les fesses d'un geste sec évidemment jouisseur. Le châtiment a commencé. Soudain l'enfant s'est tue en laissant mollement retomber ses petites jambes. On la croyait évanouie. Pas du tout. Elle redressait sa tête livide. Une expression de défi brûlait ses yeux, et elle me scrutait d'une façon bizarre. On pouvait imaginer qu'elle cherchait à nous situer tous les deux — oui, rien que nous deux — ailleurs, loin, plus tard. Des zébrures violettes marquaient son derrière et ses mollets, le sang s'est mis à couler.

— Assez ! ai-je crié.

Au vingtième coup de verges, Madame mère a fait signe d'arrêter. L'enfant a rabattu sa robe. En chancelant et sans prononcer un seul mot, elle a quitté la pièce.

La scène en question prouvait mon départ d'une certaine manière. À vingt-sept ans, j'avais non seulement cessé d'être un jeune homme mais je me sentais vieux déjà. Quitter mon pays, c'était couper mon individu en deux. Abandonner une de mes formes pour entrer dans une autre qui m'était inconnue encore, détestable à la limite car lourde d'expériences futures qu'au fond je ne désirais pas.

Le froid intense de ce mois de janvier-là nous a vivement aidés, Martin De Vos et moi. Bien harnachés, nos chevaux nous emportaient au pas à travers la clarté glacée des paysages, et ceux-ci se calquaient — aussi scintillants, aussi glacés — dans mon cerveau. Insensiblement la nature se modifiait. Je sentais peu à peu monter en moi une fièvre de surprise car la réalité visible n'avait rien de commun avec la réalité supposée dont témoignait la peinture, la mienne ou celle des autres, n'importe quels autres. Ma fièvre venait donc tout droit de la terre que nous foulions, envahissait mes hanches, ma poitrine, ma tête. Je tendais l'oreille. Un effort supplémentaire de perception me permettait — croyais-je — d'enregistrer les moindres nuances des plans ou des reliefs à mesure que nous descendions vers le Sud. J'étais absolument certain que cela s'opérait par séries de craquements sourds, inaudibles à quiconque, excepté moi. Orgueil enivrant ! stimulant ! Décupler, centupler mon pouvoir d'observation, tel serait mon tribut désormais...

Nous logions dans des auberges choisies au hasard de la route. Bientôt ont surgi de part et d'autre de l'horizon des hauteurs arrondies sombrement boisées. Soudain le corps de géante de la Terre faisait tendrement le gros dos sous nous. Aux environs de Pâques nous avons atteint un bourg dans un massif montagneux qui se nommait les Vosges. Le froid tombait. Le ciel s'est fait très pur, aussi tendu qu'un drap, poudré sur ses bords par des brouillards d'un merveilleux éclat. Quand nous étions crevés par l'étape, Martin et moi faisions halte dans tel ou tel lieu particulièrement plaisant, selon l'humeur. J'avais alors le privilège de pénétrer une substance neuve qui me pénétrait à son tour : dans l'échange de nos énergies s'engageait une espèce de conversation secrète entre les collines aux frais contours et moi-même. Je faisais parfois dix croquis d'un même sujet, par exemple un certain coude de la rivière au bord de laquelle nous avions choisi de nous attarder. L'eau était soit un miroir, soit un puits, et les arbres sur les berges étaient denses ou légers. Pourtant j'étais surtout frappé par les hommes attachés, collés à leurs champs. Doués d'une admirable capacité d'indifférence, ils étaient comme enceints de la terre qu'ils travaillaient. Et grâce à eux me venait l'intuition fulgurante que j'avais été créé par Dieu pour comprendre à leur place, déchiffrer et fixer l'invisible. La vérité de la vérité deviendrait donc forcément la mienne. Des bouffées d'humble fierté embrasaient mon visage. Jusqu'à présent j'étais resté dans les coulisses d'un théâtre énorme et fou. Les trois coups retentissaient sur le lever du rideau.

J'essayais d'expliquer tout cela à Martin. C'était un homme à stature étriquée dont la très belle tête — légèrement trop volumineuse sur de frêles épaules — avait une expression aussi têtue que bornée. Il m'écoutait avec attention mais refusait mes raisonnements qu'en secret, c'était visible, il jugeait absurdes. Il restait des jours entiers sans m'adresser la parole, sauf en cas de nécessité. Quand il s'agissait de consulter les cartes ou de décider l'itinéraire, il s'animait, prenait l'initiative résolument. Son attitude pondérée, le soin qu'il apportait dans sa mise, sa discrète opiniâtreté, tout en l'éloignant de moi, prouvaient la chose suivante : ce n'était pas un pays que nous avions quitté pour en aborder un autre, mais bien davantage une époque usée, vieille, qu'une époque vierge s'apprêtait à remplacer. Et nous nous trouvions à leur charnière. Pour ma part, je me comportais déjà comme un prisonnier du vécu. D'où l'élan contradictoire qui nous opposait et nous rapprochait tour à tour. Par bonheur notre lien de base était entretenu par une vive curiosité qui nous interdisait de nous séparer sur-le-champ.

Ainsi avons-nous franchi les premiers contreforts des Alpes avant la vallée du Rhône.

Le Rhône ! Le Rhône !

Ce mot-là, demeuré jusqu'alors abstrait, a soudain pris tout son sens lorsque m'est apparu le fleuve. Nom et fleuve étaient d'étranges complices : même largeur prodigieuse, même flux qu'on peut qualifier de charnel, même irrésistible puissance. J'étais subjugué.

Nous avons décidé de nous y arrêter pendant plusieurs jours.

Le matin nous nous séparions d'un commun accord : Martin filait d'un côté, moi de l'autre, seule manière pour chacun d'exercer son tempérament. Je m'engageais plus volontiers le long des chemins escarpés serpentant entre deux pans montagneux. Je m'asseyais sur un piton rocheux couleur de bronze. Je sortais mes planches et dessinais, dessinais, de plus en plus confondu par la sauvagerie des reliefs coupants qui se dressaient en architectures de rêve. Des gorges s'ouvraient loin sous moi, noyées d'ombres et tapissées de pins qui n'avaient rien de commun avec les timides arbres de mon enfance. Des hauteurs vertigineuses se succédaient, s'emboîtaient avec une violence incroyable. Et pourtant, je croyais, oui, j'étais bien obligé de croire... J'allais même jusqu'à imaginer qu'un corps souterrain dominateur se retournait dans des profondeurs parallèles à l'instant précis où je manipulais mes crayons dans le froid ou le chaud, sous la pluie ou la neige. Ce corps-là craquait de souffrance, se fendait, travaillait un peu à ma propre œuvre, pourquoi pas ? À force d'en décomposer les plissements colossaux, d'en compter les axes, d'en dénombrer les palais aux déchiquètements de glace et de roc ; à force de fixer la coulée verte des prairies ou la flamme éblouissante des torrents au creux des vallées, j'ai eu la révélation terrifiée que les Alpes étaient les vantaux entrouverts d'une porte infernale.

C'était dur. C'était beau. C'était bon.

Début mai-juin, j'ai pensé que le malheureux Martin De Vos ne tiendrait pas le coup : il ne pouvait se soumettre encore, comme je le faisais moi, à une discipline de fer. Le soir à l'auberge, il ne cessait de me parler de sa famille d'Anvers : ses parents, deux frères, une sœur ainsi que sa fiancée. Dans ses moments de confidences, la voix du jeune homme en montant d'une octave prenait un son de velours tremblé quasi féminin. Ahuri, je l'observais. Merde alors, c'était donc ça la famille : une mutation sexuelle cachée ?

Et pour ma part je me réjouissais d'être libre de toute attache génétique. Aucun cordon ombilical ne me liait aux Coecke, à Flora, à mon patron Jérôme Cock. Superbe plaisir d'être un morceau de viande séparé ! autonome !

Cependant, une fois traversé le monumental barrage des Alpes, l'humeur de Martin s'est rassérénée. La lumière qui brillait à présent dans ses yeux gris de Flamand était le reflet d'un ciel accueillant, vaste. Car le ciel, ici, reprenait le premier rôle en couvrant le théâtre de la planète. La terre cédait sous la scène, s'apaisait, s'épanouissait, s'alanguissait. Nous étions pris dans un filet de buées d'or, matinales ou crépusculaires, et le même filet lancé jusqu'à l'horizon emprisonnait aussi les plus lointaines collines.

Nous nous détendions. Nous respirions plus largement.

Nous nous sommes arrêtés une semaine à Milan dans une confortable hôtellerie. Nous avons visité la ville en tous sens : le Dôme, la basilique Saint-Ambroise nous ont littéralement bouleversés. Nous avons pu confier des messages pour les nôtres à un groupe de voyageurs qui remontait vers les Pays-Bas. Martin a couché avec une fille aussi dodue et nacrée qu'un poisson : elle semblait sortir tout droit d'un tableau du Titien. Ses muscles glissants, d'une manière bizarre, me répugnaient assez.

VIII

L'ITALIE — DES BAINS DE VERT ET DE BLEU — MON PREMIER RÊVE BARIOLÉ — LES NUITS DE ROME — LA MER, LAVE BLANCHE EN FUSION — MARSEILLE RUTILAIT — D'HORRIBLES PETITS SECRETS

Nous avons ainsi parcouru de haut en bas la tige de cette botte étrange que figure l'Italie sur les cartes : elle descend en souplesse, d'une façon équivoque, profane, perverse même, en diagonale de la grande cuvette bleue de la Méditerranée. On croirait que l'élément terre s'emploie à refouler à droite et à gauche l'élément eau par le biais d'un énorme coup de pied grossièrement figé. Nous nous sommes glissés tout au long des voies vertes et mouillées serpentant au pied des Apennins. Nous passions par des villages dont on oubliait aussitôt le nom : ils étaient isolés, fermés sur eux-mêmes au point d'ignorer qu'un monde puisse exister hors de leurs murs.

Lorsque nous descendions de cheval, les habitants accouraient à notre rencontre, touchaient nos sacs et nos vêtements, et témoignaient par leurs gestes d'une véhémence dorée dont l'indiscrétion nous choquait et nous amusait. Par chance, nous ne comprenions rien à leur discours, vif, roulant, rocailleux. Le mur de l'indéchiffrable se déplaçait avec nous : nous n'avions pas prévu, Martin et moi, ce genre de protection. Car lorsque nous bavardions tous les deux dans notre langue, les gens riaient et nous montraient du doigt comme si nous étions tombés de la Lune. Un soir, une très petite fille s'est enhardie à poser sa main sur mes lèvres avec l'expression propre aux sourds essayant de communiquer. Je l'ai prise sur mes genoux et lui ai fredonné à voix basse une petite chanson flamande. Alors elle a jeté fougueusement ses bras autour de mon cou et m'a baisé sur la bouche. Je n'en demandais pas tant. Mais j'étais ravi.

En débarquant à Florence, soudain ma nostalgie des Flandres est née quelque part entre ma gorge et mon ventre : mon cerveau en était heureusement indemne, ma main de dessinateur aussi. Sinon, la seule solution aurait consisté à rentrer chez nous en toute hâte pour éviter de crever de chagrin.

Florence a été l'enchantement pur que résumait un seul mot : musique. Musique-lumière. Musique-marbre. Musique-eau. On nous recevait partout grâce aux recommandations de Mayken Coecke, Jérôme Cock, Christophe Plantin et compagnie. Les toiles de Titien et de ses amis que je voyais maintenant en direct dans les églises et les palais prenaient une tout autre allure que sur les murs de nos gris ateliers du Nord. Ici, on peut assurer qu'elles *marchaient*, accordées aux nuages, aux flèches sombres des cyprès et des ifs, aux brocarts des habits. Elles étaient à peine peintes, ces toiles, tellement elles allaient de soi. Leur beauté éblouissante m'irritait cependant, m'inquiétait même, je dois dire, par leur capacité infinie de don, d'ouverture, d'éclatement baroque. Les matins et les soirs de, mettons, Raphaël avaient un éclat d'or trop évident à mon goût. Les peintres trempaient leurs pinceaux dans le récipient brut de la nature.

Les Vierges à l'Enfant Jésus abondaient de tous côtés, trop cossues, donc gênantes sinon choquantes. Toujours elles occupaient l'avant-scène de leur petit théâtre et elles se ressemblaient toutes : bien trop jeunes et trop belles ou plutôt trop jolies, elles s'imitaient, fixées eût-on dit dans une semblable attitude de dévotion médusée, plate et satisfaite. Je préférais de beaucoup les paysages qui leur servaient d'arrière-plan et qui les reniaient en quelque sorte. C'était du moins mon opinion, dont je ne parlais à personne, pas même à De Vos qui, lui, délirait d'enthousiasme. Oui, car les paysages m'apparaissaient chaque jour davantage comme les seuls vrais personnages d'une action qu'on tentait en vain de censurer, soit subtilement, soit naïvement. Une colline contenait plus d'extase religieuse ou de chagrin qu'une joue, une fesse, un sein, un bras. La courbe d'un fleuve ou les replis d'un terrain rayonnaient d'une foi chrétienne plus véridique. De telle sorte que les somptueux raffinements de la civilisation italienne moderne consolidaient, tout au fond de mon cœur, une intolérance dont la dureté s'alliait à ma vision. Ainsi découvrais-je avec orgueil que mon sang créatif était plus noir, plus fou, plus nu que celui des artistes — magnifiques, bien entendu — m'entourant de leur sensualité richissime et de leur luxueuse imagination. En fait la sécheresse de mon sang, oui, était branchée sur l'os, donc sur la mort. Exemple : la *Danaë* de Titien, roulée avec un art grandiose sur son lit défait, dissimulait trop la vérité de l'os et de la mort. Dieu n'était pas caché dans la toison rousse à la fourche des cuisses non plus que dans ses prunelles révulsées.

Chaque jour davantage je désirais l'avenir de mon Dieu flamand, et son souvenir aussi puisque le présent s'ingéniait à me le refuser.

Détail d'importance que j'ai noté dans un carnet pendant le trajet jusqu'à Rome (fait en voiture, ça laissait du loisir pour la réflexion !) : j'étais tout à coup obsédé par la couleur. Cela ne m'était jamais arrivé encore d'une manière aussi despotique. À partir de ce moment-là, il m'a fallu indiquer dans les marges de chacun de mes dessins les couleurs censées leur donner vie après coup. Elles formaient un cadre vibrant, une couronne géométrique, une espèce d'enceinte fortifiée, lesquels petit à petit se développaient, s'imposaient, commençaient sourdement à empiéter sur mon univers blanc-noir. Je m'abandonnais volontiers à cette emprise nouvelle, et mon cœur battait d'impatience. Je me jurais avec solennité de peindre et peindre à tour de bras dès mon retour là-haut. Par anticipation, je plongeais mes travaux futurs dans des bains de pourpre, de vert et de bleu.

C'est ainsi qu'au cours d'une certaine nuit de l'automne 1553, mon premier rêve bariolé est venu littéralement m'assaillir dans mon sommeil : je me trouvais dans un village aux environs d'Anvers en compagnie de Flora et Mayken numéro deux. Cette dernière, âgée d'une douzaine d'années, était notre petite fille. Elle entraînait ses parents dans le cercle d'une fête orageuse où la menaçait un danger grave. Elle poussait des cris, se retournait vers Flora et moi en nous suppliant de la sauver. Alors Mayken Coecke numéro un apparaissait, toute nue, allongée sur un nuage qui passait avec lenteur au-dessus de nos têtes.

Je me suis réveillé en sursaut comme si quelque maléfique insecte m'avait mordu au sexe. J'étais à la fois enragé, joyeux, car au lieu de s'effacer mon rêve insistait. Je continuais à voir la robe écarlate de l'enfant, le jupon vert sombre de Flora, la chair violacée de Madame Coecke, le tout relié par une étendue bleu vif. À mon côté, Martin se redressait aussi, effrayé de m'entendre pousser des beuglements d'angoisse extasiée.

— Que se passe-t-il mon vieux ? a-t-il demandé en enfilant ses habits avec vivacité comme s'il y avait le feu.

Mais bien sûr qu'il y avait le feu au-dedans de moi ! Je lui ai raconté mon rêve sans omettre le plus petit détail : tous comptaient. En oublier un seul m'aurait valu — pensais-je — d'être brûlé en place publique par mon tribunal de conscience intérieure. À ma grande surprise, mon compagnon a écouté le récit avec une attention, une gravité qui dépassaient nettement ses moyens tandis qu'il trempait ses tartines beurrées dans un bol de café bouillant. Il s'est essuyé la moustache en me posant des questions plus précises sur les trois femmes que mon rêve avait puérilement rassemblées au fond de mon esprit dormant. Le brave garçon n'était pas dupe : le choc vécu par mon inconscient jaillissait d'une fosse de l'imagination jusqu'alors bouchée. Et celle-ci se parait soudain des couleurs de l'arc-en-ciel, nourrissait mes pinceaux futurs, ruisselait, s'étalait, jouissait.

Les jours suivants, après notre arrivée à Rome où nous avons été accueillis comme des rois du Nord, n'ont fait que confirmer le contraste fabuleux dont j'étais soudain le terrain. Chose singulière : j'étais parfaitement capable d'agir désormais comme un homme coupé dans le sens de la longueur dont on aurait sommairement recollé les moitiés. J'étais moi d'un côté. J'étais également moi de l'autre. Authentique ici. Authentique là. Perméable aux sensations luxueusement enregistrées dans les palais et les églises, et parallèlement soumis à mes décors flamands aux truculences austères. Où donc étais-je situé dans le réel de ma réalité ? Impossible à dire. Et d'ailleurs, l'aurais-je su que je n'aurais rien dit du tout.

Choisir aurait été un mensonge, une trahison.

Dès lors mes liens avec Martin De Vos — qui comprenait tout sans rien comprendre — se sont resserrés. Nous avions l'instinct de nous reposer l'un sur l'autre et chacun était la béquille de son compagnon.

Un soir, après un dîner chez je ne sais plus quel prince, nous sommes retournés à l'hôtel dans l'euphorie d'une totale ivresse. Flottants mais sûrs de nous, nous dérivions dans la radieuse atmosphère propre aux nuits de Rome. Nous avions l'impression bizarre d'être sur le chemin du retour aux Pays-Bas. Nous étions heureux comme des seigneurs dont un seul regard fait fondre les pires obstacles.

L'ivresse appelle l'ivresse, c'est connu : nous avons commandé une fiasque de vieux vin italien, très cher et follement capiteux.

— Roi De Vos, je bois à ta santé, à ta famille, à ta future épouse ! ai-je clamé en choquant mon verre contre le sien.

— Roi Breughel, je t'aime et je t'admire, a-t-il répliqué dans un glapissement de rire qui a fait sursauter tous les clients d'alentour. C'était merveilleux de découvrir soudain que l'Italie — dont nous ignorions à peu près tout — contenait dix mille particules indéfiniment fragmentées de nous-mêmes. Chaque grain de poussière, goutte de vin, rayon d'étoile, cri, poil de bête ou de femme rendait compte à tout instant, d'une manière sauvage et voilée, des individus nommés Martin De Vos et Pieter Breughel. Le Nord et le Sud enfin, à travers un précipité grandiose, explosaient après leur accouplement.

Une fille blonde a posé sur notre table une corbeille de fruits. Une fille brune s'est mise à les éplucher. Nous avons finalement cédé à leurs provocations, passant avec ces deux beaux corps une nuit d'effusion quasi chrétienne, mais oui ! De plantureuses Romaines étaient capables de nous ramener, par antithèse, à l'ordre des choses divines ! Sublime, non ?

Mais alors : gueule de bois le lendemain matin. Remords, tristesse, fureur de n'avoir pas su contrôler mes plus bas instincts. Il fallait tuer la bête.

— Sais-tu ce que je ferai en rentrant à Anvers ? ai-je dit à Martin.

Il ne savait pas.

— Je me ferai moine, sinon je suis un homme foutu.

Il a haussé les épaules. Il ne me croyait pas. Il avait raison sans doute. Pourtant je lui ai flanqué mon poing sur la gueule pour lui apprendre que j'étais sérieux. Nous sommes restés trois jours pleins sans nous adresser la parole. J'ai refusé plusieurs invitations. J'ai fait une série de dessins en m'aidant de mes croquis accumulés dans les Alpes. Je m'enfermais à double tour dans ma chambre.

— Voilà un bon travail, Pieter, disais-je à mon reflet dans le miroir.

Et mon reflet ricanant m'approuvait. Comme il avait vieilli, cet autre Pieter ! Des joues creuses, une barbe drue entremêlée déjà de fils gris, un visage rongé de petites rides, pouah ! Nous nous reconnaissions mal l'un et l'autre. J'ajoutai :

— Qu'est-ce qu'on fout donc ici ? Ce n'est pas notre place...

Et j'imaginais soudain que, si j'avais été un oiseau, quelques heures de vol à peine m'auraient permis de rentrer en Flandre. Et je pensais au génie de Léonard de Vinci dont les travaux faisaient de plus en plus autorité depuis sa mort. N'avait-il pas osé concevoir, le salaud, le bougre, un engin capable de tenir l'air comme les navires tiennent l'eau ? N'avait-il pas affirmé qu'un jour on réaliserait son invention ? Pas si fou que ça peut-être, le vieux, malgré les apparences. Sa folie en tout cas plongeait au plus profond du désir de l'homme. J'en étais certain.

J'en avais par-dessus la tête des nuits ignoblement voluptueuses de Rome, par ailleurs. Et notre départ s'est décidé brutalement après une dispute avec un groupe de peintres « renaissants » qui s'étaient permis d'attaquer Van Eyck, Memling, Van der Weyden et compagnie. Cela suffisait à trancher net d'imprudents débuts d'amitié. Nous voulions dès lors éprouver à nouveau nos ailes de voyageurs.

Automne 1553 : nous descendions vers le Sud. Nous étions transpercés par les sabres éblouissants d'un soleil détestable à travers des régions fendillées par la sécheresse et livides sous un ciel uniformément bleu. J'aspirais aux nuages, qu'ils crèvent et nous inondent ! Nous faisions halte dans des villages de plus en plus pouilleux, perdus, et comme empoisonnés par un mal du tragique nu. On nous y accueillait avec méfiance, excepté les enfants qui s'abattaient sur nous par bandes pour mendier. Les petites filles m'intéressaient surtout à cause de leur dissemblance avec celles de mon pays. Les visages bruns, rétrécis, durs, qu'il m'arrivait de tenir entre mes mains pour les observer de très près m'évoquaient jusqu'à la douleur les teints clairs et les yeux limpides de nos petites Anversoises. J'en ai fait poser plusieurs. Détail curieux : jamais je ne me suis servi des portraits exécutés alors. Je les ai rangés je ne sais où comme de simples documents qu'il valait mieux oublier.

Naples a transformé mon humeur. Martin De Vos y a trouvé un message de son père : une épidémie de fièvre maligne avait ravagé tout un quartier d'Anvers, et la plus jeune sœur de mon ami était morte. Le mot de peste n'était écrit nulle part dans la lettre mais y était transparent. Les parents suppliaient Martin de rentrer auprès d'eux dès que possible, ils avaient besoin de lui, ils n'en pouvaient plus, etc. Bref : trois ou quatre pages de lamentations d'une écriture serrée qui ressemblaient à un interminable cri. Martin, blême de chagrin, m'a timidement demandé mon avis.

— Il faut que tu retournes là-bas illico, ai-je répondu sans hésiter.

Et le regard que nous avons échangé alors était un nœud subtil de contradictions. Certes j'avais pitié de mon ami. Lui rendre sa liberté paraissait un devoir qui me coûterait. Cependant soyons honnête : nous en avions assez l'un de l'autre, la perspective de me retrouver seul m'emplissait d'un enthousiasme que j'ai su, je crois, dissimuler habilement. Être un artiste, c'est savoir cacher pour exprimer mieux.

J'ai donc aidé le jeune homme à préparer ses bagages. Je lui ai trouvé un convoi qui l'emmènerait d'abord jusqu'à Rome. Comme entre-temps j'avais vendu ici et là pas mal de dessins, j'ai pu lui donner assez d'argent pour qu'il ne manque de rien en route. Je lui ai confié deux lettres, l'une pour ma chère petite Flora, dont j'étais sans nouvelles depuis plusieurs mois — ce dont je me fichais —, l'autre pour Madame Coecke.

Nous nous sommes embrassés avec force. Mon cœur s'est serré quand je l'ai vu disparaître dans un nuage de poussière étincelante.

Dieu qu'il faisait chaud, et que cette chaleur me semblait soudain vivace, excitante ! Dieu que la solitude reconquise était bonne à mon corps, à mes nerfs ! Je suis descendu vers le port. La mer, lave blanche en fusion, portait d'innombrables bateaux dansant comme d'épaisses commères apparemment saoulées de soleil. Une odeur de poisson pourri flottait partout en incendiant l'atmosphère. Bizarrement, le paysage aplati, défoncé même sous une braise pestilentielle, était secoué par d'étranges rafales de vent.

— Ça vient du Sud, m'a expliqué un pêcheur dont le torse nu évoquait un pot de terre cuite.

Tandis que je dessinais l'embarcadère, la foule se rassemblait autour de moi, piaillant, jacassant et riant, se bousculant pour mieux voir mon travail. J'étais content. J'ai magnifiquement réussi le panorama.

De là j'ai gagné Messine, où j'ai pu directement embarquer sur une caravelle en transit : elle venait d'Orient, chargée d'épices, de bois rares, de soies de Chine, et se dirigeait vers Marseille. Une tempête effroyable a failli nous balayer en route. Je crevais de mal de mer. J'essayais de prier Dieu. J'avais peur de mourir comme un con. Personne ne m'a témoigné la moindre sympathie. Excellente leçon disciplinaire... J'avais voulu êtré seul ? Eh bien je l'étais, et totalement, car Dieu lui-même restait sourd à mes appels au secours. J'en étais presque à regretter ce bon Martin, qui lui du moins m'aurait soigné, soutenu avec des paroles amicales. En revanche l'entrée dans le port de Marseille, une fois l'ouragan apaisé, m'a frappé d'émerveillement. Large comme une assiette creuse en or massif, la ville rutilait, toute gonflée par un grouillement de vie mal contenu entre ses bords. Les races qui s'y trouvaient mêlées m'ont paru moins pauvres parce qu'infiniment plus actives, nerveuses, rapaces en un mot. Déjà l'Italie du Sud, en reculant dans mon souvenir, s'y fixait à la façon d'une gigantesque esclave triste et sèche, asservie à la misère, à la famine. Soleil, famine et misère avaient signé tout en bas de la botte méditerranéenne un pacte étrange, un pacte d'ensorcellement païen qui allait finalement me marquer pour le reste de mes jours.

Au relais de poste, j'ai trouvé une lettre détaillée de Mayken Coecke. Déjà il s'agissait d'une réponse à mon message expédié depuis Naples. Le courrier fonctionnait donc avec une remarquable rapidité, ce qui réduisait considérablement les données de l'espace et du temps.

À Bruxelles, tout allait bien sur le plan des travaux. Mais tout allait mal sur le plan des événements. Trois mille révoltés avaient été capturés, puis exécutés sans jugement. Des bandes de vagabonds, délinquants et mendiants, se formaient un peu partout dans la ville et les campagnes environnantes, prenaient en otages les commerçants qui trafiquaient avec les Espagnols afin de les rançonner. On y voyait même de tout jeunes enfants, déchaînés de courage, qui assassinaient les corrupteurs.

Madame Coecke me racontait tout cela sur un ton uni d'une admirable précision comme toujours, un ton détaché, à la limite d'une sensualité satisfaite. Toute la violence dont cette femme majestueuse avait été douée se transformait — avec le plus grand naturel — en acuité du trait, qu'il s'agisse d'écriture ou de dessin. Elle terminait enfin sa lettre sur une note plus gaie en parlant de « notre chère petite fille ». Elle écrivait « notre » à plusieurs reprises, comme si Mayken numéro deux m'appartenait aussi. L'enfant était grande et délurée pour son âge, huit ans ! Elle se montrait plus raisonnable, très attentive aux leçons de grec et de latin qui la passionnaient. Elle dévorait tous les livres. En outre elle devenait coquette et capricieuse à propos de ses toilettes, injuriant au besoin les femmes de chambre si le repassage de son linge laissait à désirer. Une bouffée de tendresse m'est montée à la tête en lisant ces intéressantes futilités femelles. Et pourtant ce n'était rien encore en comparaison d'un colis plutôt épais qui m'est parvenu quelques jours après.

Il contenait un portrait miniature de l'enfant, exécuté par la mère : le visage y était légèrement détourné mais les yeux frangés de blond et découpés en amande semblaient me regarder, moi, entre leurs paupières doucement remontées vers les tempes. Et dans ce regard on pouvait déceler une langueur voilée assez surprenante chez une fille de cet âge-là. De plus un air de culpabilité sournois accentuait le bombé du front. Deux perles de corail ornaient les fragiles oreilles, une chaîne d'or aussi fine qu'un cheveu encerclait le cou mince. La pudeur de l'ensemble dissimulait mal une volonté de provocation. Mayken semblait me confier d'horribles petits secrets que pour rien au monde elle n'aurait révélés à sa très chère maman. Elle me prenait à témoin de ce qui se passait en réalité dans son âme, laquelle, peut-être, était déjà tarée ; comment savoir ?

J'étais tour à tour ébloui, attiré, repoussé. Je couvrais l'image de baisers. Je voulais la réduire en miettes. Par quel genre d'orage était de nouveau traversée ma tête ? Fallait-il ou non tenter d'y voir clair ? Je ne pouvais m'empêcher de craindre que Madame Coecke ne veuille m'enfermer dans le filet d'un piège de séduction. Si c'était exact, que penser alors de cette grande matrone épanouie dans la paix du talent, du luxe et du plaisir, sinon qu'elle était un peu ignoble sur les bords ? Si (toutes mes réflexions commençaient avec des *si*) elle était née dans le peuple, si elle avait épousé un ramasseur de châtaignes, serait-elle devenue aussi facilement une artiste célèbre ? En fin de compte, j'estimais que le cadeau de Madame Coecke, généreux d'un côté, dissimulait de l'autre une bonne dose de subtilité perverse. Cependant, par pur esprit de contradiction, cela m'a fait un bien énorme sur le plan de mon travail : je désirais l'enfouir et le protéger tout au fond de moi comme une espèce de trésor inattaquable.

Du même coup, en cet hiver de l'année 1553, je n'étais plus pressé de rentrer au pays, alors que la veille encore je souhaitais brûler les étapes.

— Non, non, non, mon vieux, sifflait à longueur de jour et de nuit la voix dure de ma cervelle. Libre tu es, libre tu resteras. Jusqu'ici tu n'as rien foutu de sérieux. Tu t'es promené dans ton époque en y rencontrant, certes, des génies fastueux. Mais tu es resté un pâle minus. Quand on frotte ensemble deux bouts de silex, il en sort des étincelles, c'est-à-dire moins que rien. Alors qu'il faut obtenir la flamme, la rage du feu, la consumation transformatrice capable d'engendrer. Il n'y a que ça de vrai.

Telles ont été mes considérations pendant que je quittais Marseille, dont j'avais soupé. Mon cheval de louage courbait l'échine sous le poids de mes affaires, progressant avec lenteur sur le chemin longeant le Rhône, vieille connaissance, qui m'a paru moins large et moins solennel que deux ans plus tôt. Soudain, j'ai tiré sec sur les rênes. Une angoisse, jamais ressentie encore, me ravageait.

— L'œuvre naît au-delà, venait de gronder de nouveau ma voix double avec un sérieux de vieillard gâteux.

Je me suis mis à rire aux éclats en la traitant d'absurde, bornée, grincheuse, ramollie. Cependant elle insistait grossièrement :

— Prends garde, Pieter Breughel, tu risques de te comporter en parvenu. Il est toujours trop tôt pour s'installer, pérorer, se croire arrivé. Tu manques de rigueur. Tu t'es laissé saisir par le succès. Tu t'y sens à l'aise, bien sûr, et tu t'y endors en riant aux anges...

— La paix, la paix, entends-tu ?

— Tu es un âne, mon cher petit. Le gâteux, c'est toi. Tant qu'à faire, s'il faut choisir entre deux animaux, mieux vaut être un porc : il a du moins le courage du grouin.

J'étais outré. J'étais content aussi. La conversation insolite qui se poursuivait entre Breughel et Breughel était une conséquence directe de la nature que nous étions en train de traverser. Et il s'agissait de nouveau d'une nature exaltante, fracturée par les montagnes et d'insondables précipices, les pics et les panneaux rocheux au flanc desquels s'accrochaient des pins aux innombrables lances. Une telle nature me secondait du bon côté dans mon combat intérieur. Je me suis surpris à hurler :

— Parvenu !

Et l'écho qui frappait les pentes et les sommets retombait en disant :

— ...venu ! venu !...

— Ha ha ha ! ai-je encore crié à pleine gorge.

— Ha a a !... a répliqué l'écho.

Je me sentais revivre. L'épine dorsale d'un paysage soulevé, brisé, tordu, devenait la mienne. Des os me poussaient partout, crevaient ma peau. Cela me gonflait d'une énergie nouvelle. Je refusais d'être plat, définitivement. J'entrais dans l'accident, le soubresaut, la révolte, le grincement, le hoquet. Je voyais, oui. Mais, avant tout, j'étais vu : c'était un fait de la plus haute importance.

Ainsi, lieue après lieue, reposé par des haltes brèves dans des auberges qui semblaient abandonnées du monde, je suis arrivé aux abords de la ville de Lyon par un soir du printemps suivant. Tout de suite j'ai tant apprécié son atmosphère de tristesse cossue et sinistre que j'ai décidé d'y séjourner. Mon hostellerie était située à côté du fleuve, grossi par les crues à cette époque de l'année. Les eaux lourdes et jaunes étaient semblables à du plomb liquide sourdement animé par un labeur de digestion interne. Fascinant. Troublant.

J'ai pris un nombre considérable de notes. J'ai dessiné sans relâche. Avec un grand soulagement, j'ai enfin eu le sentiment d'avoir réussi à dompter l'animal. J'abandonnais en arrière une peau morte, une enveloppe écorchée qui jusqu'alors avait porté mon nom par fraude. Maintenant naissait le vrai Pieter. Et ce Pieter-là s'interrogeait différemment : ne serait-il pas intéressant de jeter pardessus bord un passé trop lourd, trop glouton, trop las, trop envahissant ? Ne serait-il pas préférable de me fixer ici pour m'y inventer de nouvelles racines ?

IX

LA DÉCOMPOSITION — ENCEINT DE MON PAYS NATAL — UN VAGABOND HURLEUR — LA PROIE DE DEUX FEMMES — LA MOITIÉ VAGINALE DU MONDE — LA PIERRE DE LA FOLIE

J'ai vraiment essayé de toutes mes forces. Je me suis enfoncé quotidiennement dans les bas-fonds de la ville, où s'agitait une humanité interlope avec laquelle je ne pouvais communiquer que par signes, obscènes pour la plupart. Je vivais des nuits de saoulerie, des bagarres infectes, des ripailles aussi, dont les débordements dépassaient de loin, en vicieux plaisirs, ceux de mon pays. La Flandre, les Pays-Bas tout entiers surgissaient à présent dans ma mémoire souillée à la façon de sanctuaires pleins de fraîcheur.

Souvent je me couchais à l'aube avec une fille quelconque ramassée dans le caniveau. Je n'ai jamais oublié l'une d'entre elles, et je sais pourquoi : non seulement elle était grande, osseuse, avec une tête de louve à crinière folle, mais son corps était entièrement couvert de poils très longs et très soyeux. Elle se nommait Paulina, exerçait le double métier de servante dans une auberge et de putain. Quand je la serrais, je devenais soudain calme, presque heureux, car j'avais l'impression de baiser la Mort en personne, et cela était plus stimulant pour mon esprit qu'excitant pour mes nerfs. Elle me reposait des lourdes chairs italiennes, trop mates à mon goût, et ce qui m'attirait plus que tout en elle, c'était le jeu cadencé de ses articulations lorsqu'elle s'agitait sous mes mains, sa froideur inanimée bougeante et, bizarrement, son sérieux. Je soulevais sa chevelure crasseuse pour deviner dessous la forme du crâne, objet passionnant entre tous. L'humain existe à partir du crâne. Sa viande n'est qu'un habit provisoire dont jamais on ne se débarrasse assez vite. Je laissais aussi traîner mes doigts le long de ses vertèbres — depuis la nuque jusqu'au cul. De ce clavier-là provenait une musique enveloppante qui me rappelait la traversée des Alpes. Car la nudité du corps de la femme est exactement comparable à la nudité des montagnes. Image qui me contraignait à une terrifiante et jouisseuse association d'idées : la Mort, l'os, la décomposition précoce que le souffle de Dieu ne pouvait empêcher.

Ainsi, au cours de cette période assez trouble, jamais une seule fois je n'ai fait l'amour avec Paulina en la considérant comme une femme, et c'était utile ! Avant de m'endormir je baisais ses dents, fortement plantées, hautes et plates, et non pas ses lèvres. Je pouvais rêver ensuite de danses macabres, de combats d'outre-vie. Un projet dès lors commençait à luire dans un coin de ma cervelle. Mais il était trop tôt encore pour le réaliser.

Paulina, absurdement tombée amoureuse de moi, faisait tout pour me garder à Lyon. J'ai failli céder à cause de sa figure de nuit. Sa figure de jour m'a libéré d'une telle tentation. Dès le matin son squelette attrayant se transformait en une espèce de lourd champignon vénéneux : drapée dans des tissus voyants, elle se couvrait de bijoux de pacotille et de parfums vulgaires, projetait vers mon visage sa bouche trop fardée. Je la repoussais brutalement. Elle insistait. Je lui foutais une trempe. Elle pleurait à petits coups et ses larmes avaient une saveur d'obscénité telle que pour un peu je l'aurais étranglée à force de dégoût. Je le sentais bien : j'étais entraîné malgré moi dans un certain climat de perversion qui faussait toute réalité. Du jour au lendemain j'ai pris mes dispositions pour plaquer cet intéressant jouet. L'heure du départ sonnait. J'ai pris le coche en direction du Nord.

Le paysage se calmait de nouveau. La lumière liant le ciel à la terre se faisait de plus en plus irisée, fraîche, vaporeuse, m'aidant ainsi à garder intact en moi un soulèvement de colère. Et cette colère était saine : il s'agissait plus précisément d'une certaine forme d'avidité. Aussi les régions traversées glissaient sous moi, autour de moi, sans heurts, fuyaient harmonieusement en arrière. Tout se déroulait comme si la nature consentait à voyager souplement à ma place, et j'en demeurais constamment le centre immobile. À mesure qu'elle passait, toujours plus verdoyante et veloutée, je prenais davantage de vigueur, d'assurance, de solidité, de rigueur.

La vallée de la Loire m'a ébloui.

J'ai dû m'attarder une semaine à Paris à cause d'un phlegmon à la fesse gauche qu'il fallait soigner d'urgence. La ville m'a déçu dans la mesure où l'on en disait monts et merveilles. Notre-Dame me semblait plate, dépourvue d'élan — ce qui était injuste sans doute — tandis que la Sainte-Chapelle au contraire m'agaçait pour sa mièvrerie ajourée. Et puis surtout : quel bruit d'enfer de tous côtés ! quelle circulation abominable ! quelle hargne chez l'homme de la rue ! Là aussi régnait l'injustice : richesse insane d'un côté, atroce pauvreté de l'autre. Tyrannie du pouvoir et soumission d'un peuple résigné aux pires humiliations. On ne réagissait pas ici comme aux Pays-Bas. On se lamentait méchamment. On se haïssait mesquinement. Les plaies étaient tristes, pensais-je avec une détestable partialité, comme s'il pouvait y avoir sur la terre des plaies joyeuses... Foutu Pieter ! Je me moquais de moi-même et me désapprouvais tout en regardant la Seine charrier des monceaux d'ordures et d'animaux crevés. Elle paraissait épuisée par son propre courant, comme si jamais elle n'aurait assez de force pour atteindre la mer. Voilà ! La proximité d'une mer, et d'une mer violente, était inconcevable en ces lieux.

Je suis parti dès que mon état de santé me l'a permis.

À partir de Lille, j'ai eu la sensationnelle surprise de voir la nature s'immobiliser jusqu'aux quatre coins de l'horizon afin de me céder à nouveau l'initiative du mouvement. Un véritable souffle aspirant m'a désormais entraîné. Il ne me laissait aucune trêve, ni jour ni nuit. Certaines étapes — j'avais finalement loué un excellent cheval, nerveux et frais — se sont faites au trot. J'étais fou de bonheur à la perspective de rentrer chez moi. Chez nous, plutôt. Je devenais en effet un gigantesque *nous*. Je cessais d'être simplement Pieter Breughel, un peintre parmi tant d'autres. Par avance, j'était enceint de mon pays natal tout entier sans la moindre discrimination d'organes. Je faisais mienne la masse de ses somptuosités, de ses déjections, de ses rires, de ses larmes.

Et voici que j'étais à mesure agressé violemment par un univers de couleurs, lesquelles étaient demeurées jusqu'alors en sommeil : univers d'autant plus souverain que mon expédition à travers les pays méridionaux l'avait replié, assourdi, mis en veilleuse. Un rideau de fausse brume se déchirait dans un fracas. Oui, fausse brume, j'insiste. Car tandis que je m'arrêtais pour quelques jours dans un village de la région, j'ai fait une découverte de plus concernant l'infini registre des couleurs. Brutales en Italie, elles étaient mises en cause ici par une lumière prudente, prude, presque désincarnée sous un soleil qui est comme la grande racine du ciel. Elles se faisaient complices de l'atmosphère afin de s'y fondre et d'y mourir après s'être désaltérées, puis altérées. D'où le miracle suivant : on trouvait toujours des traces d'un peu de sable ou de terre dans les nuages, toujours un peu d'azur dilué sur les champs, les prés, les bois. La constante émulsion brouillant ainsi les contours (si tranchés pour mes confrères du

Sud) m'a ému au point de me priver presque de connaissance.

Je me souviens de chaque détail : crevé par un voyage qui m'avait éloigné pendant deux ans, je devais avoir l'apparence d'un fou dans mes vêtements usés, avec ma barbe en broussaille devenue complètement grise et ma maigreur extrême. En apercevant mon reflet dans le cul d'une marmite en cuivre, je croyais avoir affaire à un démon. Oui. J'étais un démon. On me servait les repas avec une circonspection craintive. On n'osait m'interroger. Et je ne faisais rien pour rassurer qui que ce soit.

Dès le matin je gagnais la campagne. La première étude entreprise sur mon sol a été consacrée à une lande de bruyère toujours en fleur malgré l'approche de l'automne. Je m'étais assis sur un petit tertre de sable gris. Je me suis mis à pleurer comme un enfant, c'est-à-dire que je poussais des cris déchirants. Les paysans qui travaillaient dans les champs d'à côté se redressaient, m'observaient à distance.

— Qui donc peut être ce vagabond hurleur ? devaient-ils penser avec inquiétude.

Et j'avais envie de les rassurer sur mes clameurs de vieux petit garçon.

— Ce vagabond n'est rien. Moins que rien. Mais si vous consentez à le soutenir, il sera peut-être, oui, il sera !

Bref, je crois m'être rendu passablement ridicule au cours de ma halte. J'imagine qu'il est excellent de friser le ridicule de temps en temps, sinon d'y plonger en profondeur. L'opération est revigorante : elle est la preuve que l'on garde sur soi-même un regard d'acuité vigilante.

Ma première idée ensuite, alors que je n'étais plus qu'à une brève distance de Bruxelles, a été de contourner la ville pour me rendre à Gand, où jamais je n'étais allé encore. Une intuition — inexplicable comme toute intuition — me forçait à ce détour. Et ce n'est qu'en pénétrant dans les rues sombres aux riches façades à pignons que j'ai su pourquoi : *L'agneau mystique* des frères Van Eyck, protégé par l'étrange forêt de pierre de la cathédrale, représentait lui-même une cathédrale avec ses volets dépliés. Ou plus exactement une fulgurante basilique enfermée dans les noires grottes sculptées de Saint-Bavon. Je me suis planté devant ce tableau immense. Je suis resté là, immobile, pendant une matinée entière. J'étais comme une brute. Je me laissais inonder par d'inépuisables profondeurs de foi chantante ou muette à qui les couleurs donnaient une formidable unité. De vieilles ombres défroquées tombaient à mesure à mes pieds. Et je devenais mystérieusement *un* à force de contemplation. J'étais enfin *moi*. Et je savais qu'en me déplaçant désormais à travers le temps, à travers l'espace, à travers ma propre mentalité, rien ne serait capable de m'arracher le *un* et le *moi* : ils occupaient mes os, indestructibles étuis du corps des vivants.

Anvers ! Il y faisait pluvieux et froid, presque hostile. Rien ni personne ne semblait m'attendre ici. J'hésitais. Me rendre directement à la Guilde Saint-Luc ? à l'atelier des Quatre-Vents ? L'Escaut roulait son flot noir d'ivoire. Au-dessus les mouettes criaient comme des pucelles violées, blanches, averties, dures, avec leur queue déployée en jupon quand elle piquaient, pattes tendues, vers l'eau. J'ai choisi de rentrer chez Flora.

C'est en approchant de ma maison que j'ai su combien mon corps était fatigué. J'ai presque rampé pour atteindre la porte. J'ai frappé. J'ai attendu un long moment. J'ai frappé de nouveau. Mon cœur défaillait d'angoisse. Qu'allais-je trouver ici après une absence de deux années ? Est-ce que ma petite femme vivait encore ?

Alors une fenêtre s'est ouverte enfin au premier étage. Une tête se penchait au-dehors. Une bouche que je reconnaissais articulait mon nom :

— Pieter ! Pieter ! Pieter ! c'est donc toi ?

Une minute après Flora se précipitait à mon cou avec une telle fougue qu'on pouvait supposer qu'elle craignait d'être regardée. Et c'était vrai. D'ailleurs je n'avais nulle envie de la regarder moi-même. Nous étions possédés l'un et l'autre par la terreur d'être devenus entre-temps des étrangers. Nous n'avions jamais rien eu de commun. Nous appartenions à des planètes différentes. Nous étions ahuris. Pourtant nous sommes montés là-haut en courant et nous avons ri, pleuré, en nous couvrant mutuellement de baisers. Peu à peu la chaleur émanant de cette femme pénétrait doucement ma poitrine, ainsi que la lumière venant des fenêtres et du feu dans l'âtre. Partout alentour régnait l'ordre d'autrefois, un ordre si scrupuleux que j'avais l'impression de m'être introduit par effraction dans une image. Durant une bonne heure nous avons tenu des propos décousus, insignifiants, mais nécessaires :

— As-tu reçu ma lettre de Marseille ?

— Non, Pieter, non, ton dernier message était daté de Messine.

— Et Frans, ce bon vieux Frans, comment va-t-il ?

— Frans est mort de la peste il y a un an.

Elle a rougi. Elle s'est mise à frissonner.

— Il était ton amant ?

Elle sanglotait en jurant ses grands dieux que non.

— Donc tu m'es restée fidèle ?

Et j'essayais de saisir son regard, aussi fuyant qu'autrefois.

— Oh oui. Fidèle. Fidèle, mon Pietertje...

Je n'aurais jamais cru qu'il était si délicieux de retrouver intacte, inchangée, une chère petite menteuse. N'était-ce donc pas à sa capacité de mensonge qu'elle devait son éclat, sa séduction ? Car elle s'était épanouie pendant mon absence, elle avait maintenant l'apparence d'une superbe jeune bourgeoise. Nous avons fait l'amour, manière la plus intelligente, à mon avis, de retrouver mon souffle et mon rythme. Cela était si vrai qu'alors que nous nous démenions merveilleusement sur le lit, un déluge de couleurs — comparable à un flot de sang pur — a jailli sous mes tempes, mon front, et même ma gorge.

— Voilà, voilà ! criais-je à Flora, qui ne comprenait goutte à mon exclamation ou bien l'interprétait de travers.

Car un tel *voilà* ne concernait en rien la forme que j'étreignais : il s'emparait, musculairement si j'ose dire, de mon horizon. Il décrivait en l'air des arcs furieux. Mes désirs anciens et futurs s'y concentraient. J'étais heureux.

Je me suis lavé. Nous avons mangé. Tout se passait avec simplicité, comme si Flora n'avait jamais cessé de m'attendre. Au dessert, l'amie veuve qui logeait avec elle pendant la durée de mon voyage est montée nous rejoindre. Depuis la mort de Frans, cette femme occupait le rez-de-chaussée de la maison. Elle tenait dans ses bras un nourrisson d'environ un an, gros et gras, nommé Frans lui aussi. Je l'examinai avec intérêt. Qui était-il ?

— C'est l'enfant que le pauvre Frans a fait à notre Louise — c'était le prénom de la veuve en question — tout juste avant qu'il ne nous quitte, m'a raconté confusément Flora.

Tiens tiens ! Bizarre, bizarre. D'un côté Louise était une quinquagénaire fortement moustachue, de l'autre je constatais des ressemblances assez frappantes entre ma femme et le bébé : même nez, même bouche froncée et boudeuse. Passons encore. La vie m'apprenait de plus en plus qu'il fallait passer, glisser. Éviter toute enquête fastidieuse d'où rien ne pouvait sortir de bon. Trop de joies m'assaillaient par ailleurs pour que je les avilisse avec des présomptions, dont je me foutais éperdument du reste. Des zones obscures inexplicables dans leurs retraits, n'étaient là que pour protéger ce qu'il y avait désormais d'essentiel. Mon œuvre serait, dans l'immédiat et pour toujours, un unique tableau. Il faudrait que je répète inlassablement ce tableau en lui apportant de toile en toile d'infinies variations. Mon existence elle-même lui serait entièrement assujettie. Pas de quartier. Pas d'hésitations. Pas de reculs. Et d'ailleurs aurais-je souhaité tout cela que c'était devenu impossible.

La Guilde Saint-Luc a fêté mon retour. Peintres, artisans, bourgeois, collectionneurs, marchands m'assaillaient de questions. Je les reconnaissais mal. Un prodigieux dérapage du temps avait posé des masques sur les physionomies. Tous ces compagnons n'étaient plus vraiment mes compagnons. De ce côté également je ne ressentais nul regret.

Très vite je suis allé passer une semaine à Bruxelles. Des amis italiens m'avaient confié plusieurs messages à remettre à Madame Coecke. Les réjouissances organisées là en mon honneur m'ont ennuyé, agacé même. Je me souviens avoir fui la table du dernier banquet bien avant qu'il ne soit terminé. J'étais saoul. Je me sentais lourd, et je comprenais mal pourquoi mon ivresse se doublait d'une aussi profonde mélancolie. Pour me remettre d'aplomb, je suis parti vagabonder dans le quartier de la rue Haute jusqu'à la porte de Hal. Puis, en suivant le chemin des remparts, j'ai regagné le palais Coecke, situé à présent dans la sinistre rue du Pépin.

Une surprise m'y attendait à l'instant où je m'apprêtais à remonter dans ma chambre au second étage. La petite Mayken — presque âgée de onze ans —, soulevant une tenture de velours incarnat, a surgi sur le palier comme si elle avait guetté depuis longtemps mon retour. Elle s'est précipitée vers moi, m'a pris par la main. La première chose qu'elle m'a demandé : qu'avais-je fait de la poupée dont elle m'avait fait cadeau deux ans auparavant ? J'étais embarrassé, je soupçonnais fort Flora de l'avoir brûlée ou jetée aux ordures, car il m'avait été impossible de la retrouver. La petite a poussé un soupir.

— Viens, Pieter, viens, a-t-elle dit alors sur un ton bizarre, solennel, si peu enfantin qu'un frisson m'a saisi.

Je me trouvais seul avec elle pour la première fois. Ni gouvernante ni domestique dans sa chambre. Une caractéristique odeur de femme baignait les lieux, attirante et repoussante à la fois. Je me suis assis en face d'elle. Nos genoux se touchaient. Elle m'a regardé avec aplomb :

— Est-ce que tu m'aimes, Pieter ?

Un silence contraint a suivi. J'étais soufflé. Qui m'avait posé une telle question ? Une petite fille ? Ou l'adulte qui déjà se devinait dans une vapeur de rêve engourdissant ses gestes, pâlissant son front un peu moite, comprimant sa bouche ? Avant même que j'aie pu résoudre en secret ce problème, l'image de Flora est venue se glisser là, en pied, volumineuse, entre Mayken et moi. C'était gratuit. C'était aberrant. Je croyais être le jouet d'une hallucination. Sans avoir rien tenté, j'étais soudain la proie de deux femmes. Seulement deux femmes ? C'était beaucoup plus grave que ça. La masse universelle des femmes, résumée en deux exemplaires, s'approchait de moi à petits pas gracieux, s'accrochait à moi, commençait à sucer ma peau, arracher mes habits pour mieux me toucher, jouer surtout — soyons cynique — avec mon sexe, qui dès lors se rétrécissait à vue d'œil. Mentalement, bien sûr !

Par bonheur, Mayken n'était pas en mesure d'interpréter le trouble qui m'agitait. Avec une simplicité irréprochable, elle a mis ses petits bras autour de mon cou et m'a fortement baisé sur la bouche.

Toujours incroyable ! Cependant toujours vrai !

J'étais obligé de réfléchir vite : je n'étais plus agressé par une fille mais par l'élément Fille, l'élément Femme. Et sans erreur possible j'ai su dans un éclair que cet élément-là gouvernait l'univers. Certes j'avais couru pendant mon voyage un nombre impressionnant de dangers. Aucun n'était comparable à celui-ci. J'avais beau me raidir, Flora-Mayken me tiraient, enveloppées de vapeurs infernales, dans la gueule d'un monstre que Jérôme Bosch lui-même n'aurait osé concevoir. Mon poil se hérissait. Un rire de géant me secouait. Trois secondes après au maximum, j'ai pu répondre :

— Bien sûr que je t'aime, gentille petite Mayken. Et maintenant tu vas vite aller dormir, c'est très mauvais de veiller aussi tard !

Là-dessus je lui ai baisé cérémonieusement la main. L'enfant, devenue toute rouge, m'a lancé un regard intense. Puis nous nous sommes séparés sur un fou rire, bien réel celui-là et qui me réconciliait — provisoirement — avec la moitié vaginale du monde.

Après mon retour à Anvers et durant tout l'hiver suivant, j'ai plongé dans l'autre moitié du monde, c'est-à-dire la moitié soi-disant mâle. Je le voulais. Cela pourrait me délivrer des choses faciles, rondes, mouillées en général et glissantes, charnelles en un mot, qui me guettaient. J'ai donc pris le taureau par les cornes, si j'ose m'exprimer ainsi.

Ce fut au mois de janvier ou février 1555 que j'ai commencé à m'intéresser jusqu'à l'obsession au problème de la folie. Jérôme Bosch l'avait fait cinquante ans plus tôt, pourquoi pas moi aujourd'hui ? Car je pressentais que la folie constituait la racine même de l'individu. Sans folie, pas d'humanité.

Martin De Vos — mon compagnon de voyage, que j'avais retrouvé depuis peu, marié et bientôt père — m'avait signalé un établissement spécialisé où l'on opérait les fous. Dirigé par un des plus fameux chirurgiens de l'époque, il était construit à l'écart de toute agglomération importante, protégé de plus par de nombreux étangs où gigotaient à longueur d'années des meutes de canards. On y accédait en barque, silencieusement, mystérieusement :

on eût dit que ces charmants animaux qui prenaient leur vol à mesure en rasant la surface de l'eau étaient des sentinelles chargées de délimiter une frontière idéale entre le domaine de la sagesse et celui de la démence. La maison était d'apparence lugubre, haute, compartimentée en salles nombreuses bourrées de clients aux faciès et aux corps visiblement tarés. Les uns, comme possédés par le démon, étaient enchaînés aux murs. Les autres au contraire gisaient abrutis çà et là, et l'on n'avait rien à craindre de leur part. Chaque malade à tour de rôle était conduit dans le cabinet du médecin, assez richement meublé je dois dire, et dépourvu de la moindre fenêtre. On le ligotait sur son siège. On lui faisait un trou dans le crâne. On y enfonçait ensuite une tige en or munie à son extrémité d'un crochet. Et celui-ci s'employait à détacher puis extraire hors de la masse gélatineuse du cerveau un noyau compact aussi gros qu'un œuf de pigeon. Les savants avaient collé le terme de « pierre de la folie » à ce noyau. On le jugeait responsable des dérangements les plus variés sur le plan du mental. En dépit d'un certain sentiment d'horreur, je me suis contraint à assister à plusieurs de ces interventions-là, souvent lentes, difficiles, mortelles. Le sang des patients jaillissait hors de la tête, ruisselait sur les murs et formait des mares sur les carreaux du sol. Toujours présentes, des servantes les lavaient à mesure. Ainsi les lieux offraient-ils au visiteur un spectacle d'ordre et de sécheresse quasi monastique, n'eussent été les cris des fous qui vous brisaient littéralement les oreilles. J'y ai fait de nombreux dessins d'après nature, fort intéressants à cause de leur précision : ils auraient pu servir d'illustrations, pensais-je, à certains manuels de sciences naturelles.

Mais mon travail sérieux a commencé en janvier 1556 lorsque j'ai entrepris ma première grande toile, laquelle est devenue aussitôt la propriété d'un armateur d'Amsterdam, riche collectionneur.

Ce premier tableau, je peux l'assurer au fond de moi aujourd'hui, était symbolique : justement j'avais peint un malheureux duquel on arrachait le noyau de la possession, diabolique à l'évidence. J'avais investi tant de force et de maîtrise dans l'exécution de l'œuvre que tout s'est passé en réalité comme si j'avais dû m'opérer moi-même. Je m'étais imaginairement ouvert le crâne afin d'en fouiller le contenu avec une minutie scientifique très méritoire. J'avais réussi à en extraire le pourquoi et le comment du reste de ma vie. Dès lors je tenais dans le creux de ma main ma pierre de folie secrète : personne encore ne la connaissait, personne peut-être ne la connaîtrait jamais. Pourtant je me suis juré que mon énergie consisterait à l'exploiter, à la briser en mille morceaux, c'est-à-dire en mille tableaux dont chacun me représenterait en tout ou en partie.

— Halte, Pieter Breughel ! me suis-je dit pendant ce périlleux accès de mégalomanie. Halte ! tu n'es rien. Tu ne seras jamais rien si tu commences à croire en toi. Tu es libre de t'apprécier en tant que bon vivant, soit. Mais honte à toi si tu t'imagines travailler pour la postérité !

Tel fut le premier serment en couleurs, si j'ose dire, marquant de son repère l'année 1556. Et pour qu'il soit plus frappant encore, j'ai décidé ce jour-là d'apporter au nom de Pieter Breughel une légère modification. Ma signature serait désormais Pieter Brueghel. Personne autour de moi ne comprendrait, bien sûr, l'importance d'une simple inversion de voyelles, mince nuance orthographique. Et je ne me trompais pas : on m'a critiqué, on a haussé l'épaule, on est allé jusqu'à me traiter d'« irresponsable effronté », ce qui m'a beaucoup plu.

Vers la même époque, ou peut-être un peu plus tard, oui, c'était au cours de l'année 1557 ou 1558, un rêve étrange, lourd de sens m'a-t-il semblé, m'est venu comme un nouveau signe : il était une conséquence — indirecte mais certaine — de mon expérience de la folie.

Voici : je dormais au milieu d'un champ de blé. Les meuglements d'une vache dans le pré voisin me réveillaient en sursaut. Je reconnaissais la Boontje de mon enfance qu'apparemment j'avais tout à fait oubliée. Elle m'engageait à la suivre. J'obéissais. Alors nous nous retrouvions en plein cœur de la Campine, plus précisément au seuil d'un très petit village nommé Winterslag, proche de Genck. Mon père et ma mère étaient étendus sur les chaumes, c'était la période des moissons. Auprès d'eux un chêne énorme versait son ombre, aussi fluide que l'eau d'un torrent. Leur regard, fixement dirigé vers le ciel, cherchait de toute évidence à me communiquer une pensée d'amour. « Fils, comment vas-tu ? Fils, travaille, puisque Dieu t'a créé pour ça. » « Fils, tu es vraiment notre fils, nous te le jurons. » Et ils souriaient. Mais soudain leur sourire se dégradait jusqu'à l'os, de telle sorte qu'ils sont devenus, allongés là, deux squelettes apaisés, éternels.

Un soubresaut d'angoisse m'a ramené à la conscience. J'étais trempé de sueur et de larmes. Penchée sur moi, Flora murmurait :

— Pietertje, allons, mon petit homme, du calme, je suis là...

Et elle me caressait le visage en me demandant de lui raconter le cauchemar. J'ai su le lui taire. Cela m'appartenait. Je devenais de jour en jour plus jaloux — jusqu'à la férocité — de ce que j'estimais être mon trésor. Je désirais par-dessus tout le silence, la concentration.

Ma seconde toile — que les amateurs ont intitulée *L'estuaire* — représentait un fleuve entouré de montagnes et bordé par un village. Je voulais que l'homme y soit petit, faible, marginal, et cependant d'une présence têtue. Je lui ai donc donné l'apparence d'un paysan quelconque en train d'ensemencer son champ, dans un décor où je mélangeais mes visions alpestres et campinoises. Et je me suis senti heureux d'avoir produit un travail aussi personnel.

Mes compagnons de la Guilde se sont extasiés dessus : ils y voyaient une parabole tirée tout droit hors de la Bible. C'était vrai. Mais je refusais que la chose soit dite ouvertement, immodestement. Car les gens ont généralement la modestie en horreur. Je m'abstenais donc au maximum de fréquenter un milieu bourré de « oh » et de « ah » d'admirations inconditionnelles ou bien au contraire de rivalités, trahisons, compromis louches. Je préférais de loin rester à la maison en compagnie de Flora.

Cependant, lorsqu'elle se comportait avec moi comme une mégère, je savais me dérober à d'inutiles affrontements. J'endossais alors des habits de paysan. Martin De Vos m'imitait. Sous ce déguisement — qui nous rendait en réalité à notre vraie nature, rageuse, affamée, de terriens en chasse de sensations — nous partions à pied, au hasard, dès l'aube, sans jamais préparer d'itinéraire, ce qui faisait le charme de l'expédition. Deux ou trois lieues de marche à travers nos campagnes nous dépaysaient davantage que nos deux années au fin fond de l'Italie. Une heure d'observation : des siècles d'expérience. Nous entrions dans des localités inconnues où se déroulaient presque toujours une kermesse, une procession, un mariage. Le malheur pesant sur le peuple entraînait celui-ci à réagir en festoyant avec excès. Pleins d'aplomb, Martin et moi participions aux banquets comme si l'on nous y avait invités. Jamais nous n'étions considérés en intrus, là était mon orgueil. Je buvais à la santé des mariés, je m'empiffrais, je dansais, je me fâchais parfois, je me bagarrais pour une fille ou pour un pied de cochon, même avidité, joyeuse avidité ! Il m'arrivait d'être battu à plate couture. Longtemps après l'extinction des feux, je revenais à moi. Martin me soignait alors avec la tendresse d'une mère. Nous rentrions à Anvers en pleine nuit. J'étais enfin, en toute connaissance de cause, le plus heureux des hommes.

X

VIVE LE VICE ! — LE BÂTON À MENSONGES — J'AI FROID, PIETER

Au cours des premiers mois de 1558, je me suis littéralement vautré dans le travail. Un diable exalté, tragique et rieur — qui pouvait passer pour un frère jumeau, un double, la moelle de ma moelle — me maintenait en permanence au fond d'un puits. Là se déployait la magie d'un univers de couleurs tourbillonnantes. La matière en était tourmentée, épaisse, magnétique. Et mon rôle à moi, Pieter Brueghel, âgé maintenant de trente-cinq ans, était de maîtriser d'abord, articuler ensuite ces torrents lumineux qui rendaient compte en quelque sorte de l'autre versant de la terre. D'y contrôler les rythmes en m'appuyant sur ma science désormais plus ferme du dessin. D'en orchestrer les temps sourds ou les éclats.

La même année, coup sur coup, j'ai composé ma *Vue de Naples, La chute d'Icare*, en menant de front les fragments de ce qui serait un an plus tard les *Cent proverbes flamands*. Assez curieusement, j'étais tiré sans cesse hors de moi-même dès que je m'installais devant mon chevalet. Le démon me répétait que jusqu'alors mes deux moitiés avaient vécu séparées. L'exploration des couleurs me permettrait de les souder, c'est-à-dire de retrouver une vieille, vieille unité, perdue sans doute depuis l'enfance. L'intuition de tout cela me venait lorsque je maniais les pinceaux et la palette. À travers l'étendue d'un champ, un escarpement montagneux, une tête de vieillard, une touffe de fleurs, la somme des sensations oubliées me sautait d'un coup à la gueule. Et le phénomène procédait davantage du toucher, de l'odorat, du goût, de l'ouïe, que d'une simple capacité de vision. Ma vue avait tendance à s'humilier volontiers au profit de l'évocation respirée d'un champ de bruyères, savourée d'une pomme, entendue d'un meuglement de vache ou d'un hennissement de cheval. Ainsi mes sens, attentifs et joyeux, se courtisaient les uns les autres comme s'ils avaient su mystérieusement que c'était la bonne méthode pour produire du réel, et peut-être même de la grandeur. Car si ma première moitié interne, gouvernée par l'œil et la main, maîtrisait sa création, ma seconde moitié ne cessait de douter, souffrir, enrager en contrepoint.

— Comment être sûr d'aller dans le bon sens, hein, vieux frère ? disais-je à mon reflet dans le miroir après une séance de travail exténuant.

Alors j'enfonçais mon béret jusqu'aux yeux, endossais ma pèlerine, chaussais mes bottes, sifflais le chien, et foutais le camp pour échapper aux jérémiades de Flora, qui me reprochait de lui prêter de moins en moins d'attention. Ce qui était inexact : comme beaucoup de femmes, elle était incapable de traverser les apparences. Bref, passons. J'avais, cela était évident, un besoin de plus en plus féroce de posséder mon temps, comme s'il s'était agi d'une femme à pénétrer. Je devinais que ces caches de temps, guettées et convoitées par le grand nombre, m'appartenaient de plein droit dans ses retraits les plus obscurs.

Fin décembre de cette année-là, j'ai quitté la petite maison du bord de l'Escaut pour emménager dans une habitation plus spacieuse, plus commode pour y loger un matériel encombrant, au centre d'Anvers. Ça coûtait cher. Mais ça valait le coup. Mes fenêtres donnaient droit sur la cathédrale. Plafonds, murs, planchers vibraient tous les quarts d'heure sous le déluge quasi phosphorescent (je ne trouve pas de meilleure expression) du carillon. Nous avons engagé deux filles de la campagne pour entretenir le ménage. Flora exultait de pouvoir commander à son tour, jamais elle n'avait cru cela possible, aussi commençait-elle à croire à mon talent, et même à me défendre si l'occasion se présentait. Elle était chargée désormais de gérer notre argent. Une telle occupation l'amusait comme une enfant rapace qui joue aux billes. Et je me suis aperçu très vite qu'elle tenait les comptes avec plus ou moins d'honnêteté, distrayant parfois de petites sommes pour s'acheter un colifichet quelconque. Si j'essayais de tirer au clair certaines fuites, elle avait du génie pour inventer sur-le-champ une explication imparable, sauf pour moi. Dans le mensonge, son visage ne rougissait plus comme autrefois mais se couvrait d'une espèce d'émail qui la faisait ressembler à un cruchon en faïence de Delft, et elle savait me braver du regard avec un magnifique aplomb, l'air de dire : Tu n'oseras pas m'embêter.

Cela me faisait rire.

Pourtant, un jour de janvier 1559, une discussion violente — que je n'ai jamais pu oublier — nous a opposés : elle avait fouetté une des servantes sous prétexte qu'elle ne sentait pas bon. La fille m'avait rapporté le fait, chose que ma chère petite mégère niait farouchement. Alors j'ai saisi un bâton qui traînait par-là et j'ai crié :

— Écoute-moi bien. Écoute-moi bien ! Car je ne te le répéterai pas. À chaque mensonge je ferai une encoche sur ce bâton, centimètre par centimètre. Le jour où il sera couvert de marques, eh bien je te chasserai !

Mon propos l'a transformée en tigresse, ce qui était assez beau à voir, du reste. Sautant sur moi, elle m'a griffé le visage et elle poussait des clameurs telles que je lui ai versé sur la tête le contenu d'un baquet d'eau froide. Ça l'a calmée.

Sa réaction des jours suivants a été curieuse et, au fond, sympathique. Après s'être habillée avec un soin particulier, elle quittait la maison tôt dans l'après-midi pour ne rentrer qu'à l'heure du souper, douce, paisible, rassurante. Où allait-elle ainsi ? Finalement agacé, j'ai voulu tirer la chose au clair, décidant enfin de la suivre. Joie ! Attendrissement ! Rire au fond de moi quand j'ai découvert son emploi du temps ! Après quelques courses, elle entrait dans la meilleure pâtisserie, choisissait au salon de thé une table discrète et s'y empiffrait de gâteaux et de chocolat au lait, le visage tourné vers le mur pour se sentir plus seule. Voilà ce que la sotte avait trouvé comme vengeance. Je ne me suis pas montré. Je n'ai rien dit. Ces escapades me donnaient la paix et me permettaient de penser : vive l'égalité des sexes ! Nous avions tous deux raison, elle d'engraisser comme une truie, moi de me livrer pieds et poings liés à ma passion, laquelle tournait au vice, reconnaissons-le.

— Vive le vice ! pensais-je aussi en ébauchant un projet d'illustration pour les *Sept péchés capitaux*.

Mon voyage déjà ancien commençait à porter ses fruits : il me servait à la construction d'un cadre robuste destiné à contenir l'unique « paysage » dont je me croyais redevable désormais.

Période fastueuse. Et quand je dis « fastueuse », il faut s'entendre sur la signification du mot. Faste de ma recherche personnelle. Mais aussi faste à l'envers, faste affreux du mouvement de l'époque livrée aux contradictions. J'étais un grain de sable sur le gigantesque théâtre d'une histoire appelée à modifier le globe. Je me voyais contraint à vivre au jour le jour des coups de vent et des coups de fouet, des coups de hache et d'inattendus coups de paix. Chaque fait m'était enseigné autant par le dehors que par le dedans. Le bon, le mauvais. La présence et l'absence de Dieu. Le silence, les plaintes. Les puissants, les misérables. L'homme, la femme. Les vieux, les jeunes.

Exprimer un nombre incalculable d'extrêmes, tel serait mon rôle.

Chaque soir, une fois couché, les couleurs prenaient sous mon front l'allure de personnages de tragédie ou de carnaval. Les couleurs s'affrontaient, se mêlaient, gagnaient la victoire ou sombraient dans la défaite. J'assistais à leur combat avec enthousiasme. Souvent je me relevais la nuit pour apporter des retouches à mes toiles en cours.

— La nuit porte conseil, grognais-je.

Tel était mon proverbe de prédilection : il s'est vérifié tandis que je parachevais *Le combat de Carnaval et de Carême* ainsi que *La chute des anges rebelles.* Dans mon cœur j'ai dédié ces deux œuvres à Jérôme Bosch l'inoubliable.

Bref ma vie entière semblait se ramasser comme si le poing d'un géant s'employait à la pétrir : elle devenait pareille aux bons pains que maman cuisait autrefois à Ooievaarsnest. Il m'était radicalement interdit d'en perdre la moindre miette.

J'ai tenté de communiquer alors mon nouvel état d'esprit à la Guilde Saint-Luc ou bien à la boutique des Quatre-Vents, où des séminaires nous rassemblaient tous assez fréquemment. C'était intéressant parfois, mais plus souvent bien stérile. Tout le monde parlait à la fois. Le ton montait. Nos dialogues de sourds sombraient dans un vacarme insensé. Maître Samuel, demeuré l'un de mes plus fervents contradicteurs, donnait le ton. Un jour cependant, comme sa femme et lui manifestaient leur désir de voir où j'en étais de mon travail, je les ai invités chez moi pour le lendemain. Oh imprudence de ma part ! Oh naïveté ! Enfin...

J'avais entamé un grand tableau symbolisant le triomphe de la Mort. De scabreux squelettes organisés par bandes massacraient, crucifiaient, décapitaient, empalaient tout sur leur passage. Seul dans un coin demeurait intact un petit couple d'amants bien dodus, bien vêtus, bien goulus, carnes inconscientes. Maître Samuel examinait la composition de long en large en reniflant. Il s'éloignait puis revenait, de plus en plus énervé, sombre, compétent, et comme envahi par une sorte de terreur qui le faisait bégayer. Soudain il a planté dans le mien son ardent regard, disant :

— Mon très cher Pieter, ainsi vous osez vous attaquer au thème de la Mort ? Cela prouve de votre part beaucoup d'ambition, un grand courage...

Je le sentais venir.

— ... Malheureusement le résultat de l'œuvre est loin d'atteindre le niveau de sa conception.

Madame Samuel, massivement, agressivement, approuvait son époux, qu'elle surnommait toujours « le petit ».

Une vapeur de rage féconde m'envahissait.

— Voulez-vous vous expliquer clairement ?

— Eh bien, on ne trouve nulle trace d'affliction ou de douleur sur toute l'étendue de votre toile. Seulement la preuve d'un formidable égocentrisme.

— Égocentrisme ?

— Oui, et c'est l'impasse, mon cher, car l'humanité souffrante est bien autre chose.

Et Madame Samuel a fini par conclure :

— Comment osez-vous peindre un homme en train de péter ? Pour ma part, je ne marche pas !

Rage féconde, oui, après leur départ. Ces critiques étaient stimulantes, passionnantes, bouleversantes. Grâce à elles, j'ai pu terminer avec une rapidité extraordinaire mes *Deux singes* figurés en gros plan plutôt obscur sur un rebord de fenêtre et profilés sur le fond vaporeux de la ville. Il était vendu d'avance à une notabilité de la Cour de Malines.

Un printemps neuf repoussait doucement l'hiver, doté eût-on dit de mains bleues au toucher magique qui faisait respirer les prés, le fleuve, la cité elle-même et répandait partout de délicates fusées de bonheur. Comme je ne voulais rien perdre de cette féerie à la fois céleste et terrestre, je faisais chaque matin, très tôt, un tour en dehors des remparts.

Un jour qu'il faisait particulièrement tiède, je me suis endormi à la lisière d'un bois de pins. Au réveil je me suis aperçu que j'avais jeté le plus grand trouble dans une fourmilière. Spectacle terrible, mais admirable aussi ! La population entière de la communauté miniature — un vrai continent pour insectes — employait tous ses efforts pour se débarrasser d'un monstre — moi, homme — commodément, cruellement affaissé sur son territoire. Par milliers les bestioles allaient et venaient en tous sens, lourdement chargées de leurs œufs, de leurs biens, de leurs morts. À force d'observer mieux, je me suis bientôt rendu compte que le désordre de la gigantesque petite cité n'était que pure apparence. Des canaux d'actions concertées, des rivières de volontés, des fleuves de révolte intelligente la protégeaient d'un quadrillage de structures défensives dont la science et la grandeur auraient pu rendre fous de jalousie Léonard de Vinci et Tintoret. Sous mes yeux éblouis se déplaçaient des fortifications, des châteaux. Un Nouveau Testament tout entier, à l'échelle microscopique, se brisait pour mieux se reconstruire. Il me semblait même qu'à force de tendre l'oreille j'aurais pu y capter une musique macabre et superbe, désespérée mais divine !

J'ai saisi un rameau mort. J'ai fouetté la fourmilière en travail. Elle a paru prendre feu, la cité rousse et confuse, car un rayon de soleil y allumait un prodigieux incendie : craquements, explosions, pétillements, avaries, drames en chaîne, etc. J'étais fasciné, bouleversé. À ce moment une horde d'insectes m'a attaqué en direct sans que j'aie eu l'instinct de réagir. Mon bras droit envahi par l'armée microscopique est devenu tout noir. J'ai sauté sur mes pieds. Je me suis secoué avec vigueur. J'ai flanqué de grands coups de botte sur l'ennemi grouillant.

J'avais mal mais j'étais fou de joie. Je venais de faire une découverte grandiose : notre univers est soumis au mot « fourmillement ». Je répétais comme un imbécile :

— Fourmillement... Fourmillement...

De ce mot devait sortir quelque chose.

La folie des animaux m'avait contaminé. Je serais peut-être considéré un jour comme un authentique inventeur si je parvenais à exprimer cette idée de fourmillement universel dans ma peinture. L'immobilité de ma peinture serait chargée de traduire les milliers de drames secouant incessamment l'humanité. Isoler certains d'entre eux afin de les exalter, telle serait ma mission. Les rendre exemplaires dans la mesure même où ils ne sont *rien*. Faire coïncider le *rien* et le *tout*.

— Qu'as-tu donc, petit homme ? a dit Flora à mon retour à la maison.

Et elle a touché mon front. J'avais la fièvre. Je tremblais sur mes jambes. Mon bras droit était paralysé par la douleur jusqu'à l'épaule. Notre médecin, convoqué d'urgence, m'a fait une saignée et ordonné un repos complet. Cette halte dans mon travail était ailleurs fort intéressante : j'imaginais qu'une fourmilière, réplique de celle qui m'avait agressé, parcourait mes nerfs, me rongeait la main jusqu'à l'extrémité de mes cinq doigts. Si je poussais des gémissements de souffrance, j'étais parallèlement soulevé par une certitude : un rideau très lourd et très opaque venait de s'écarter mystérieusement au-devant de moi. Il me révélait une quantité de perspectives lointaines d'une éblouissante profusion.

Comme je me suis senti heureux au cours de cette première attaque de ma maladie ! Car je ne pouvais supposer une seule seconde qu'une telle révélation, accordée par Dieu, était simultanément l'amorce de mon châtiment, de ma future déchéance. J'étais âgé de trente-huit ans, mais je me sentais si jeune encore, bourré d'avidités en tous genres ! Des plages de temps mental se déroulaient en avant, illimitées comme celles de la mer du Nord, que je suis retourné voir dès le début de ma convalescence.

L'étendue incessamment tourmentée des vagues que frottait le ventre pesant des nuages ou frappaient de biais les flèches brillantes de la pluie m'a rendu soudain attentif. Je me suis assis au sommet de la dune la plus haute. Tout ce que je voyais là, au travers des grondements et des soupirs de l'air, s'accordait à ma vision interne. La mer semblait exprimer l'animation d'une autre fourmilière, fluide celle-ci, éternellement brassée par une force qui me dépassait, qui nous dépassait tous. C'était bon de vivre, affirmait-elle furieusement, mais ce devait être également bon de mourir. Vivre-mourir pouvait s'écrire en un seul mot. En réalité ces deux actions n'en étaient qu'une.

Tout s'enchaînait donc avec une cohérence, une cohésion merveilleuse.

À peine remis d'aplomb après mon indisposition, un petit événement s'est produit. Madame Coecke, que je voyais rarement depuis mon retour d'Italie, m'invitait à passer une semaine à Bruxelles : elle y organisait une grande exposition de ses œuvres. On attendait des visiteurs de marque. Le soir du vernissage aurait lieu une fête. Viendrais-je ? Viendrais-je ? Elle insistait tout au long de son message. Bien entendu, j'ai accepté. Alors Flora m'a fait une scène, car il n'était pas du tout question qu'elle m'accompagne là-bas. Elle m'a sauté dessus comme elle le faisait en temps de crise, griffé, mordu, en me traitant de tous les noms. Reconnaissons que dans sa rage elle trouvait des insultes assez prodigieuses à me lancer à la tête. À bout d'arguments défensifs, je suis allé prendre ce que nous nommions le « bâton à mensonges », que je gardais sous clé.

— N'oublie pas nos conventions, ma vieille, ai-je crié. Je te flanquerai à la porte dès que le nombre d'encoches aura couvert cet objet !

Déconcertée par mon évidente mauvaise foi, car il ne s'agissait pas d'une crise de mensonge de sa part mais de jalousie pure, elle est devenue toute blanche et tremblante. Et tandis que je brandissais le bâton comme un sexe frappé d'un mal honteux, elle s'est défendue par une série de coups de pied et de crachats.

Là-dessus je suis parti pour Bruxelles.

Le palais Coecke s'apprêtait fiévreusement aux réjouissances. Des odeurs de rôtis et de pains d'épices flottaient dans le grand escalier de chêne, mêlées à celles du savon noir et de la cire d'abeille. Les servantes s'activaient de tous côtés. La mère et la fille refusaient de me recevoir avant d'être fin prêtes. J'ai dû attendre fort longtemps, seul, dans l'ancien cabinet privé de Peter Coecke. Les livres recouvrant les quatre murs semblaient me parler, évoquant le visage et l'allure d'un homme dont le souvenir s'était légèrement brouillé dans ma mémoire. On aurait pu croire qu'il s'était retiré discrètement à l'arrière-plan d'une savante grisaille inachevée, et qu'il avait emporté avec lui, d'autorité, un monde dont aujourd'hui je me trouvais résolument coupé par la force des choses et des événements. Une tristesse intense m'est alors tombée dessus. J'ai fermé les yeux. Je me suis mordu l'intérieur des joues pour ne pas pleurer comme un con. Et juste à cet instant la porte s'est ouverte sur mes deux Mayken.

J'ai cru tomber au fond d'un trou tant ma surprise et mon émerveillement ont été forts.

Mayken numéro un était entièrement vêtue de satin noir brodé de milliers de petites perles. Elle était splendide.

Moins splendide cependant que Mayken numéro deux, dont je fus incapable dès lors de détacher mon regard. Elle était plus petite que sa mère, fine de taille, souple, et cependant ronde, une sorte de jeune statue vivante autour de laquelle on aurait pu tourner indéfiniment sans lassitude. Son teint éclatant était mis en valeur par une toilette fort simple, presque austère, que Mayken numéro un lui avait imposée sans doute. Impossible de réprimer l'élan qui m'a précipité vers la jeune fille après avoir présenté à la mère mes respectueux hommages. Je me suis mis à balbutier :

— Mayken, oh ma petite, ma chère, chère enfant...

Et, cédant à une impulsion que j'ai regrettée aussitôt, je suis tombé à ses genoux. Quel idiot ! Fort heureusement Mayken était rompue dès l'enfance aux gracieuses disciplines de la mondanité : elle m'a répondu gravement qu'elle était en-chan-tée de me revoir. Ensuite elle a éclaté de rire avec sa gentillesse d'autrefois. Ses dents de devant, un peu écartées et projetées en avant mais sans excès, accentuaient son charme en lui donnant une vague ressemblance avec un lapin de chou, et ses yeux gris-bleu se sont voilés d'une teinte rose qui confirmait la justesse de ma comparaison. Ensuite, retrouvant toute sa spontanéité, elle m'a entraîné en courant à travers les salles brillamment illuminées.

La soirée s'est prolongée fort avant dans la nuit. Je n'ai pratiquement pas quitté celle que je continuais à nommer « ma petite fille » pour me donner bonne conscience. Je dansais paternellement avec elle. Paternellement je me reposais avec elle auprès d'un feu qui semblait exprimer à ma place, sous la haute cheminée de pierre, l'explosion de ma joie : hors des bûches et des fagots que les domestiques venaient ranimer de temps en temps jaillissait mon nouvel amour. Mon premier amour, puis-je dire. Le feu bondissait. Il était l'exacte projection de ce qui, brusquement, me violentait le cœur. Car il s'agissait d'une véritable agression à laquelle je cherchais vaguement à résister encore. Je résistais d'ailleurs, ce qui était beau de ma part. Mais une seconde après je cédais, comme si j'avais pressenti que ma faiblesse me rendrait plus fort. Lâche supercherie de mon premier *moi* face à mon second, tenté par la promesse d'un esclavage du corps et de l'esprit. Madame Coecke allait et venait avec aisance de groupe en groupe, disparaissait un instant pour surgir de nouveau sans nous quitter du regard, sa fille et moi. On la voyait parler en écrasant son beau double menton sur le col empesé de son corsage, désigner de ses mains baguées les tableaux agréablement disposés sur les murs ou dans des vitrines ; cependant ses yeux légèrement globuleux nous tenaient captifs à distance et jouaient le rôle d'une couveuse à deux compartiments.

J'ai bu pas mal de vin. L'aube a bientôt bleui les fenêtres. Les gens commençaient à partir. J'ai voulu prendre congé à mon tour. Alors, d'une façon tout à fait imprévisible, la petite Mayken a glissé ses mains bizarrement glacées dans les miennes en renversant la tête en arrière sans dire un mot. J'ai cru qu'elle s'évanouissait. Je l'ai serrée par la taille et l'ai doucement soutenue jusqu'au vestibule, où circulait un air plus frais.

— J'ai froid, Pieter, j'ai froid, a-t-elle murmuré, ne t'en va pas, je t'en prie...

Une expression de détresse apeurée convulsait son visage. Ses tresses rousses où se défaisaient des fleurs à demi fanées accentuaient son air de panique. On aurait pu croire qu'elle était traquée par un danger mythologique dont elle n'avait pas conscience, et elle réclamait mon secours mythologique, oui, le mien, et nul autre ! Mais je n'étais pas fait pour la mythologie, il fallait qu'elle le sache, la petite enfant.., Tandis que je la pressais davantage, une idée singulière m'est venue : à qui donc ressemblait cette créature exquise, à qui ? à qui ? Alors je l'ai lâchée pour frapper mon poing gauche dans ma paume droite. Voilà ! j'avais trouvé ! Mayken aux cheveux en désordre, aux yeux hagards, au souffle haletant de jeune nymphe, s'identifiait trait pour trait à ma sorcière *Dulle Griet*, Margot l'Enragée, traversant l'épée au poing des campagnes et des cités dévastées. J'ai ri de ma trouvaille.

Elle a tressailli de tout son corps en me demandant à quoi je pensais.

J'ai refusé de répondre.

Et maintenant des larmes ruisselaient sur ses joues décolorées. Et nous nous sommes quittés là-dessus.

Dans ma chambre, à l'auberge de la rue Montagne-aux-Herbes-Potagères où j'étais descendu cette fois (le palais Coecke étant plein), j'ai commencé à parler à mon reflet dans le miroir. Ce genre de conversation entre moi et l'autre trahissait toujours un état d'esprit troublé, à la fois triste comme la mort et joyeux comme la vie :

— Que t'arrive-t-il donc, Pieter, mon cher vieux ?

— Tu es amoureux fou de la petite, a répondu mon image du tac au tac.

Je me suis raidi :

— Elle a dix-sept ans, j'en ai trente-neuf, je pourrais largement être son père.

L'autre a secoué vivement — et tendrement — la tête :

— Mauvaise raison. Tu es pris. Tu la veux. Tu l'auras !

— Il faudrait qu'elle accepte, vieux.

— Elle t'aime aussi. Tu le sais.

— Que va-t-il se passer maintenant ?

— Tu vas en faire ta femme légitime. C'est le seul moyen de l'obtenir.

J'ai saisi sur ma table de chevet un chandelier de cuivre et j'en ai menacé l'autre :

— Silence, imbécile ! Je ne suis pas fait pour le carnaval du mariage. Et puis tu oublies Flora...

— Tu en as par-dessus la tête de Flora, avoue-le donc.

— N'avouez jamais ! ai-je enfin hurlé fort grossièrement.

Et j'ai lancé l'objet dans le miroir, qui s'est brisé en mille morceaux.

L'aubergiste effrayé est accouru. J'ai payé le dégât sans discuter. J'ai commandé un grand pot de café noir, du pain bis, du beurre, des œufs frits au lard. Après avoir mangé je me suis fourré au lit, heureux soudain comme un enfant. Un messager du palais Coecke m'a réveillé le lendemain matin. Mayken numéro un me priait à dîner. Oui, oui, j'irais, oui, je voulais revoir le numéro deux, être rassuré par sa présence, contaminé par sa rayonnante beauté.

Et c'est dans un état d'absurde enthousiasme que je suis retourné chez mes hôtesses. La maison avait retrouvé son calme, un ordre scrupuleux dont émanait une sorte de terrible puissance. La jeune fille s'est montrée plus réservée, plus timide que je ne m'y attendais. Comment avais-je osé la comparer à Margot l'Enragée alors qu'elle était un ange, un cygne, un bijou, en bref l'âme de mon âme ? Désormais mon avenir reposait tout entier sous cette peau si pure. Je serais le premier individu à obtenir le droit de la toucher. Je sentais ainsi se préparer une fête nouvelle, plus profonde, que je pouvais qualifier de musclée : c'était le mot qui me venait spontanément aux lèvres. Dans une telle perspective, j'aurais à ramasser mes forces de créateur et mes forces d'homme !

XI

LE TROU — OUI, OUI, OUI — LA PLUS JOLIE — LE MIROIR-SORCIÈRE

Avec l'instinct animal si parfaitement développé chez toute créature dite du « sexe faible » (l'idiot ayant émis une telle expression pour la première fois mériterait un examen mental), Flora a deviné instantanément qu'il s'était passé quelque chose à Bruxelles. Mais au lieu de me cribler de questions soupçonneuses, de reproches et de pleurnicheries, elle s'est faite plus gentille qu'elle ne l'avait jamais été. Avec un calme bêlant de brebis, elle m'a interrogé sur la fête dont elle voulait tout savoir : robes et parures des dames, vaisselles, menus des repas, et surtout si mon lit à l'auberge avait été suffisamment moelleux. Elle m'entourait aussi de mille petits soins dont elle n'avait pas l'habitude et qui m'allaient droit au cœur.

Cependant mon obsession de Mayken s'en trouvait exaspérée. Je lui adressais message sur message, parfois plusieurs dans une seule journée, et j'attendais follement ses réponses. Réponses anodines, touchantes, qui me laissaient sur ma faim. Il y avait par bonheur aussi des lettres de la mère, et là c'était autre chose : ses phrases s'épanouissaient comme les jets d'eau de son jardin, elles me chantaient à l'oreille, elles m'assuraient que la jeune fille, transformée du tout au tout depuis mon séjour à Bruxelles, passait ses journées à m'écrire, pleurer, se mettre en colère, se jeter dans les bras de sa mère en lui demandant pardon pour sa conduire capricieuse.

Constat : d'une part il y avait la petite Mayken, discrète et fine. D'autre part il y avait Flora, tout aussi discrète — il faut le dire — et charnue. Les deux femmes avaient beau s'ignorer l'une l'autre, à y bien réfléchir elles semblaient travailler à une sorte de filet commun aux mailles d'or destiné à emprisonner le gros poisson qu'elles voyaient en moi. La première était jeune et belle. La seconde était touchée ici et là par des signes précurseurs de déchéance. Et elles avaient beau se détester en secret, non moins secrètement elles devenaient les complices d'un complot qu'on peut qualifier de mortel.

Drôle d'histoire ! Curieux rapports ! Comment en sortir ?

J'ai mis la dernière main à mes deux versions de la *Tour de Babel*. J'étais heureux d'avoir obtenu, en travaillant un seul thème, des atmosphères aussi différentes. Et je me sentais capable, s'il l'avait fallu, d'en réaliser plusieurs autres sans m'imiter moi-même. J'étais fort. J'étais libre. On venait me complimenter de partout. Je m'en foutais. Les éloges glissaient à la façon de brumes froides qui s'évaporaient à mesure sans me mouiller. Fort. Libre. Mais je continuais à brûler au-dedans. Flora. Mayken. Flora. Mayken. Toutes deux riaient. Flora avait partagé mes années difficiles. J'avais tenu Mayken bébé dans mes bras. J'éprouvais de la reconnaissance à l'égard de Flora. Je désirais follement Mayken.

Pour y voir un peu plus clair dans ce problème apparemment insoluble, j'ai pris la décision d'un petit voyage au loin qui me permettrait de réfléchir. Ensuite je choisirais soit dans un sens soit dans l'autre. Et la ruse innocente du sale animal que j'étais alors consistait à emmener avec moi la pauvre Flora. Dès qu'elle l'a su, elle a semblé jaillir hors de sa carapace de douceur, retrouvant d'un coup son agressivité. Où donc voulais-je la trimbaler ? a-t-elle demandé sur un ton pointu. Nous irions passer tout un mois à Amsterdam. Je n'y avais jamais mis les pieds encore et je désirais découvrir les merveilles de cette ville, l'ampleur du port, les prairies immenses qui la prolongeaient sur la rive Nord de l'Y.

À l'instant précis où nous montions en voiture, une lassitude terrible m'a envahi sans que je sache exactement pourquoi. Soudain j'en avais assez du monde, des mots, de la vie même. J'avais une envie folle de tout planter là, m'enfermer par exemple dans un monastère où je pourrais travailler désormais pour un client unique : Dieu. Ne serait-ce pas là une fin plus qu'honorable ? D'autant mieux que mon bras droit recommençait à me faire souffrir. Et bientôt la douleur a gagné mon bras gauche, mes épaules, mes deux mains, et cela me traversait le dos de la nuque aux reins comme l'aurait fait la poutre d'une croix sur laquelle on m'aurait cloué.

Il faut croire sans doute que la maladie est une expérience intéressante dès qu'on peut la nommer : le médecin, consulté dès notre arrivée à Amsterdam, a prononcé son diagnostic : j'étais atteint d'une polyarthrite évolutive. Je serais sujet à des crises, suivies de rémissions. Aucun remède sérieux n'avait été trouvé jusqu'à ce jour. Attendre, et c'était tout.

Il faisait un froid très vif. Les canaux étaient gelés, la ville déserte et sourde sous la neige. Enfermé dans notre chambre d'hôtel, je me suis forcé à exécuter de nombreux croquis en vue d'une toile future : *Le portement de la Croix.*

— En serais-je à me prendre pour Jésus-Christ au sommet du Golgotha ? ricanais-je en pleurant de mal dès que je me retrouvais tout seul, tandis que Flora, rejointe ailleurs par des amis communs, visitait la ville en long et en large. Et tout s'organisait alentour comme si quelque force supérieure, convoquée d'urgence, acceptait de me décharger désormais du choix de mon destin. Je travaillais, les doigts tordus, le torse plié. Mais je travaillais. Et je ne songeais plus à rien d'autre. Et je n'avais plus qu'à m'en remettre à la décision de Dieu. Et Dieu, bien entendu, n'a pas tardé à se manifester bénéfiquement. Voici comment :

Flora est rentrée un soir les bras chargés de paquets. Elle les a jetés pêle-mêle sur le sol sans la moindre précaution. Elle sentait le genièvre à plein nez.

— Tu as bu ? ai-je crié en lâchant mes pinceaux.

Elle est tombée sur le lit en pouffant. Mais non, elle n'était pas du tout ivre, prétendait-elle. On l'avait emmenée d'abord à un concert de musique religieuse, magnifique, magnifique, ma-gni-fi-que, et puis à un comptoir de marchandises orientales, vêtements de soie, hic, une perle montée en bague notamment, hic, un châle indien, hic, un coffret à incrustations de nacre, hic, etc. Elle parlait de plus en plus haut et se tortillait comme un ver. Obscénité !

— Chut, ai-je dit en lui tendant un verre d'eau.

D'un coup sec, elle a fait sauter le verre de mes mains. Ensuite elle s'est mise toute nue. Ensuite elle s'est allongée en écartant les jambes. Pouah ! ce trou velu, ces outres à lait qu'on appelle non sans préciosité des seins ! Je découvrais brusquement que les appas féminins étaient d'authentiques pièges à mâles, arrachant au mâle ses meilleurs attributs. Entendons-nous ! non pas le sexe organique mais le sexe mental, beaucoup plus profond, tout à fait original, essentiel...

Je suis tombé sur Flora. Ce n'était pas pour lui faire l'amour mais pour l'étrangler. Car il était grand temps de venir à bout de la question, hein ? Cependant, alors que déjà mes mains commençaient à lui serrer la gorge, j'ai remarqué que le sommeil l'avait prise instantanément. Dans ces conditions, l'étrangler devenait un crime indigne d'un honnête homme. Pour étouffer les gémissements qui continuaient à filtrer entre ses lèvres ramollies, je lui ai simplement mis un oreiller sur la tête et je suis sorti.

Le froid avait cédé. Une bruine enténébrait l'air qui ressemblait à du vieil argent niellé. J'ai gagné le port où les caravelles dansantes étaient à l'ancre. J'ai remonté les quais jusqu'au quartier des putes. Mes amis d'Anvers m'en avaient parlé en me vantant par-dessus tout leur sagesse. Ils avaient sûrement raison. Elles étaient installées derrière des vitrines aux tentures écartées, comme n'importe quelle marchandise proposée à la foule des hommes en chasse qui passaient ou s'arrêtaient. Au lieu de se montrer aguichantes comme on aurait pu s'y attendre, elles avaient un comportement fort digne, et même bourgeois, dans leurs vêtements plutôt stricts. Seule fantaisie : leurs magnifiques pendants d'oreille en or et pierreries. Toutes s'occupaient d'un quelconque ouvrage de broderie, tapisserie ou dentelle. D'autres lisaient. D'autres encore se faisaient les ongles des mains et des pieds. Il fallait se persuader qu'elles exerçaient bien leur profession : parfois on les voyait lancer de biais un regard bref en direction du client éventuel, regard qui se plantait alors en vous comme une écharde. Ma sympathie allait droit à ces femmes à qui l'on aurait volontiers confié la garde des petits enfants : sexe et maternité, en elles, ne faisaient qu'un. Malgré les invites dont j'étais l'objet, j'ai résisté et suis rentré non sans un vague regret refoulé. Et là, en pénétrant dans notre chambre, stupeur !

Flora avait disparu des lieux en emportant avec elle toutes ses affaires...

À peine inquiet, j'ai repris aussitôt le coche pour Anvers, où j'étais sûr de retrouver ma capricieuse femelle.

Stupeur de nouveau, qui m'a secoué alors. La maison était déserte. Les armoires avaient été vidées consciencieusement. La seule trace subsistant de la femme, je l'ai trouvée sous le lit : une chaussure du pied gauche, éculée il est vrai. Et aussi, sur la table, une lettre ! une lettre ! oui, bourrée de fautes d'orthographe et sans le moindre signe de ponctuation :

« Pieter j'en ai ralbol de toi et de ton travail depuis le temps que ça dure ça suffit comme ça j'ai vécu avec un fou pendant quinze ans ma belle jeunesse ainsi s'est envolée j'en peux plus alors j'ai rencontré par hasard un vieux boucher il habite Gand il est plein de fric il me veut je pars le rejoindre il m'achète une maison à deux étages j'aurai trois servantes et tout le reste à gogo voilà mon avenir assuré depuis longtemps je ne supportais plus l'odeur de tes chères couleurs mon vieux elles me donnaient la nausée et la migraine tu m'as toujours accusée d'être une menteuse eh bien tu as raison j'ai fait semblant de t'aimer c'était plus facile pour la vie de tous les jours mais j'ai toujours eu horreur de toi et de ta peinture et je peux t'assurer que celle qui signe la lettre dit la vérité pour la première fois depuis sa naissance. Adieu. Flora que tu ne reverras jamais. »

J'ai relu plusieurs fois. Je ne pouvais y croire. Ce qui révélait que j'étais non pas malheureux mais effroyablement humilié dans ma fatuité d'homme. J'ai failli casser le mobilier sur le moment et châtier les servantes, dont la complicité avec ma mégère est apparue évidente. J'aurais dû être fou de joie, puisque son départ me libérait. Eh bien non. J'ai mis quinze jours au moins à digérer le poison.

Dès que je me suis senti plus calme, je suis retourné à Bruxelles pour y demander solennellement en mariage la jeune Mayken. Un clou chasse l'autre. L'entrevue avec Mayken numéro un a été fort curieuse : elle connaissait depuis longtemps ma liaison avec une servante. Elle n'y avait jamais fait allusion ouvertement. Mais, tout à coup, sa grande figure un peu congestionnée s'est étrangement durcie lorsqu'elle m'a répondu que oui, elle consentait à me donner sa fille. Cependant elle me réclamait en échange des garanties sur mon honorabilité conjugale. À part moi, j'étais surpris : l'artiste célèbre se comportait soudain comme une maquerelle, et je jugeais son attitude à la fois comique et insultante. J'ai failli tourner les talons. Cependant ma passion pour la petite a lâchement pris le dessus. Qu'exigeait donc la vieille ? Que je quitte Anvers où Flora ne cesserait de me relancer, faire du scandale, abîmer mon ménage, etc. J'ai accepté la condition. Et pendant que je répétais oui, oui, oui, je scrutais les sourcils étonnamment fournis de Madame Coecke, formant deux ponts de poils noirs au-dessus de ses yeux bleus vacillants. Et je pensais que ma fiancée chérie ressemblait fantastiquement à sa mère — avec, bien entendu, les nuances exquises marquant les différences entre la jeunesse et l'âge mûr : mêmes yeux, même stature élégante pour un certain nombre d'années encore... Mais après ? En prenant pour moi l'enfant, n'était-ce donc pas en quelque sorte épouser la mère ?

Je suis sorti tout songeur de ma rencontre, je l'avoue. Maintenant que la demande était faite et qu'il était trop tard pour reculer, je n'avais plus qu'une envie : foutre mon camp à toute allure, seul, seul une fois de plus, en emportant mes pinceaux, mes couleurs et mes toiles, pour trouver quelque endroit désert. Je m'y cacherais. Je travaillerais ainsi jusqu'à la fin de mes jours dans une paix profonde. Marre des femmes. Marre de la femme. Bon Dieu, était-ce moi, oui ou non, qui avais peint *Dulle Griet*, la reine des meurtrières ?

Riposte immédiate au trouble intérieur qui m'agitait : le même soir s'est déroulé au palais Coecke un petit repas intime pour célébrer nos fiançailles. Lorsque j'ai vu paraître Mayken numéro deux, un nouveau branlebas de l'âme, du cœur et du corps s'est emparé de moi sans que j'y puisse rien. J'étais sourd, muet, mais non aveugle. Qu'elle était belle dans une robe blanche couverte de broderies d'or ! Un châle écarlate voilait ses épaules. Elle était resplendissante de bonheur. La mère s'étant retirée adroitement pendant quelques minutes, l'enfant est venue à moi, légère et vive. Elle a pris mes joues entre ses deux petites mains. Puis elle a mis à petits coups une série de baisers mouillés sur mes lèvres. Elle ressemblait soudain à un nourrisson qui tète : il est heureux du bon lait coulant dans sa bouche, il aime la vie, il a confiance, la mort ne peut exister, ni la misère ni la solitude ni les guerres et les tortures, les révoltes, le sang ! Plongé dans l'eau d'un rêve lumineux, l'enfant laisse tomber sa jolie tête dans le creux de votre cou et se met à pleurer.

Voilà comment s'est passé l'instant.

Je pleurais aussi, bien entendu.

Madame Coecke est revenue alors toutes voiles dehors pour nous envelopper, sa fille et moi, dans une seule étreinte de ses bras charnus et parfumés. Sûrement nous devions offrir un surprenant spectacle : le pathétique et le grotesque y avaient leur part. Bien que bouleversé, je me sentais aussi un peu ridicule. Et maintenant que les décisions étaient prises officiellement, j'avais hâte que leur train fastueux ne soit plus qu'un fatigant, un frivole souvenir à ranger convenablement dans ma mémoire.

Car la cérémonie du mariage — nous étions en 1563 — a donné lieu à des fêtes que Mayken numéro un exigeait solennelles et magnifiques. Il est vrai qu'elle payait tout. Je me tâtais cependant : était-ce le petit paysan d'Ooievaarsnest qui s'unissait aujourd'hui, à l'âge de quarante et un ans, à la plus jolie adolescente de Bruxelles ? Cela paraissait inimaginable. Aussi la bénédiction nuptiale à Notre-Dame de la Chapelle, au début de la rue Haute, m'a-t-elle paru comme un rêve peu fait pour moi. Une fois de plus j'avais envie de fuir, assister en pleine campagne à des noces humbles, pauvres, bruyantes, où personne ne chercherait à savoir qui j'étais, d'où je venais, où j'allais. Tel était le fantasme tournant maniaquement sous mon front à l'instant même où le prêtre surchargé d'ornements nous passait nos alliances.

Pourtant les grandes orgues ont fait crever sur moi leur bienfaisant orage. Cet orage prenait secrètement parti pour le peintre que j'étais. Il me submergeait, oui, me saoulait, me soulevait, m'emportait dans ses sonores enroulements noirs. Mon cœur s'est mis à battre à grands coups.

Mayken me regardait à travers le voile de tulle qui la recouvrait toute. Des larmes glissaient sur ses joues, fines étoiles un moment allumées. Son bras frissonnait sous le mien.

— Pieter, a-t-elle murmuré tandis que nous regagnions le parvis de la petite église où nous acclamaient les gens du quartier venus en masse.

— Mayken, ai-je répondu.

Nos seuls prénoms contenaient tout : passé, présent, avenir. L'irréalité de l'instant était telle que j'avais envie d'arracher le voile de la mariée pour m'assurer qu'elle était une vraie femme et non une version fragilisée de mon esprit.

Le même soir nous avons pris possession de la maison tout nouvellement bâtie à l'angle de la rue Haute et de la rue de la Porte Rouge : pour en faire l'acquisition j'y avais mis la totalité de mes économies. Madame Coecke, elle, s'était occupée de l'installation. Soyons juste : elle avait fait les choses à la perfection. Notre chambre à coucher, qui sentait bon la cire d'abeille, évoquait par son éclat velouté une ruche ruisselante de miel frais. Un miroir-sorcière, légèrement incliné au-dessus du lit aux courtines de lin rouge vif, a eu le privilège de refléter la première rencontre du corps de la petite Mayken et du mien. Cet objet à surface brillante et bombée semblable à quelque gros œil d'argent absorbait à mesure nos attitudes : étreintes, emmêlements doux, cris, cambrures, détentes, soupirs, et finalement abandon. Il était aussi une sorte d'animal fabuleux qui dérobait et rangeait aussitôt dans sa profondeur nos premiers moments d'intimité : jamais une seule fois il n'en a été question par la suite entre ma jeune épouse et moi. La pudeur de nos rapports représentait — à mon sens — un extraordinaire signe d'amour.

Le seul détail visuel que le miroir-animal ait consenti à m'abandonner, ce fut le visage de Mayken un peu plus tard, quand je l'ai rejointe au lit. Elle s'était tournée sur le côté et repliée sur elle-même, genoux au menton, bras croisés. La femme que je venais de posséder se confondait avec le bébé d'autrefois, celui qu'on m'avait souvent confié dix-huit ans plus tôt. Mes précautions d'aujourd'hui étaient les mêmes pour entourer son corps. J'ai caressé ses tempes mouillées. J'ai défroissé la chemise de nuit. J'ai passé une jambe par-dessus ses hanches. Nous nous sommes endormis comme des bienheureux.

La transformation radicale de mon existence — son rythme, sa tonalité sensuelle — m'a permis une prise de conscience plus sérieuse. Une certitude s'imposait avec brutalité : le temps dérapait à toute vitesse. La gageure consistait à empoigner ce temps perpétuellement en fuite, résister à l'assoupissement dangereux du bonheur. J'avais quarante et un ans : cela devenait une obsession. Je souffrais de plus en plus fréquemment d'une saleté de maladie qui cherchait à mutiler mon organe le plus précieux : ma main droite. Si je voulais absolument boucler mon œuvre, il s'agissait d'aller désormais plus vite, plus vite que ce temps-là. Bondir par-dessus. Le clouer au sol. J'étais à présent un enragé du travail jusqu'au dévergondage. Deux fenêtres de l'atelier ouvraient sur la rue Haute, deux autres sur la rue de la Porte Rouge, au cœur de la ville. J'y restais enfermé du matin au soir. Mayken comprenait tout à fait ma folie en dépit de sa jeunesse, ça c'était la merveille. Je l'entendais circuler du haut en bas de la maison avec la souple agilité d'un chat. Parfois elle entrebâillait la porte. Trottant sur ses petites pantoufles de feutre rouge, prudente et silencieuse, elle venait s'asseoir à quelque distance de mon chevalet, un peu en arrière pour ne pas me déranger. Elle attendait. Elle ne faisait aucun geste. Elle se contentait d'être là. Au bout d'un moment elle s'en allait en abandonnant dans la pièce un frais parfum de linge. J'aimais chaque jour davantage la maison, la femme. Maison et femme formaient un corps unique : tantôt il se mouvait au-dehors, tantôt je l'habitais avec passion. Seulement alors j'éprouvais un sentiment bref d'éternité.

Paradoxe ! le confort dont je jouissais pouvait se développer avec un naturel irrésistible au milieu des colères ébranlant la ville, et des exécutions sauvages, et des émeutes. J'étais comme enfermé dans mon noyau, mon volcan, ma lave de démence créative.

J'avais fort avancé déjà une *Adoration des Mages* — au seuil de l'année 1564 — lorsqu'un matin ma femme s'est approchée sans plus de solennité que d'habitude. Elle a délicatement saisi mon pinceau, s'est assise sur mes genoux en me serrant le cou et m'a dit :

— Pieter ! Pieter !

Et elle s'est simplement donné plusieurs petits coups du plat de la main sur le ventre. Telle a été sa manière de m'annoncer qu'elle était enceinte. Déjà elle s'était arrangée pour consulter un grand médecin, ami de sa mère. La naissance aurait lieu vers le mois de juillet. Une sorte d'éclair, soudain, semblait jaillir entre la jeune femme et mon tableau en cours. Tout se passait comme si mon pinceau devenait un fabuleux jeteur de sperme. L'Enfant Jésus que la Vierge serrait contre elle était mon fils, oui, mon premier fils, peut-être davantage encore mon fils que l'enfant blotti dans les entrailles de Mayken.

— Ce sera un garçon ! ai-je crié avec fureur.

— Dieu seul le sait, a-t-elle répondu en prenant son petit air têtu, borné, un peu niais, que j'adorais.

— Dieu veut ce que je veux ! ai-je ajouté. Puis j'ai demandé à Mayken de sortir parce qu'elle me retardait dans mon travail.

Une fois seul, je me suis abandonné à une joie ambiguë. Joie, certes, mise en valeur par un désespoir on ne peut plus sombre et blessant. J'ai poursuivi mon *Adoration* jusqu'au terme de la grossesse de Mayken. Le tableau est donc né le même jour, à la même heure, on peut assurer à la minute précise où mon fils est venu au monde dans un concert de hurlements mêlés, ceux de la mère et ceux du garçon.

— Salut, Pieter numéro deux...

Je prenais livraison de ce nouveau petit corps agité. Je pensais qu'il contenait déjà, sous sa peau rouge et fripée, tous les éléments qui le rendraient heureux ou malheureux plus tard. Un appareil moral et mental complet était d'avance mis en place dans ce fourreau de chair. Pas de retouche possible. Mon fils aurait ses passions propres, ses maux, ses plaisirs. En caressant son crâne en duvet de canard, j'étais saisi d'étonnement, de peur, de respect. J'adorais le bébé comme si quelque coup de baguette magique venait de me transformer en femme. Et Pieter numéro deux était sorti de mon ventre à moi.

Pourtant j'ai « digéré » (si j'ose dire) l'événement avec plus de facilité qu'on aurait pu le croire. Des rendez-vous m'appelaient à Anvers, où la Guilde Saint-Luc dirigeait une série d'entretiens sûrement fort intéressants. Pendant mon absence, qui devait durer une quinzaine de jours, on a décidé que Madame Coecke viendrait s'occuper de sa fille et du bébé.

La coupure avec un train-train familial déjà bien établi s'est révélée efficace à tous points de vue. D'un côté j'étais provisoirement délivré d'une odeur de lait tourné imprégnant non seulement la maison mais aussi le fond de mes narines, ce dont il m'arrivait d'être écœuré parfois. De l'autre côté j'avais à combattre sur le plan professionnel des opinions résolument contraires aux miennes : chose curieuse, je me faisais de plus en plus d'ennemis. Par exemple, un soir que nous étions réunis en assez grand nombre chez le géographe Ortelius, une discussion verte a éclaté à propos du tableau *La mort de la Vierge*, dont mon ami me passait la commande. L'opposition brutale venait d'un de mes confrères en particulier, qui m'a lancé soudain :

— Pieter Brueghel, ton esprit est celui d'un malade mental. Veux-tu savoir pourquoi ? Parce que tu refuses la beauté, la tendresse humaine.

Bien plus que le sens de sa déclaration, c'est la façon dont il aspirait respectueusement le *h* de « humain » qui m'a foutu en rogne. Je prenais conscience d'être entouré de visages butés, bornés, plats, aux lèvres minces. Visages connus depuis longtemps. Visages neufs également. Tous enfilés les uns aux autres et formant un chapelet de fruits secs. Une vieille (mais, bon Dieu, n'était-ce pas la veuve de Maître Samuel, dont j'avais incidemment appris le décès un an plus tôt ?) s'est avancée en pointant l'index contre ma poitrine. Elle répétait ses propos d'autrefois avec une patience mesquine :

— L'homme qui vient de parler a raison, Pieter. Votre erreur est d'accorder confiance à vos cauchemars. Or la vie est tout autre chose qu'un cauchemar.

Zut ! elle recommençait. J'étais sous pression. Pour la première fois de ma vie, je cherchais à défendre mon travail par la parole. Bon ou mauvais signe ? Mauvais, indiscutablement. Tant pis. Pour atteindre le bon, il faut souvent traverser le mauvais. Ainsi, pendant toute une heure, sur un ton de véhémence quasi frénétique dont je n'avais pas l'habitude, j'ai crié à mes contradicteurs que l'erreur venait d'eux. Ils avaient la faiblesse de concevoir l'humanité à partir de quelques éléments sommaires. Les visages, par exemple. Ils commettaient une effroyable injustice quant au reste du corps, à mon sens aussi digne d'intérêt, sinon plus. Exemple : l'expression d'un cul en train de chier, avait-elle moins d'importance qu'une bouche, une paire d'yeux ? Un pet, était-il moins signifiant qu'un discours d'intellectuel ? Un sexe de petit garçon urinant contre un mur, était-ce moins émouvant qu'une joue mouillée de larmes ?

Des exclamations indignées faisaient moutonner les têtes de l'assistance. Certains riaient : ils n'étaient pas nombreux. Comme s'il s'était agi de mettre un terme à l'affrontement, j'ai fini par conclure — mais dans un murmure cette fois, pour donner sa force à mon propos :

— Soyons clair, messieurs. Imaginez que l'homme se mette à marcher sur les mains. Ne serait-on pas contraint d'observer son trou de cul pour savoir ce qu'il pense ?

Un vertigineux silence a succédé. Mais il n'a pas duré. Il ne pouvait pas durer. Un nain roux, juché sur ses hauts talons, a pris la relance. Puisque j'étais si organiquement réaliste, prétendait-il, pourquoi tous mes tableaux oubliaient-ils systématiquement la réalité du sang ? Du sang en tant que liquide ? La plupart d'entre eux, *Le suicide de Saül, Le triomphe de la mort, Dulle Griet,* étaient bourrés de cadavres en tous genres : brûlés, pendus, empalés, crucifiés, écorchés, décapités, etc. Mais il était tout à fait évident que leur sang n'était exprimé nulle part. Le nain, enroué, brandissait le poing :

— Et le sang, Pieter Brueghel, que fais-tu du sang ?

La réflexion du bonhomme m'a littéralement cloué le bec. De surprise, je n'ai plus dit un mot. Calmé, j'ai quitté les lieux à l'anglaise.

Il faisait très froid. Cela m'a fait un bien fou. Je vagabondais dans les rues en ruminant l'hostilité quasi générale dont j'étais l'objet. Et je constatais non sans dépit que mes alliés les plus sûrs n'étaient pas intervenus pour me défendre : ils avaient laissé faire. Leçon de choses ! Bien fait pour moi. Excellent d'avoir son orgueil rabattu à coups de poing moraux. J'avais passé mon temps à combattre la mégalomanie des autres. Il était juste de ne pas oublier la mienne.

Mais je découvrais mieux : le nain roux avait raison, raison, raison, parfaitement raison de signaler l'absence de sang dans mes toiles. Je me suis arrêté net, comme frappé par la foudre. Je me trouvais au bord de l'Escaut, non loin de l'endroit où je m'étais battu autrefois avec une bande d'éclopés. Chargé d'étincelles nocturnes et de puissantes senteurs de sel, le courant descendait vers l'ouest. Il semblait m'entraîner de tous ses muscles en direction d'un hiver plus profond encore. « Viens, Pieter, viens... » murmuraient les eaux lourdes. L'idée du sang flottait avec violence au-dessus des vagues. Stupeur, stupeur ! C'était vrai, il fallait en convenir, le sang ne m'intéressait pas visuellement. Je l'avais évité comme on évite certains sons, jugés inutiles, dans la composition d'une œuvre musicale. Si l'on voulait exprimer avec justesse et profondeur la vérité d'un corps qui se défait, le sang n'était pas nécessaire. Au contraire : pour atteindre un niveau de cruauté parfaite, la sécheresse absolue était de rigueur. D'instinct, depuis toujours, j'avais roulé mes agonisants et mes morts dans une espèce de sombre velours bienheureux, une farine de ténèbres et de lumières. C'était en vue d'accentuer l'horreur. L'horreur est sèche. Le sang la supprime. J'avais peint des sols nets sous mes corps blessés ou privés de vie, exemptés de liquides naturels. La sécheresse correspondait à la surdité universelle, immense, dont il était merveilleux à mon humble avis (mais non, je ne suis pas humble) de respecter les mille opacités. Le nain roux avait cru m'offenser. Il s'était trompé, le bougre de salaud. Il m'avait involontairement fait le plus beau compliment qu'on m'ait jamais accordé ici-bas.

XII

ET TOI, PIETER ? — UN RÊVE SORDIDE — TU RESSEMBLES À UN CHOU — MA GROTTE — L'ÉTREINTE DE DEUX OISEAUX BLANCS

J'ai éclaté de rire. La lune brillait. Il me restait une petite heure encore avant de reprendre le coche pour Bruxelles. J'ai poursuivi ma promenade sans but. J'avais chaud au-dedans de moi, je me sentais bien, lorsque soudain, à l'angle d'une ruelle infecte derrière la cathédrale, j'ai heurté de l'épaule une passante. Pourquoi me suis-je arrêté ? Pourquoi s'est-elle arrêtée aussi ? Apparemment il s'agissait d'une clocharde de la pire espèce, couverte des pieds à la tête de nombreuses épaisseurs de tissus en loques. Je me suis incliné cependant et j'ai demandé pardon. À ce moment, un cri est sorti du grand paquet difforme et nauséabond :

— Pieter !...

Et puis, tout aussitôt, sur un autre ton :

— Pieter ! Pieter ! mon Pieter !

Deux mains se sont tendues vers moi. J'ai reconnu ces mains avant de pouvoir mettre un nom sur le visage à chair flasque, outrageusement maquillé, qui se levait. C'était Flora, oui, Flora elle-même. Il m'a fallu rassembler en trois secondes la somme de mes facultés d'observation pour admettre que la malheureuse était bien mon ancienne amie. Je l'ai entraînée dans le premier estaminet venu.

— Et ton riche boucher gantois ? et ta maison ? et tes servantes ? lui ai-je demandé d'une voix presque suppliante, car je pressentais la réponse. Baissant ses paupières autrefois aussi fines que des coquillages et bouffies maintenant sous l'effet d'on ne savait quels vices, elle m'a raconté qu'elle avait de nouveau menti quand nous nous étions séparés : il n'y avait eu ni boucher ni maison. Peu à peu elle avait sombré dans la misère et la boisson. Elle mendiait à la sortie des églises. Elle couchait dans des asiles de nuit, ou bien dehors.

— Et ton amie Louise ? et son fils Frans ?

Elle a soupiré. Louise était morte, primo. Secundo, Frans était bien son fils à elle, Flora, né pendant mon voyage en Italie, ce qu'elle n'avait jamais osé me confesser. Mais l'enfant était mort à son tour, faute de soins. Elle était allée jeter le cadavre dans l'Escaut pour éviter les complications avec la justice, etc.

Fasciné, je l'écoutais bafouiller interminablement. Mon Dieu, comme elle puait ! Pourtant je retrouvais par éclairs insolites, sous la crasse et la démence, les signes d'un vieux charme sain, drôle, tendre, qui m'émouvait presque : il se concentrait au fond des prunelles pourries. Ensuite elle a posé sur les miennes ses mains froides, mouillées, repoussantes :

— Et toi, Pieter ?

— Moi...

Je me suis redressé d'un coup. Nous sommes sortis. Moi, en effet, qu'étais-je donc devenu ? La question de Flora était celle que je ne cessais jamais un seul instant de me poser à moi-même sans trouver la vraie réponse.

— Et toi, Pieter ?

Et elle me dévisageait avec la sagesse timorée d'une devineresse aveugle.

— Moi ? Je dois m'en aller, ai-je déclaré brutalement, on m'attend.

Je lui ai donné un peu d'argent. Son visage et son corps presque infirmes étaient soudain creusés par une profondeur que l'on pouvait qualifier de pudique. Elle ne demandait rien. Elle acceptait d'être détachée déjà du règne des vivants. Elle se savait par intuition légèrement morte. Elle se complaisait dans un espace où personne ne pouvait plus l'atteindre. Et moi moins encore que n'importe qui.

Je l'ai regardée s'éloigner entre les hautes façades déjà toutes ruisselantes de reflets nocturnes. Je suis resté un long moment immobile à la même place. Et je me demandais si ma rencontre avec Flora n'avait pas été un rêve, un rêve sordide. Si oui, mes contradicteurs et mes ennemis avaient le droit de me reprocher d'être un visionnaire, un irresponsable effronté qui s'attache de préférence aux ténèbres, aux miasmes, aux pourritures, aux fatras excrémentiels, à la décomposition des corps...

Sitôt rentré à Bruxelles, j'ai eu la certitude que je n'avais pas rêvé, à cause du contraste que me proposait ma maison, lumineuse et bien chauffée.

Mayken m'attendait avec impatience, ses yeux brillaient. Sans précaution, elle m'a jeté la nouvelle à la tête : elle était de nouveau enceinte.

— Nom de Dieu, tu ne perds pas de temps, ai-je dit sur un ton de moquerie où perçait sans doute à mon insu une pointe d'agressivité mâle.

L'agressivité femelle a répliqué du tac au tac :

— Toi non plus !

Ces réflexions un peu vives étaient l'ombre, l'ébauche, la brume poétique d'un tout premier minuscule affrontement. Tous les deux nous l'avions deviné dans une part bien masquée de nous-mêmes. J'avais un peu mal. Mayken aussi. Alors elle s'est jetée dans mes bras en pleurnichant. Je l'ai serrée très fort. Je l'ai couverte de baisers. Je l'ai rassurée au mieux. Voyons ! un second enfant ! mais c'était une merveille ! les Brueghel formeraient ainsi une vraie famille ! c'était enthousiasmant ! délicieux !

Ainsi, pendant les mois suivants, tandis que se développait gentiment la grossesse de mon épouse adorée, je sentais s'épanouir mes propres capacités de travail. On aurait pu croire que Mayken et moi étions en compétition. Chacun rivalisait dans son effort de conception, d'accouchement.

J'avais en chantier cinq grandes toiles. Je voulais illustrer l'année 1565 d'une façon éclatante, et grave aussi. J'étais travaillé par un délire constant qui me transformait, que je le veuille ou non, en carte de géographie fiévreuse. Car je menais parallèlement cinq paysages violemment contrastés : 1° des chasseurs dans la neige ; 2° une journée sombre ; 3° la fenaison ; 4° la moisson ; 5° la rentrée des troupeaux par un soir d'automne. Et, chose curieuse, à mesure que mes *Saisons* prenaient du relief, je découvrais que les thèmes en question projetaient ce qu'il y avait de plus enraciné au fond de moi. Larges, muets pourrait-on dire, ils semblaient se découper en direct à même le ciel, la terre, l'eau. Mon pinceau trempé de couleurs fouillait les replis oubliés de mon individu. Il y rouvrait de vieilles, vieilles plaies que j'avais cru cicatrisées à jamais. Il en voulait le sang, bien sûr, mais je m'obstinais à croire que le sang devait *être* sans être *là*. Et ma recherche, mon effort, ma fatigue m'apportaient une joie de maternité bien plus exigeante encore que celle de Mayken.

— Plus tu grossis, plus tu ressembles à un chou, lui ai-je dit un matin.

— Un chou, Pieter ? a-t-elle répondu avec un frémissement de protestation au coin de la bouche, sans savoir s'il fallait ou non se réjouir de la comparaison.

— Oui, ma petite chérie, un chou.

Et je l'emmenais en voiture en dehors de la ville pour lui montrer précisément les cultures de choux qui sont bien davantage à mon sens de robustes fleurs, charnues, juteuses, que d'humbles légumes. Ensuite nous poussions jusqu'à la lisière de la forêt de Soignes, parfois même dans le bois des Capucins, où les hêtres étaient particulièrement superbes dans leur fourreau de velours vert. Serrés les uns contre les autres, leurs troncs m'évoquaient les piliers de nos églises flamandes : comme eux ils jaillissaient d'un sol brillant et roux, comme eux ils semblaient brossés par de magiques mains ménagères. Mon regard était aspiré par leur lancée verticale. J'aurais aimé m'y perdre. J'y pressentais un secret qui m'était personnellement destiné. N'était-ce pas ma propre mort qui m'attendait tout là-haut, au-delà des cimes vouées soit au silence, soit au cri des corbeaux ?

Mayken se serrait contre moi convulsivement. Elle avait peur de la solitude et de l'obscurité de ces lieux inhabités.

Ainsi avons-nous vu se dérouler les quatre saisons, ou presque. La voiture nous ramenait en ville et notre maison nous y accueillait. Nous frissonnions, même s'il y faisait bien chaud. Mais, tandis que Mayken se ranimait aussitôt près du feu, je ne parvenais pas à me débarrasser d'un certain froid qui se développait avec régularité au creux de ma poitrine. Froid-fruit. Ne s'agissait-il pas également d'une autre sorte de grossesse qui était l'envers de celle que ma femme a bientôt mené à son terme ?

Le second enfant est né très exactement treize mois après Pieter II. C'était une fille que nous avons prénommée Minna. Je ne me lassais pas de contempler dans son berceau ce bébé fragile et beau comme un ange. Elle ressemblait incroyablement à sa mère, une vraie miniature à la détrempe, dodue et nacrée, qui reproduisait avec une exquise fidélité les traits de Mayken. Dès l'âge de trois mois elle faisait penser à une jeune fille avec ses immenses yeux bleus frangés de cils en rayons, ses épais cheveux bouclés que la bonne s'appliquait à partager par une raie médiane, ce qui lui donnait alors la physionomie d'une couventine aux aguets de voix célestes. J'ai dit cela un soir à Mayken au moment de la rejoindre au lit. Nous avons ri tous les deux en soufflant la chandelle. Nous étions heureux et fiers.

Une couventine aux aguets de voix célestes...

Il faut croire qu'une telle image — suggérée ainsi en passant — était prémonitoire. Deux mois après, un soir que Madame Coecke soupait avec nous (car ses visites étaient devenues fréquentes), en allant vérifier si tout allait bien dans la chambre des enfants, nous avons trouvé Minna morte entre ses draps brodés. Le petit corps était encore tiède. Mayken s'est mise à pousser des hurlements de bête. Le docteur est arrivé dare-dare. Madame Coecke se tordait les mains. Je trépignais. Que s'était-il donc passé ? Deux heures plus tôt nous avions bordé dans son berceau un nourrisson tranquille et repu. Alors ? Le médecin voulait ouvrir le cadavre. J'ai refusé net. Qu'importait de savoir ? La vérité de notre malheur devait rester sans explication. La petite qui nous était arrachée ainsi resterait pour l'éternité une légère ombre en survol. J'ai cru que Mayken devenait folle pendant les trois jours qui ont suivi l'enterrement. On s'y prenait à plusieurs pour tenter de la calmer quand elle se roulait sur le sol ou cherchait à se briser la tête contre les murs. Mais alors elle nous griffait et nous mordait sauvagement.

L'événement a coïncidé avec une rechute brutale de ma propre maladie. Une crise de rhumatisme articulaire aiguë m'a cloué dans ma chambre pendant les deux mois suivants. On a dressé un lit pour Mayken à l'autre bout de la pièce, car je ne supportais plus qu'elle me touche. Le simple contact avec mes draps me faisait souffrir atrocement. Je pleurais tout bas : je ne voulais pas que ma maison devienne une sorte d'asile du mal et du désespoir. Je serrais les dents. J'étudiais ma douleur, c'était ce qu'il y avait de mieux à faire. Et j'ai découvert ceci : la douleur en question, physique, se ramifiait en une infinité d'autres douleurs, mais morales. Avais-je suffisamment désiré la naissance de notre petite fille ? N'y avait-il pas eu quelque refus caché de ma part ? N'étais-je donc pas responsable de sa disparition ? N'aurais-je pas dû être plus vigilant pour la retenir ? Pour empêcher qu'elle ne s'envole comme un oiseau ?

Depuis que j'avais mis la dernière main à mon tableau représentant *La prédication de saint Jean-Baptiste*, mes muscles et mes nerfs ne répondaient plus. Je restais donc assis sans bouger devant ce tableau, que j'étais heureux d'avoir su mener à bien. Sa clairière était celle de la forêt de Soignes, où Mayken et moi nous étions égarés un an plus tôt. Bien que peinte à la surface de la toile, elle était douée d'une telle profondeur d'espace que j'aurais pu entrer dedans, m'y perdre de nouveau si j'en avais eu la force. Malheureusement je n'avais plus de force.

Par ailleurs la vie du pays devenait chaque jour plus cruelle et dangereuse. Nous étions rationnés : aliments, bois de chauffage. Nous osions à peine nous déplacer en ville. Il y avait comme un repliement progressif de la population : elle se fanait, elle s'accoutumait aux crimes, aux exécutions sommaires, aux bûchers, aux gibets dressés un peu partout sur les places. L'air puait le cadavre et le feu. Les nuages passant sur les toits étaient des émanations de chairs rôties ou faisandées. On était obligé de boucher les interstices des fenêtres et des portes pour éviter d'en avoir le cœur soulevé.

Mayken se rapprochait davantage de moi. On pouvait croire qu'elle cherchait inconsciemment à redevenir la petite fille que j'avais si souvent bercée vingt ans plus tôt. Elle voulait peut-être aussi prendre la place de l'enfant que Dieu nous avait reprise.

Début 1566 : j'ai profité d'une amélioration nette de mon état de santé pour reprendre mon atelier d'assaut, un peu comme s'il s'était agi de la conquête d'un château fort. J'ai peint *Le dénombrement à Bethléem* à travers les brumes d'un rêve permanent. Il conduisait ma main, ce rêve ; je n'avais pas le plus mince effort à fournir.

Mon expérience, désormais, me permettait de m'abandonner tout entier, sans peur aucune, à une inspiration que je peux qualifier de surnaturelle. Si j'étalais mes couleurs sur la toile, on pouvait dire aussi que je manipulais en direct du brouillard, un brouillard vivant, presque charnel, et des arbres, et des visages oubliés puis retrouvés, des maisons, des soldats, des mères en larmes, des enfants suppliciés. Ma recherche de structure et de matière s'enfonçait sans cesse davantage au cœur d'une grotte à la fois aérienne et rocheuse. Car il s'agissait bien entendu d'une grotte mentale : elle avait beau résister durement à mes attaques, à ma percée, je savais d'avance que j'en triompherais. La traverser ainsi de part en part, c'était aussi atteindre, de l'autre côté, un sommet libérateur.

Plus une minute à perdre ! D'un commun accord, Mayken et moi refusions les invitations, les sorties, les spectacles. Une fois par semaine nous dînions chez Madame Coecke, que la mort de Minna avait transformée du tout au tout. L'artiste superbe était devenue en quelques mois une vieillarde. Elle avait perdu vingt-cinq kilos. Ses cheveux étaient blancs. Elle portait des vêtements secs et noirs. Elle avait vendu ses bijoux. Retirée dans son palais, elle menait à présent une vie monastique. Souvent elle m'observait. Non plus avec ce regard de femme où luisent presque toujours — inconsciemment — de troubles scintillations sexuelles, mais seulement comme une artiste malheureuse qui s'attache à l'artiste heureux. Son œil était froid, stimulant, toujours magnifique bien que terni. Sans le savoir elle me rendait avec plus de force ma vieille jeunesse enfuie lorsque nous retrouvions tous les deux la gravité sage de nos conversations d'autrefois. À ces moments-là, mystérieusement, Mayken numéro deux était traitée par nous comme notre enfant. Et ma reconnaissance envers une femme à qui je devais tout, tout, se faisait infinie alors.

À part ces contacts avec Madame Coecke, Mayken et moi restions enfermés chez nous. Nous avons trouvé un chien à l'époque. Nous l'avons recueilli. C'était un bâtard fort laid, avec ses pattes un peu torses et son pelage ras blanc et noir. Mais les yeux, splendides, nous renvoyaient l'amour tremblant du monde. Il est devenu notre meilleur ami. Nous l'avons baptisé Flop.

Ma grotte interne visionnaire se déployait.

Le creusement de mon œil se doublait d'une sorte d'entaille sonore. J'étais littéralement couvert et gonflé de musique. Les souvenirs de mon voyage en Italie revenaient par foules chantantes. J'ai sorti de mes cartons une dizaine de paysages dessinés dans les Alpes. Grâce à eux, ma *Conversion de saint Paul* s'est construite presque magiquement sous ma main, et malgré moi. On pouvait croire que j'étais un étranger dans ce travail, qu'une divinité conduisait à ma place.

— Arrête ! ordonnais-je parfois à la singulière énergie qui me traitait sans la moindre sollicitude.

Je n'étais qu'un corps, après tout. Un simple corps. Si peu de chose. Je redoutais de craquer sous un effort qui se passait de ma volonté et de ma conscience.

— Salut, l'Enragé ! disais-je parfois à voix haute en pénétrant dans l'atelier, effrayé par ma propre apparence, ma chevelure hirsute.

J'agissais tout comme si j'allais me découvrir moi-même, tapi dans un coin. Je déplaçais les meubles, tirais les tentures, soulevais les tapis avec l'espoir de débusquer mon double. Car c'était lui, et non moi, qui possédait la vérité de la création. Et si je parvenais à le coincer, je le saisirais à la gorge pour l'enfoncer dans ma propre forme, ce frère supérieur que, en toute certitude, Dieu me dépêchait par miracle.

Bref, j'étais un peu fou désormais. J'en avais d'ailleurs la réputation. Et Mayken, pressentant tout cela, s'arrangeait pour m'isoler au mieux du monde extérieur. Certaines femmes d'intelligence moyenne, bornées à la limite, sont parfois douées de ce génie pur. Je l'apercevais à présent à travers un écran d'hallucination, et je l'en adorais davantage encore. Son corps, resté joli en dépit de deux maternités, avait cessé de m'obséder. Chaque fois que je lui faisais l'amour, c'était un peu comme une fête ailée. J'imaginais que nous devenions deux oiseaux : ils nous remplaçaient. Serrés, ils s'élevaient à tire d'aile, tout blancs sur un fond de ciel orageux.

Un matin du mois de décembre 1567, pendant que je travaillais à mon *Pays de Cocagne*, Mayken est venue s'asseoir à mes pieds. Elle a posé sa tête sur mes genoux. Après un long silence elle a chuchoté qu'elle attendait de nouveau un bébé, oui, de nouveau. Elle a éclaté de rire en m'entourant de ses bras frais.

J'ai déposé ma palette et mes pinceaux. Je l'ai regardée avec stupeur. Enceinte, ma petite femme, comment était-ce possible ? J'en étais resté à l'étreinte des deux oiseaux blancs. Ils auraient donc copulé dans les nuages ? Le mâle aurait ainsi fécondé la femelle ? Ils auraient retrouvé ensuite leur banale livrée humaine ?

Mais oui, mais oui, faisait Mayken. L'enfant naîtrait au début de l'été. Évidemment, cela poserait de graves problèmes financiers. Nous étions écrasés d'impôts. Les subsides que m'accordaient les officiels étaient insuffisants. Nous serions soumis aux privations les plus dures. Ainsi avons-nous fait le point gentiment, calmement, et nous étions gais, et nous étions tristes.

Mayken est sortie de l'atelier. L'angoisse m'a repris aussitôt. Qu'allions-nous devenir, bon Dieu ?

J'ai ouvert la fenêtre pour m'y accouder un instant : la rue de la Porte Rouge, étroite et boueuse, servait de permanent refuge à tout un ramassis de créatures plus bestiales qu'humaines. Infirmes, hagardes, couvertes de plaies, elles se bagarraient pour des trognons de légumes ou des épluchures de fruits. Soudain un homme s'est levé, appuyé sur un bâton. Quand il a renversé la tête en arrière, je me suis aperçu qu'il était aveugle. Il est resté sans bouger, le temps nécessaire pour qu'un second aveugle, puis un troisième, un quatrième, un cinquième se redressent à leur tour en posant la main sur l'épaule du précédent. J'ai observé que tous les cinq gardaient la bouche ouverte. On pouvait imaginer qu'une certaine faculté de voir s'était réfugiée dans ce trou bas du visage, et c'était pour eux comme un dernier recours. Peut-être cherchaient-ils ainsi à boire la lumière, à l'engloutir afin de recréer entre eux et le monde extérieur un rapport inconnu de nous, gens sains de corps. Nous pouvions presque les envier pour un tel rapport à la fois intime et grandiose.

Une femme s'est alors penchée à l'étage de la maison d'en face en insultant les misérables de la façon la plus ignoble. Je l'ai vue faire un geste incroyable : elle a vidé sur leur tête le contenu d'un seau de toilette, urine et fientes mêlées. Titubants, les cinq aveugles se sont mis en marche. Cependant l'expression de leur physionomie ne s'était modifiée en rien : on les sentait résignés à tout dans leur extase de malheur.

J'ai refermé violemment la fenêtre. J'ai retrouvé sur la toile mes paysans débraillés, couchés au pied du mât de cocagne un peu comme les rayons d'une roue. Une heure plus tard, je me suis aperçu que Pieter II se tenait immobile à côté de mon chevalet. Je ne l'avais pas entendu entrer dans la pièce. Il me regardait travailler en suçant son pouce. Ses yeux allaient incessamment de moi au tableau, de moi au tableau. Et son regard infusait dans mon bras droit une chaleur étrange, si merveilleusement rassurante que je me suis mis à pleurer.

— Papa, a dit Pieter II sur un ton de reproche.

Je l'ai pris contre moi. J'étais heureux comme jamais encore je ne l'avais été. J'avais tellement peur que ce brusque élan de bonheur immérité ne retombe que j'ai balbutié aussitôt :

— Tais-toi, tais-toi, tais-toi...

Et je caressais ses cheveux bouclés, et j'essayais de bien serrer l'ensemble de mes sensations. Une seconde splendide venait de m'être offerte. J'étais cent fois plus conscient de tout ce qui m'entourait à cause de cette seconde-là : des reflets sur une bouilloire de cuivre et sur les ferrures d'un bahut, le carrelage rouge et blanc ciré, l'odeur de mes couleurs, soit encore déposées sans âme sur ma palette, soit en train de s'animer sur la toile. J'aurais pu mourir dans la minute même comme un homme comblé qui vient d'atteindre un sommet, qui se fout désormais de redescendre vers l'incertitude, la tragédie.

Immédiatement après, avec l'intuition fulgurante de tout homme aspirant à l'immortalité sans y croire, j'ai su que Pieter II deviendrait à son tour un peintre capable de me prolonger. Pourquoi pas un grand peintre ?

J'ai adopté de nouveaux rythmes de travail qui me donnaient davantage de loisirs en cette rude fin de l'année 1567. Une douceur différente nous unissait, Mayken et moi, plus tactile et presque paternelle de ma part. Je ne cessais de la serrer dans mes bras, de la tripoter, comme pour mieux prendre conscience du phénomène de gestation dont elle était de nouveau l'enjeu. Elle riait sous mes caresses bizarres qui la faisaient rougir, elle essayait de protester. En vain.

Je désirais aussi revoir plus souvent mes compagnons de la Guilde Saint-Luc : je les négligeais depuis longtemps. Si ma folie était toujours aussi vive, il m'était possible maintenant de la contrôler, de lui apporter un sens, aïe, plus humain (je déteste ce mot !). Le plaisir dont je jouissais m'empêchait de priver les « miens » (famille, amis) de ma présence terrestre, me répétais-je.

— C'est si court, une vie, ai-je dit un jour à Mayken. Je me croyais éternel.

Elle a haussé les épaules avec un peu d'agacement. Prospère, vieux comme Mathusalem, je lui répondais par des hochements de tête pleins de sous-entendus, ce qui avait le don de la mettre en colère. Tant pis. Tant mieux. Je riais dans ma barbe.

À cette époque nous avons repris l'habitude de recevoir à souper chaque dimanche, soit à la maison, soit chez Madame Coecke, qui avait fini par vendre son palais. Elle demeurait maintenant à l'ombre de Sainte-Gudule. Son nouvel intérieur, modeste et facile d'entretien, lui coûtait beaucoup moins cher. Elle avait cessé de peindre depuis quelque temps. Elle semblait délicatement reculer hors de notre espace à nous. Vouée à une sorte de mutisme plane, presque incolore, elle ressemblait de plus en plus à ses propres miniatures. Elle les regardait souvent, mais avec indifférence, se comportant en visiteuse dans son petit salon.

Irruption du printemps 1568 — mon Dieu, mais il s'agissait de l'an dernier ! Et cela me paraissait déjà vertigineusement éloigné de ma personne, intercepté par le brouillard glacé de l'oubli. Oui, l'oubli était là...

Chaque jour j'accompagnais Mayken dans la promenade que lui conseillait le docteur : il lui fallait de l'exercice, de la marche au grand air. Je me levais à cinq heures du matin, m'enfermais dans l'atelier pour y travailler simultanément au *Misanthrope*, aux *Mendiants*. J'entreprenais aussi l'ébauche de ce que j'appellerais par la suite *La parabole des aveugles*. Cette dernière toile m'avait été inspirée évidemment par la scène dans la rue de la Porte

Rouge, mais surtout par ma relecture systématique de la Bible et ses symboles les plus frappants : elle ne quittait plus ma table de chevet. Même refermé, le gros volume usé continuait à me parler, à me convoquer, à me serrer contre lui exactement comme je serrais ma femme dans la voiture qui nous prenait en charge vers midi. Les cheveux de Mayken chatouillaient ma bouche.

— Mon cocon, mon cocon chéri, lui disais-je sur un ton distrait.

Nous avions tout un programme d'explorations autour de Bruxelles. Souvent il nous arrivait d'aboutir dans tel ou tel village que jamais encore nous n'avions pu visiter par manque de temps, c'est-à-dire paresse et négligence. Nous lâchions Flop, qui nous précédait en bondissant, aboyant, semant la terreur dans les basses-cours.

Je n'osais cependant jamais pousser l'excursion du côté de Ooievaarsnest. Nous aurions pu le faire. Je le souhaitais parfois. Mais une sorte d'écran invisible, aussi dur que de l'or ou du fer, se dressait entre moi et ces lieux d'une enfance morte que je n'avais cessé pourtant de recréer en imagination.

Un certain jour du mois d'avril, nous nous sommes reposés à la terrasse d'un estaminet qui dominait un paysage très vaste, plat, coupé de taillis brefs ici et là, éclairé par le bleu de nombreux étangs posés comme des miroirs, cerné à l'horizon par quelques bois. Nous buvions de la bière très fraîche et très forte, Mayken et moi. La bière contenait, liquéfiée, la perspective entière venue se ramasser dans mon œil. J'avalais des roseaux et des arbres, des moulins à vent, des fermes, de la bruyère. J'ai pris la main de ma femme. Nous nous taisions. Des guêpes tourbillonnaient autour de nos verres.

— C'est beau, une guêpe, ai-je enfin dit.

Car il était temps de s'arracher d'une façon ou d'une autre à notre voluptueux envoûtement. Les cils de Mayken brillaient comme de l'or.

Rentré à la maison, j'ai tout aussitôt entamé une quatrième toile avant d'avoir terminé les précédentes. J'avais besoin de traduire sans attendre un aspect différent de ma nature. Avec *Le dénicheur*, je repérais au fur et à mesure une espèce de cicatrice mince traversant ce nouveau paysage de part en part. Mais une telle cicatrice était la projection pure et simple d'une autre cicatrice, mince et pâle également, découverte sur une partie de mon propre corps. Il fallait rouvrir celle qui occupait l'espace peint. Il fallait rouvrir aussi l'autre. Le paysage entrepris de cette manière-là, qui était à la fois subjective et objective, aspirait violemment mon énergie. On me faisait signe. Et le signe ne provenait pas du tout du centre de la composition mais au contraire depuis un point latéral, humble, vague, où rien apparemment ne pouvait se produire de transcendant. J'étais ébloui par cet appel secret lancé dans les coulisses. Je me suis mis à trembler comme une feuille. J'ai foutu Mayken à la porte au moment où elle m'apportait du café et des tartines. Je voulais être absolument seul.

Et tout à coup le miracle a eu lieu. Le coin du paysage peint s'est ouvert. Sans avoir besoin de quitter mon tabouret, je me suis enfoncé irrésistiblement à l'intérieur de l'espace où scintillait le feuillage d'un seul arbre, un saule je crois.

Il m'a été impossible de raconter l'étrange phénomène à qui que ce soit, même à ma femme, surtout à ma femme. Mais le silence, douloureux d'un côté, était merveilleusement bon de l'autre. Tout se passait comme si par faveur divine j'avais pu bondir par-dessus l'immensité du temps. J'étais fort. J'étais faible. J'étais malade. Intuitivement, le chien devinait tout cela : il est venu poser sa grosse tête sur mes genoux pour me regarder longuement en agitant la queue.

Notre second fils est né au cours de l'été. Nous lui avons donné le nom de Jan. Jan Brueghel, ça sonnait bien. Jan de Velours, disions-nous : en effet son petit crâne était couvert d'un pelage très fourni, extraordinairement doux au toucher.

Nous avons décidé que le baptême aurait lieu dans le ravissant village de Tervueren, à la lisière de la forêt. Nous y avons convié seulement le parrain et la marraine. Madame Coecke, elle, n'avait plus la force de se déplacer. Nous étions heureux, isolés parmi des paysans qui dansaient, buvaient, se pelotaient dans les coins, etc. Tous ces inconnus joyeux, indifférents d'ailleurs à notre bonheur personnel, me permettaient de retrouver la foule de mes souvenirs : ils m'inondaient, ils me rendaient mon vieil équilibre.

Juste avant que Jan de Velours soit porté sur les fonts baptismaux de la modeste église en bois, un charmant mariage y était célébré. L'église ressemblait davantage à une grange, une étable, qu'à un temple de la religion. Et cela était doux de regarder les vaches broutant l'herbe du parvis au milieu des poules, des canards, des moutons, et même d'un petit âne à cheveux gris.

À cette occasion, j'ai offert à Mayken un anneau d'or finement ciselé.

Nous sommes rentrés chez nous tard dans la nuit d'une transparence parfaite. La lune versait sur nous son jus vert, nourrissant.

XIII

LA NATURE M'IMITAIT — VOUS VIVREZ VIEUX — UN CONCERT D'INSECTES FATIGUÉS — MON PAYSAGE LE PLUS MAGNIFIQUE — UN NUAGE POURPRE — SON MÉCHANT PETIT ŒIL NOIR — LE DÉCHAÎNEMENT — LE VENT DU NORD — FOYER HEUREUX

Désormais, à la limite j'aurais pu cesser concrètement de manier les couleurs, les pinceaux, les toiles. Car les lieux qu'il m'était donné de découvrir se proposaient à moi comme autant de tableaux réalisés d'avance au cours d'une de mes vies antérieures. Fermes, chemins, prés, bois, étangs, animaux, kermesses, intérieurs, clochards, paysans, nuages, portaient dans leur composition la signature de Pieter Brueghel. La nature m'imitait, prenait mon style. Mon œil de peintre avait été assez puissant et têtu pour obliger le monde à se retourner, m'offrir son envers. Mon nom se répétait à l'infini, à toute heure du jour et de la nuit, de janvier à décembre. Et ce plagiat continuel de la vie entretenait au fond de ma tête un bourdonnement rieur. Car en acceptant l'évidence d'être né prémonitoirement de mes propres mains, la vie du monde admettait que j'étais un bon père. On pouvait venir à moi avec soumission, tendresse, et même reconnaissance. Et je ne pouvais expliquer tout cela à personne, personne, puisque le phénomène ne se passait même pas entre moi et moi.

L'univers était peint : je lui avais simplement ajouté mon paraphe. En retour, à la façon d'un reflet plus vivant que la réalité, il m'anéantissait. Dieu n'était pas loin : il avait tout reconnu grâce à son pouvoir de création. Celle-ci pourtant me semblait moins grave que la mienne, peut-être un peu naïve.

— Non, Pieter, non, me disais-je souvent. Là, tu exagères. Tu commets l'abominable péché d'orgueil, toi qui as détesté ça chez les autres. Gare à toi, vieux con.

L'automne, ma saison préférée, venait. Un jour nous avons eu une visite bien curieuse, celle d'une chiromancienne renommée que nous recommandait tout spécialement ma belle-mère. Le physique de la bonne femme correspondait au mauvais temps : le vent soufflait avec une violence inouïe, il pleuvait à verse. Notre invitée avait le menton couvert de poils raides, au point qu'on pouvait la prendre pour un homme déguisé. C'en était un, peut-être... Sa voix rauque, ses pieds plats, son strabisme divergent achevaient de lui donner une dégaine vilainement hallucinée.

Elle a bouffé avec un appétit monstre. Nos petites provisions y sont passées.

À l'heure du café, elle a saisi mes mains pour en déchiffrer les lignes. Entre chacune de ses révélations, elle était secouée d'un répugnant accès de toux, la vieille chèvre ! Malgré cela, Mayken et moi étions, comme deux enfants, suspendus à ses lèvres.

— Vous vivrez vieux. Très vieux, Pieter Brueghel, a-t-elle finalement lâché. Ensuite elle a rejeté loin d'elle mes mains toutes déformées par les rhumatismes comme si elle s'y était brûlée. Un silence, intéressant et intéressé, a suivi. Nous avons timidement demandé le prix de la consultation. La somme, exorbitante, nous a coupé le souffle un moment. Cependant Mayken, follement heureuse de savoir à présent qu'un long délai de vie m'était encore réservé ici-bas, a bondi dans la chambre à côté pour en ramener un petit sac d'écus.

Après le départ de la cupide mégère, nous nous sommes abandonnés à une frénésie de joie. Mayken caressait mon front, me décoiffait, me baisait le cou, les yeux, les lèvres.

— Tu vois, mon petit homme ! Nous ne sommes qu'au début du bonheur, je le savais, je le savais ! Tu vas voir comment je vais te faire la vie douce. Nos fils vont grandir. La guerre cessera. Le pays sera libéré. Il n'y aura plus de misère...

Elle bêtifiait ainsi, ma femme. Ses yeux étincelaient, elle respirait vite et fort comme si elle avait couru. Son animation avait quelque chose de si candide et frais que pour rien au monde je ne me serais permis de la calmer.

Nous avons remis une bûche dans la cheminée. Cela devenait un luxe. Par miracle, le bois était parfaitement sec. Les flammes ont jailli très haut, projetant de tous côtés des lueurs d'une extraordinaire intensité. Il était au moins deux heures de la nuit, et Mayken parlait toujours, mais tout bas maintenant par crainte d'éveiller les petits qui dormaient à côté. Elle continuait à m'embrasser aussi. Pour me rassurer sans doute. Cependant elle éloignait parfois son visage afin d'observer le mien avec une gravité inattendue. Elle touchait alors mes rides. On eût dit qu'elle cherchait à les effacer du bout de ses doigts légers.

— Ris donc, Pieter, ordonnait-elle.

Et de nouveau elle précipitait sa tête contre la mienne.

Le feu s'éteignait. Les crépitements noirs provenant du bois consumé éclataient comme une espèce de ponctuation bizarre : elle marquait l'espace de la pièce progressivement assombrie. Car ces crépitements pouvaient être interprétés aussi comme des monosyllabes saccadés, décousus, lancés par le feu mourant. Le feu disait, disait. Le feu nous adressait des mots de plus en plus secs, doux, tristes. Cependant Mayken ne semblait pas les entendre, ou bien elle ne le voulait pas. Pour ma part, je prêtais l'oreille à ce singulier discours, qui m'évoquait un concert d'insectes fatigués. Quelle signification ? N'essayait-on pas de m'avertir avec précaution qu'il fallait se méfier des prévisions optimistes de la chiromancienne ?

On expliquait en substance :

— Cette vieille salope a menti, Pieter Brueghel. Il te reste au contraire peu de temps à vivre. Ne le perds pas, ce temps. Dans un an tu ne seras plus l'homme d'aujourd'hui. Tu seras rayé de la carte, cher ami...

Avec des gestes d'une grâce exquise, Mayken s'est agenouillée devant l'âtre. Armée des pincettes et du soufflet, elle tentait de prolonger l'activité de notre cher seigneur le feu, dont elle continuait obstinément à ignorer le phrasé secret. Mais peut-être faisait-elle semblant ? Mystère insondable, éternel, de la femme. Brusquement elle s'est redressée avec une sauvagerie surprenante. Elle a fait un bond de côté. Son visage s'est défait.

— Aïe, Pieter, a-t-elle crié en ramenant contre elle les plis de sa jupe, aïe, je me suis brûlée...

Et elle a éclaté en sanglots.

Vers trois heures du matin il a fait soudain dans la maison un calme extraordinaire. Au-dehors la ville aussi était silencieuse, apaisée. On aurait pu croire que le gigantesque ennemi dont nous avions tant à souffrir consentait à reculer provisoirement, à se reposer pour nous donner l'illusion de la paix, de l'espoir.

Nous nous sommes couchés dans le grand lit. J'avais moins mal aux bras, au dos, aux jambes. Mayken m'apparaissait maintenant comme une rose humaine aux pétales brillants, lisses, parfumés, tranquillisants. Ces pétales s'enfonçaient les uns dans les autres à partir d'un cœur splendide où, seul au monde, j'avais le droit de me perdre tout entier.

Au cours de l'hiver qui a suivi — particulièrement rude — une rémission de la maladie m'a permis d'entreprendre encore une toile que je voulais intituler *La pie sur le gibet*.

Elle était avancée déjà lorsqu'une rumeur sinistre nous est parvenue : mon ancien bienfaiteur, le comte de Hornes, venait d'être arrêté, jeté dans une cellule de l'Amigo, jugé par le Tribunal du Sang, condamné à mort. Des voisins nous ont rapporté la nouvelle avec des détails tellement atroces qu'ils nous paraissaient invraisemblables. Eh bien non : tout était vrai, consommé, on ne pouvait plus rien pour lui. Pendant ces journées dramatiques précédant l'exécution, des cortèges de manifestants furieux traversaient la ville de part en part au péril de leur propre vie. Il n'était pas question que je me mêle à eux, j'étais trop faible sur mes jambes. Ma seule contribution à la pensée de cet homme ne pouvait provenir que de mon travail puisque ma main, par prodige, avait retrouvé sa souplesse et son intelligence. Farouchement enfermé entre les quatre murs de mon atelier avec le sentiment qu'ils contenaient — et protégeaient aussi — la terre entière, mon tableau se construisait à la fois très vite et très lentement, sur fond d'horreur et de révolte. J'écoutais avec la plus grande attention les hurlements plus ou moins proches de l'émeute. Leur écho montait parfois jusqu'à mes fenêtres, explosait ici malgré les rideaux tirés. Je le saisissais à mesure comme s'il s'était agi d'une profusion de couleurs affolées. J'étais seul à pouvoir les discipliner, les calmer. Mon pinceau les métamorphosait en gouttes de silence éclatant, en rutilantes gerbes de mutisme.

J'étais en train de peindre mon paysage le plus magnifique.

J'avais l'intuition, j'avais la certitude d'atteindre le sommet.

J'avais enfin droit à l'orgueil puisque tout cela se passait dans une atmosphère de retenue crispée, follement audacieuse et prudente. D'un côté j'étais très heureux. Très malheureux de l'autre.

L'œuvre n'était pas encore achevée que j'ai pris la curieuse décision de ne jamais m'en séparer, quoi qu'il advienne. Et comme il devenait évident que la mort s'était installée déjà dans mon corps pour y édifier son temple abject, j'ai pensé que le meilleur moyen d'assurer la conservation de ma *Pie* était de la léguer par testament à ma femme.

Je ne lui ai pas soufflé mot cependant : je ne voulais pas qu'elle mette le nez dans cette affaire tant que je serais là.

Dans mon désir de protéger ce tableau plutôt que n'importe quel autre, il y avait beaucoup d'amour à l'égard de Mayken mais également beaucoup d'humour. Je me demandais si la chère petite poulette en prendrait conscience un jour, après ma disparition. Car la *Pie*, la *Pie*, eh bien c'était la caricature de ma fidèle chérie perchée sur le gibet de la Mort, c'est-à-dire moi ! Le bavardage temporel de la femme-oiseau triomphait du silence de l'éternité. Grâce à son exiguïté têtue, cruelle, sournoise, parasitaire, la femme-oiseau dominait la grise étendue sensuelle de l'homme. Son bec et son plumage à reflets bleu-noir faisaient une incision minuscule au centre d'une perspective montagneuse aménagée par moi en pics, défilés, gouffres, parois rocheuses hérissées d'arbres, le tout s'apaisant en arrière sous un horizon noyé de lumière et caressé par le ciel.

L'exécution du comte de Hornes a eu lieu sur la Grand-Place avec une terrible solennité. Les rues voisines étaient bondées, la foule se pressait aux fenêtres, aux balcons, sur les toits, dans les arbres. Des bataillons de soldats en armes gardaient toutes les issues, entouraient l'échafaud. La tête du supplicié s'est détachée après plusieurs coups de hache inopérants, le bourreau s'y étant pris avec maladresse. Après un long silence horrifié, des femmes se sont mises à hurler, d'autres s'évanouissaient, des remous d'émeute ont été réprimés du côté de la rue du Marché-au-Charbon. On trouvait dans le public de cette « représentation théâtrale » des extrémistes de tous bords : catholiques et protestants, flamands et espagnols, intellectuels, marchands, petit peuple, etc. La solidarité existe lorsqu'elle a pour jus commun le meurtre d'un homme. La sympathie naît à travers l'enthousiasme parfois, mais surtout dans l'épouvante communautaire et l'ignominie — qui sont une forme de l'enthousiasme.

L'événement m'a été rapporté minutieusement par une de nos servantes, qui n'aurait pas raté ce cérémonial pour un empire. Elle essuyait ses mains dans son tablier comme pour en effacer le sang de la victime. Un bref malaise m'a forcé à lâcher mes pinceaux. Mayken est arrivée en poussant des cris. Je lui ai dit un peu sèchement de se calmer. Nom de Dieu, c'était moi le malade, pas elle ! On m'a fait allonger sur le lit. Un nuage pourpre éclatant surgissait dans ma tempe droite et passait à gauche après avoir couvert mes yeux. Je croyais crever. Une demi-heure plus tard, le docteur était là pour me saigner. Mais à l'instant où il s'est approché de mon corps en manipulant ses instruments, bols, éprouvettes, etc., un accès de colère comme jamais encore je n'en avais éprouvé m'a saisi. Jetant les oreillers, les draps, les couvertures sur le sol, j'ai traversé la chambre jusqu'au mur du fond. Je me suis retourné alors à la manière d'un individu traqué. Mes agresseurs étaient peu nombreux : Mayken, le docteur, une religieuse, les servantes. Pourtant ils formaient une véritable armée — pensais-je — comparable à celle de mon *Suicide de Saül.* Je les tenais dans mon collimateur de vision. Ils étaient stupéfaits, terrifiés. En bloc, ils ont reculé. Je crois bien que je gueulais. Je ne m'entendais pas. Mayken m'a raconté par la suite que j'avais saisi le tisonnier pour le faire tourner en moulinets au-dessus de ma tête. Des miroirs, des objets ont volé en éclats, notre lustre vénitien a explosé. Brusquement calmé, je me suis assis en exigeant à voix basse mais très distincte que le docteur foute le camp sans retard. Ce qu'il a fait.

Assise près de la porte, ma petite Mayken n'osait plus intervenir. Dans son visage blême, ses yeux immensément agrandis avaient l'éclat du charbon.

— Viens, chérie, ai-je finalement murmuré.

Elle s'est levée en restant d'abord à distance, les mains bizarrement tordues sur sa poitrine.

— Viens, viens, Mayken, je t'en prie, viens, ai-je répété un peu plus haut.

Alors elle s'est approchée à petits pas raides ; elle faisait songer à une marionnette. Puis elle s'est installée contre moi et je l'ai sentie se détendre : elle retrouvait sa place. J'ai voulu lui expliquer comment et pourquoi je tenais à la liberté plus qu'à la vie. Ma liberté, c'était mon premier organe. S'il fallait que je lui donne la priorité, il était essentiel que tous mes proches le respectent également. Telle était ma loi. Plus qu'une loi. Une... Je ne trouvais plus mes mots, je commençais à bredouiller, je devenais gâteux. Mayken écoutait, écoutait, me scrutait toujours avec ses grands yeux, hochait affirmativement la tête, et sa bouche frémissait.

— Ah tu ne vas pas pleurer, ma fille, hein ? Ce n'est pas le moment.

Je lui ai secoué l'épaule. Elle est parvenue à ravaler ses sanglots en faisant un effort extraordinaire.

— Laisse-moi, maintenant...

Elle est sortie. Je me suis retrouvé seul, délivré. Fier soudain d'avoir vaincu l'éternelle vague d'étouffement qui toujours, toujours du début à la fin de l'existence tente son coup : réduire un artiste à zéro. À mon sens, j'avais remporté une victoire incomparablement plus audacieuse que n'importe quelle autre depuis ma jeunesse.

Épuisé, chancelant, heureux, j'ai regagné mon lit sans l'aide de personne. Bravo, Pieter !

Un rêve m'est venu : j'étais assis sur un coteau tapissé d'herbe à proximité du gibet. La pie prenait son vol. Elle ricanait, poussait des jacassements désagréables dont je n'avais aucune peine à comprendre la signification : « Essaie donc de m'attraper, Pieter », disait-elle en substance. Son méchant petit œil noir étincelait. J'ai fait un tel effort pour me remettre debout que je me suis réveillé. J'étais toujours seul. Aussi vite que me le permettaient mes jambes gonflées, je suis allé dans l'atelier. J'étais saisi par la peur de constater que ma pie, si soigneusement, si amoureusement peinte, avait disparu de la toile. Non. Soulagement ! Elle était là comme j'avais voulu qu'elle soit : féroce, noire et nulle au centre de l'immensité bleu-vert.

Les fêtes de Noël et de Nouvel An se sont passées mieux que prévu. Prodige : une fois de plus ma santé paraissait se rétablir. J'ai dit en riant à Mayken que mon accès de rage délirante avait eu son bon côté : il avait expulsé de mon corps toute la saleté qui cherchait depuis des mois à l'amoindrir.

J'ai conduit les enfants à la foire, qui s'installait chaque année à cette époque sous les remparts. Pieter II et Jan étaient fous de joie : il s'agissait de leur première vraie sortie. Ils ont réclamé des gaufres et du boudin, dont l'odeur les saoulait d'avance de plaisir. Ils sont montés sur les chevaux de bois. Pieter s'est emparé d'un verre de gueuze-grenadine pour en boire deux ou trois gorgées avant qu'on ait pu l'empêcher. Notre petit ivrogne — âgé de quatre ans déjà — courait dans la foule en criant avec fierté :

— Moi j'ai bu de la gueuze ! Moi j'ai bu de la gueuze !

Il faisait s'arrêter et rire les passants.

J'ai acheté d'occasion chez un antiquaire, avant de rentrer, une parure de perles fines montées sur or pour l'offrir à ma femme. C'était une folie, mais les folies seules me paraissaient dorénavant raisonnables, et je venais justement de toucher une petite somme sur laquelle je ne comptais pas. Mayken a mis pour la première fois ce bijou à l'occasion du réveillon, qui devait avoir lieu chez sa mère.

Mayken numéro un avait été frappée d'une légère attaque deux ou trois mois plus tôt. Elle était un peu paralysée, mais pas trop. Elle était restée tout à fait consciente, et son autorité d'avant, son dédain, son sens des conventions s'étaient à présent concentrés dans ses yeux, que dilatait le plaisir d'être entourée. Car beaucoup de monde avait été invité pour la circonstance, anciens amis, admirateurs venus d'Italie et d'ailleurs. On se tenait respectueusement groupés autour de son fauteuil. On s'adressait à elle comme si l'on avait eu affaire à une enfant un peu trop sage. Elle ne parlait plus, la malheureuse, elle qui avait autrefois la langue si bien pendue. En guise de réponse aux questions, elle ouvrait grand la bouche. Des sons inarticulés très doux s'en échappaient ; cela tenait à moitié du chevrotement plaintif et de l'exclamation espiègle, et de temps en temps elle gloussait avec un tremblement des épaules.

L'atmosphère de cette fête m'a paru soudain frappée d'un caractère de profonde étrangeté. Un fin mais solide voile gris recouvrait la masse des corps réunis là, ainsi que le mobilier et les objets, la flamme des candélabres allumés un peu partout. Et je me demandais si ce voile gris n'était pas plutôt une taie appliquée sur mes propres yeux. Mais non. Car si je quittais les salons pour aller me rafraîchir ou pisser au cabinet, les couleurs reprenaient leur vivacité et les contours leur précision. Un charmant orchestre de musiciens florentins jouait des cantates et des motets dans un coin, sous les draperies retroussées d'une tenture de brocart. Et le voile gris couvrait également la musique, gommait les précieux instruments, bref passait la soirée tout entière à travers une sorte de délicat, mélancolique filtre de sensualité.

Si j'insiste tant sur un tel réveillon, qui nous faisait verser dans l'année 1569, c'est surtout parce qu'un invité, soudain, est venu droit à moi en m'observant avec insistance :

— Pieter ! a-t-il dit par deux fois.

Seulement alors je l'ai reconnu : un fin réseau de rides me permettait d'identifier son visage d'aujourd'hui dans la jeunesse d'un très vieux souvenir :

— Martin De Vos ! ai-je crié.

Je serrais dans mes bras mon compagnon de voyage des années cinquante ! Bon Dieu, qu'était-il devenu depuis ? Car il s'était fixé à Rome avec sa femme et ses enfants depuis bien longtemps, et il n'avait plus jamais envoyé de ses nouvelles. De sorte que sa carrière s'était surtout poursuivie là-bas. (Il prononçait le mot « carrière » avec un accent aigu, ai-je noté en passant.) Tandis qu'il me racontait tout ça, il redressait son corps étriqué, sur lequel sa belle tête à chevelure argentée paraissait trop volumineuse. L'application de ses phrases, qui correspondait à sa mise un peu trop recherchée et à la distinction mesurée de ses attitudes, trahissait — hélas, hélas — la fatale et tranquille médiocrité de son talent. Ce n'était pas le *nous* d'aujourd'hui qui se retrouvait ainsi, mais le *nous* d'autrefois, le *nous* d'une jeune virilité dont à la longue le temps s'était joué : ils nous avait morcelés, il nous avait rendus chétifs.

À quelle date exactement ai-je reçu la fameuse lettre portant le cachet d'un hospice de Bruges ? En janvier dernier ? En février ? En tout cas pas plus tard que dans la première quinzaine de mars, cela j'en suis sûr.

Il gelait encore à pierre fendre. Chaque dimanche, nous traversions le bois de la Cambre jusqu'au lac recouvert d'une épaisse couche de glace. Fascinés par l'insolite métamorphose de l'eau vitrifiée, tous les enfants de la ville y grouillaient dans un indescriptible désordre. Le bruit contrastait avec la noblesse craquante et muette des grands hêtres d'alentour. Pieter d'Enfer y amenait son traîneau pour se précipiter à corps perdu dans la foule dansante des patineurs. Nous le perdions de vue bientôt. Je glissais ma main droite dans le manchon de Mayken. En se mêlant, nos doigts brûlaient à l'abri de la fourrure, mais nos corps étaient transis de froid. Jan de Velours, emmitouflé jusqu'aux cheveux, dormait dans sa voiture à côté de nous. Ensuite Pieter II revenait dans un état de surexcitation extrême, aussi rouge qu'un bout de viande crue, et son nez coulait. Souvent il tirait derrière lui une petite fille qui tentait en vain de lui résister. Le salaud ! Quatre ans à peine et déjà séducteur !

— Ça promet, disait Mayken. Nous étouffions de rire. Nos souffles formaient devant nos bouches un léger panache qui givrait aussitôt.

Mais revenons à la lettre qui nous est parvenue précisément à la même époque, froissée, déchirée, tachée. Que me voulait-on ? Je ne connaissais pratiquement personne à Bruges. Voici ce que j'ai lu :

« Monsieur, nous vous adressons ce message sans vous connaître. Un pensionnaire de l'hospice, gravement malade, vous réclame avec insistance en prétendant qu'il n'a pas d'autre ami que vous. Nous craignons qu'il n'en ait plus pour longtemps. Si vous désirez le voir une dernière fois, nous vous prions de venir sans retard. Signé : Mère Angela, supérieure de l'hospice communal. »

Intrigué, et même brûlé de curiosité, j'ai préparé mon départ sans hésitation malgré les reproches de ma petite épouse alarmée :

— Tu n'es pas en état, Pieter. Tu vas prendre mal !

Le trajet jusqu'à Bruges s'est en effet très mal passé : le coche s'est embourbé, plusieurs hommes tentaient de le sortir des ornières, une roue s'est brisée, nous avons été contraints de faire halte dans une auberge du coin pour attendre la remise en état.

Pourtant cela m'intéressait d'être bloqué dans ce lieu tout à fait désert alors qu'on me réclamait à Bruges de toute urgence. Une vaste étendue de prés jaunes coupée çà et là de rideaux de peupliers nus portait l'immensité d'un ciel affolé. Les nuages roulaient sur eux-mêmes, s'écartaient, laissaient entrevoir des trous d'un bleu dur, se laissaient couvrir à leur tour par d'autres nuées noires frangées d'argent sous de fugaces rayons de soleil. Ce déchaînement anarchique m'attirait ; j'aurais voulu rester là pour assister longtemps au superbe spectacle. Mais il a fallu bientôt repartir.

Bruges dormait. Une vive puanteur pesait sur les canaux où des cygnes voguaient avec la solennité de princes en exil, laissant derrière eux un sillage laiteux-lunaire.

La sœur tourière de l'hospice m'a ouvert les lourdes portes. À la lueur de la lanterne qu'elle tenait, j'ai pu entrevoir, dans l'obscurité du cloître que nous remontions côte à côte, sa pâleur cireuse et porcine, son expression de méfiance égarée. Qui, qui donc pouvait m'attendre ici ? un compagnon de la Guilde ? un ami d'enfance ? un habitant de Breda ? Comme je demandais des précisions à la nonne, elle a fait un brusque petit saut de côté comme si j'avais tenté de la violer. Sans prononcer un mot, elle m'a fait simplement signe de la suivre au long d'interminables couloirs coudés où mes bottes réveillaient de sombres échos. Et je voyais devant moi ses jupes se gonfler sur son gros derrière. Dans un parloir aux voûtes basses où flottait un parfum rance d'eau bénite, on m'a demandé d'apposer mon nom sur un registre crasseux. J'ai renouvelé ma question avec toute la courtoisie dont j'étais capable : qui ? Alors nous sommes entrés dans une salle étroite comme un boyau et fort longue. Deux rangées de lits le flanquaient à droite et à gauche, serrés les uns contre les autres, à peine distincts. D'innombrables odeurs montaient des corps tassés là, les uns immobiles, les autres agités, certains silencieux, d'autres encore gavés de plaintes ou de cris.

La nonne s'est arrêtée devant la dernière paillasse, coincée dans l'angle du fond. Du doigt, elle m'a désigné un écriteau, sur lequel j'ai eu beaucoup de mal à déchiffrer le nom du malade :

« Flora Molders »...

Les lettres dansaient devant mes yeux. Je les ai fermés, mes yeux, plus longtemps qu'il ne l'aurait fallu. Une crainte abominable, un vertige s'emparaient de moi. Je me suis cramponné aux montants du lit. Alors j'ai osé. Contrairement à ce qu'on m'avait laissé entendre jusqu'alors, il ne s'agissait pas d'un homme mais d'une femme. Et la femme que j'avais aimée autrefois avait la tête rasée, tout enfoncée dans le traversin. Impossible de reconnaître le moindre détail de physionomie sur ce visage enflé. Car la peau, tendue à l'extrême par une sorte de bouffissure interne, semblait avoir été barbouillée de couleur jaune. Un jaune qui tirait légèrement sur le terre de sienne : j'aurais été séduit par une telle subtilité de nuance dans n'importe quelle autre situation, mais ici cela me dégoûtait. Les bras étaient décharnés jusqu'à l'os. Le ventre gonflait la couverture. De la bouche béante s'échappait un râle cadencé tellement insupportable que, brusquement, je me suis incliné pour toucher cette bouche du bout de mes doigts. Le râle s'est tu. La nonne s'est éloignée avec une discrétion louable dont je la croyais dépourvue.

Alors s'est produit un miracle fugitif qui pouvait se confondre avec un sentiment d'éternité : ce qui m'était arrivé rarement. Au contact de ma main, Flora a ouvert les yeux. Elle m'a scruté un long moment sans me reconnaître, aurait-on dit. Cependant, d'une voix extraordinairement naturelle, douce, intime, elle a dit :

— Tu es venu, Pieter.

J'ai cru que le temps se renversait, nous ramenait tous les deux dans la petite maison du bord de l'Escaut où, somme toute, nous avions passé de bons moments.

— Bien sûr, je suis venu, ma petite Flora, ai-je répondu sur un ton de tendresse qui m'a surpris moi-même.

Car ma pitié se doublait d'un élan plus fort, presque violent, teinté d'exultation et de regret. Il y a sûrement de la volupté de ce côté-là de l'âme humaine. Intéressant à vivre. À condition de conserver une distance de protection, bien entendu.

— C'est gentil de ta part...

Après un silence, elle a ajouté :

— Je vais mourir, Pieter.

J'ai haussé les épaules. J'ai posé mes fesses au bord du lit, déclarant à la malheureuse qu'elle ne pouvait mourir puisque j'étais là, ce qui prouvait de ma part une fatuité repoussante.

— Tu es bête, Pieter. Tu l'as toujours été, a-t-elle dit encore avec une subite autorité. Puis :

— Prends ma main pour me donner ta chaleur. J'ai si froid, si froid. Mes os sont tout gelés.

Quelle force il y avait encore dans les doigts de la mourante, qui s'accrochaient aux miens ! Que de réserves de vie brûlent encore au fond d'un corps en train de se défaire ! Un vrai prodige... Après un nouveau silence prolongé, Flora a dit qu'elle comprenait enfin, mais trop tard, beaucoup trop tard, que le mensonge était un parti pris idiot. Elle regrettait ceux qu'elle m'avait faits. Elle me demandait pardon. Un vague sourire a plissé ses joues.

— Qu'as-tu fait du bâton, Pieter ?

Je n'ai pas eu le temps de répondre. La religieuse me tirait par la manche pour signaler que l'entretien avait assez duré. J'ai dégagé ma main des serres de Flora. Je ne me suis pas retourné une seule fois tandis que je remontais le dortoir dans toute sa longueur.

Je me suis retrouvé dans la nuit, que réchauffait tous les quarts d'heure le carillon du beffroi. Le vent me débarrassait peu à peu des odeurs fétides qui me collaient encore après. J'ai dormi comme une souche. Et le lendemain au réveil, d'une façon bizarre, j'ai ressenti un soulagement délicieux, une fantastique légèreté d'âme. Ma pensée de Flora agonisante alimentait d'autres pensées, principalement celle-ci : la pitié n'était pas mon fort. Quelle veine ! Et aussi : on peut fort bien être un homme à part entière sans être humain, et décidément c'était mon cas. L'homme enfermé au fond de moi emportait tout, disposait de mes capacités, m'imposait froidement la permanente aventure de cruauté qu'exigeait ma peinture.

En fait Maître Samuel, mon vieux petit professeur d'hébreu, avait eu raison lorsqu'il m'avait traité d'égocentrique.

— On ne l'est jamais assez, grondais-je.

Et maintenant j'avais le droit — sinon le devoir — de rire aux anges.

Par décision brusque, j'ai loué un cheval pour une excursion jusqu'au bord de la mer. Avant de rentrer à Bruxelles, cette « visite » me semblait tout à fait indispensable : elle était le vrai motif de mon petit déplacement. La malheureuse Flora n'en avait été qu'un épisode superficiel.

Sous la lumière hivernale, la plage prenait des proportions inconnues, magiques. Souple comme un ruban de soie ridée, elle s'étirait à ma droite et à ma gauche avec des courbes d'un blond-blanc qu'allumait la diaprure des bancs de coquillages et de petites algues fraîchement abandonnés par la marée descendante. Je me suis assis sur un renflement de dune. Le vent me transperçait, me rendait transparent, presque ailé. Je devenais le frère des mouettes qui tourbillonnaient infatigablement au-dessus des vagues. Ces oiseaux m'admettaient. Nous étions, eux et moi, les uniques habitants du ciel et de la terre. C'était bon. C'était fatal comme le destin.

De retour à la maison, l'aspect clos et doré du cœur familial (femme, enfants, chien) m'a rempli d'émerveillement mais aussi d'effroi. Car si j'avais eu de la peine à identifier le cadavre en puissance de Flora l'avant-veille, j'éprouvais autant de difficulté à reconnaître à présent ce qu'il est convenu d'appeler un foyer heureux.

— Foyer heureux...

Je répétais à voix basse ce terme insolite en me réinstallant devant mon chevalet. J'essayais d'enfoncer dans mon cerveau les deux mots chaleureux pour qu'ils aillent enrichir la moelle de mes nerfs.

— Foyer heureux...

Je n'y parvenais pas. J'avais beau entendre crier mes fils, gronder la mère, jacasser les servantes, s'ouvrir et se fermer en grinçant les portes, courir, pleurnicher, rire, mes sensations restaient irréelles, un peu comparables aux pétales d'une fleur étrange : foyer heureux.

Ma main, entre-temps, ébauchait la construction d'une toile nouvelle que j'avais l'intention d'intituler *La tempête*. Et ma main me semblait également irréelle, étrangère à mon propre individu. Elle essayait de peindre à larges traits l'envers de l'intimité paisible dont je jouissais par habitude sinon par réflexe. Ainsi pouvait jaillir sous mes coups de pinceau la terreur de l'ouragan qui forçait la nuit à couler en plein jour, qui faisait saigner le bleu-gris déchirant d'une mer en révolte, soulevée, mugissante, retournée. À mesure que progressait le travail, j'aimais ressentir au plus profond ce renversement forcené de la réalité. C'était par le biais d'extrêmes inconciliables qu'il m'était permis d'aller à la rencontre d'une musique, oui, d'une musique harmonieuse. Une fois atteinte, il me serait possible de m'y étendre tout du long comme sur une couche mortuaire ardemment désirée depuis toujours.

L'avis du décès de Flora m'est parvenu au mois de mai dernier.

Cela ne m'a fait ni chaud ni froid. L'événement se produisait seulement dans les replis d'une mémoire lointaine, avariée.

Cependant, il y a environ une quinzaine de jours — à la fin du mois d'août — au cours d'une séance de travail particulièrement acharnée, une douleur m'a traversé la poitrine à la façon d'un éclair d'orage. On aurait pu imaginer que la pluie, peinte sur ma toile, jaillissait pour me cribler de ses lances d'acier et m'abattre sur le sol.

XIV

UN PUITS — L'OS — JE SUIS UN VOLEUR — LE RIRE

Je vais en sortir par le milieu. Le milieu est plus sombre, mais plus brillant que le pourtour. Il s'agit d'un puits, semblable à celui qu'a peint autrefois Jérôme Bosch. Envie soudaine de pleurer. Le puits se prépare à me rejeter hors de son grand voyage de mémoire.

Allons, Pieter. Sors. Sors. Coupe en longueur les apparences. Coule-toi hors de ton passé : il se termine.

Les yeux de ma femme, qui ont permis ce voyage à force de coller aux miens, reprennent leur distance. Mayken quitte un moment la chambre. Ça m'embête. J'ai un tas de choses à lui dire encore. En premier lieu : lui demander si l'on a pris soin de protéger ma *Tempête* avec un drap de lin en attendant que je puisse l'achever. Je désire que personne ne touche à mon matériel, pas même Mayken. Dès que j'aurai retrouvé suffisamment de santé pour me remettre à peindre, je soumettrai à ma volonté toutes les affaires dont j'ai besoin avec la plus grande rigueur. Je veux que ces affaires soient prêtes à servir dans un ordre strict. Aucune perte de temps, aussi ténue soit-elle, ne sera admise. Aucune distraction. Et d'ailleurs, pour mettre en pratique dès maintenant mon programme, je refuse de voir qui que ce soit venu du dehors, qu'il s'agisse de mes élèves, de mes compagnons, de n'importe qui.

Léger bruit de pattes sur le parquet. Le chien s'est glissé dans l'entrebâillement de la porte et vient sauter sur mon lit. Lui, il a le droit.

— Flop, dis-je.

Il se couche sur moi, les pattes posées sur mes épaules. Il me regarde.

Les gens voudraient m'empêcher de reprendre ma vigueur : ils ignorent cela. C'est eux, les malades. Pas moi. Ils souhaitent me contaminer, m'empoisonner. Ils sont faux, surtout s'ils m'aiment ou m'admirent inconditionnellement. Les autres, n'en parlons pas ! Dangereux ça ! Et pas intéressant.

— Flop...

Cet animal devine ce qui se passe en moi, c'est sûr. Il me lèche le menton avec délicatesse.

Qu'on me foute la paix. Qu'on fasse taire mes deux garçons qui se bagarrent dans la pièce à côté. Leurs cris me cassent la tête. Et ma femme, en ajoutant ses « chut » dans le but de les calmer, me brise également le crâne. Mes os sont durs. Vive l'os. Je vais guérir. Pour cela, il est nécessaire de me laisser descendre au fond de ma fatigue. Tel est mon devoir présent.

Nous sommes le 5 septembre 1569, m'a précisé Mayken au cours de l'après-midi. Acceptons de croire ma petite chérie. Naturellement, elle a toujours raison.

— Je ne me trompe jamais, assure-t-elle parfois avec un geste délicieux : elle penche la tête sur son épaule et saisit l'ourlet de sa jupe comme pour faire une révérence. Il arrive qu'elle le fasse vraiment.

Des ombres, là, dans le coin, rampent en direction de mon lit. Le plancher craque. Je voudrais leur échapper. Impossible. Mes articulations sont autant de brasiers de douleur d'enfer.

— Flop, protège-moi.

L'animal met son museau contre mon cou. Il gémit.

Et puis ce point dur à gauche de mon flanc. Une lance qui veut me transpercer. Halte, vieux. Tu te prends pour Jésus-Christ ? Chut, tais-toi, imbécile heureux ! Essaie plutôt de dormir. Je me réveillerai plus frais, plus fort. Pourquoi a-t-on éteint tous les candélabres ? Je veux de la lumière, moi. Sommeil. Sommeil. Laisse-toi aller. Mais oui, vieux, je m'abandonne. Là. Flop me fait du bien avec sa chaleur. Merci, Flop. Excellent de ne plus résister.

Où suis-je ? Voilà que je suis capable de remuer mes mains. Le pelage de l'animal est doux. Miracle. Cela signifie sans aucun doute que je vais mieux. Maintenant je suis en train de lever un peu mes bras. Soie sous mes paumes, il ne s'agit plus de Flop, c'est plus frais, plus étrange. Et je reconnais au toucher les longues graminées du bord de l'étang, autrefois, devant la ferme. Comment l'appelait-on ? Ooievaarsnest, voilà. La merveille, c'est que cet « autrefois » est tout ce qu'il y a de présent. Présent au point de se transformer en futur... Je pénètre dans le futur.

Nous sommes en plein été. Qui, nous ? Peu importe. Le soleil est ardent. Il est réfléchi par un entremêlement de petites langues vivantes qui bougent sur l'eau verte d'où monte une vapeur frissonnante, délétère. J'aime le délétère. Je me redresse au sommet du talus avec une surprenante agilité. Ces médecins sont décidément des ânes. Ne savent rien, les cons. Repos, disent-ils. Au contraire, mouvement, hé ! Je contourne le saule tordu. Je bondis en diagonale à travers le champ que mes parents ont moissonné hier. Le vent, le vent touche mon front. Je suis fou de joie. Pour la première fois depuis ma naissance, j'ai le sentiment que l'étendue des bruyères, le bois de pins là-bas sur la gauche, le ciel, le chemin qui s'enfonce en douceur entre les chaumes, ont un secret à me révéler. Enfin. À moi, Pieter Brueghel. Rien qu'à moi. À personne d'autre au monde. Et ce secret-là tient tout entier dans un certain équilibre des couleurs et des plans, donc de structure morale. Oui, parfaitement, mes vieux, morale ! Le paysage murmurant dit :

— Je consens à te dévoiler la vérité, Pieter, à condition que tu me jures sur l'honneur de le garder pour toi.

— Je le jure sur l'honneur.

Mon emphase est peut-être un peu ridicule. Tant pis. Je fais sur place une série de gesticulations de marionnette pour expliquer au paysage que je suis devenu sa chose. Je cherche à m'humilier. Alors, le paysage en son entier est comme soulevé par un soupir très doux. On dirait une poitrine de femme amoureuse. Et voici qu'il ajoute :

— Pieter Brueghel, maintenant tu vas écarter les jambes.

J'obéis.

— Et te plier en deux ensuite.

J'obéis toujours.

— Ta tête se trouve-t-elle bien entre tes jambes écartées ?

— Oui, oui, en effet.

— Alors tu me vois à l'envers, n'est-ce pas ?

— Oui, oui, oui, c'est juste.

— Bon. Regarde-moi avec toute l'attention dont tu es capable. Mais surtout ne change pas de position.

— Promis.

J'ouvre les yeux au maximum. Au lieu d'être pesante et gorgée par le sang de tout mon corps, ma tête est d'une incroyable légèreté, pleine de finesse, aussi joyeuse qu'une fleur des champs.

— Tu me regardes bien, Pieter Brueghel ? fait le paysage après un moment de silence.

Il s'est tu ainsi uniquement pour me plaire, je le sais, et me permettre le recueillement. Il attend sans hâte ma réponse à sa question. Donc je me borne à regarder, regarder, regarder. Moi aussi je tiens à lui faire plaisir. Il a confiance en moi. Je peux, je dois avoir confiance en lui. Le spectacle qu'il me propose commence à prendre son ordonnance. Le ciel a remplacé la terre. La terre a remplacé le ciel. Celui-ci se déroule dans la merveilleuse complexité d'une végétation profuse aux masses parfaitement cernées. Le vent n'a pas de prise sur cette portion — devenue supérieure — de la perspective. La terre, elle, étale au-dessous une roulante étendue de nuages en flocons, en grappes, qui jamais n'interrompt sa luxueuse foulée grise. Des trouées bleues ici et là. Dans le gris nagent des poissons plats d'un vert délicatement volatil. Un espoir soudain m'atteint en plein cœur. Si je pouvais voir surgir quelqu'un tout à fait à gauche, mettons, de cet univers renversé ! Ce quelqu'un se mettrait tranquillement en marche sur le sol vaporeux. Soudain il lèverait les yeux vers l'immense plafond composé par la lande, les sentiers sablonneux, les pins, le tout hérissé par de douteuses constructions qui pendent au-dessus de ma tête à la façon de fruits couleur de craie.

Un nouvel éclair de douleur me fend en deux. Surtout ne pas s'inquiéter. La douleur fait évidemment partie du programme et mon destin s'y loge. Je suis ébloui, fasciné par la construction d'un monde neuf.

Je pousse un énorme cri.

— Fous le camp, Flop !

L'animal ne bouge pas. Il me lèche patiemment le visage. Des frissons parcourent mes nerfs en feu. Je crie encore. Je crie. Je crie. Secousse. J'ouvre les yeux réveillés de mes yeux endormis. Il faut du temps avant de retrouver l'immense bêtise de l'équilibre normal. Fatigue. Je viens de traverser le grandiose de la vérité à l'état pur. Impossible de revenir à mon point de départ. Chute. Vague de détresse en biais.

La main de ma femme est posée sur mon front. Elle le masse avec une douceur qui n'appartient qu'à elle. Le chien grogne en lui montrant les crocs. Il est mon gardien. Petite envie de rire. Mayken fait évidemment tout ce qu'il faut pour me replacer dans une logique hideuse : mon lit, la chambre et son contenu familier, le glissement immaculé d'une religieuse à l'arrière-plan. Qu'est-ce que cette femme vient foutre ici ? Allons, Pieter, tâche d'avoir un peu de respect, puisque tu sais fort bien qu'il s'agit du grand départ. Je saisis Mayken par la manche. Je l'oblige à se baisser. Je veux lui raconter le rêve splendide que mes cris bestiaux ont malheureusement interrompu.

— Écoute, chérie. Écoute.

Des larmes inondent son beau visage.

— Idiote. Pourquoi pleures-tu ?

Elle hausse les épaules. Ses traits se défont, rétrécissent, et la voilà qui ressemble au nouveau-né flétri que me confiait sa mère il y a vingt-cinq ans. Je dois sans doute avoir une expression de méchanceté méfiante, car elle se frotte les yeux et les joues. Elle tente un misérable sourire.

— Écoute, Mayken. Viens très près. Je n'ai plus beaucoup de force...

Et je lui raconte alors le rêve. Moi, les jambes écartées et la tête en bas sur la lande, et la vision d'un nouveau cosmos.

— Un voleur. Je suis un voleur, dis-je avec difficulté, tu entends, Mayken, je suis un *voleur*.

J'espère que ma petite chérie comprend le mot dans les deux sens. Je vole un trésor. Je vole comme un oiseau. Oui, elle comprend. Ses joues et son front retrouvent leur teinte de nacre rose. Ses lèvres s'écartent sur ses jolies dents. Un grondement de sa gorge montre qu'elle se prépare à rire. Je cligne vivement les paupières en signe de complicité. Rire de ma femme, contagieux : il gagne son cou, son menton, ses tempes, creusant partout dans ses rondeurs des fossettes. Bêrk. Un visage livré au rire n'est pas tellement beau à voir, si l'on y réfléchit bien. La question n'est pas là d'ailleurs. Le rire est bon. Ça suffit. Flop rit aussi maintenant, je vois étinceler ses canines. Moi aussi, je veux rire. Cela commence par les pieds au fond des draps. Cela monte. Se noue au niveau de mon ventre, de mon thorax. Mes épaules sont bientôt prises. Enfin ma tête. L'irradiation du rire vient se loger sous ma langue, agitée d'un frisson extraordinaire, à croire qu'elle va se détacher. Mais non : elle reste enracinée. C'est ma langue désormais qui tient dans son bout de chair érigée l'ensemble de mon individu. Je ris. Mayken rit aussi. Nos éclats de voix ont lieu en écho, à distance, au fond d'un reflet sonore de nous-mêmes. Je ris. Mayken rit. Ses mains couvrent les miennes. Flop lèche les mains de Mayken. Je ne suis pas seul. M'en fous. Où suis-je ? Ce serait excellent de le savoir. Nous rions, ma femme et moi, à n'en plus pouvoir. Nous avons oublié pourquoi. Jambes écartées ? Tête à l'envers ? Le paysage insensé que je peindrai peut-être un jour par gratitude ?

Cependant cet ensemble admirable et ravageant de luminosité, eh bien, il commence à s'éloigner déjà.

Dérapage.

J'ai l'impression qu'on tire le matelas sous mon corps brusquement retombé.

— Pieter ! Pieter ! Pieter ! fait une voix qui recule à mesure, s'éloigne, s'amincit, ne formant plus, au seuil de la Mort en grand uniforme osseux qui s'apprête à m'accueillir avec ses claquements de mâchoires, ses craquements de jointures, le froid pourri de son haleine, ses gestes grandiloquents, ses génuflexions caricaturales, ne formant plus donc qu'un très fin sentier. Le sentier qu'un ange, mon ange à moi, Mayken, ma femme adorée, serait forcé d'emprunter à reculons pour cesser, brutalement et pour toujours, de m'appartenir.

Août-décembre 1977.

Dominique Rolin
(Photo Nicole Hellyn)

La maison de Pieter Brueghel, rue Haute, à Bruxelles.
(Photo Marie Mandy)

L'Alchimiste.

La tentation de saint Antoine.

Le colporteur pillé par des singes.

Patientia (La patience).

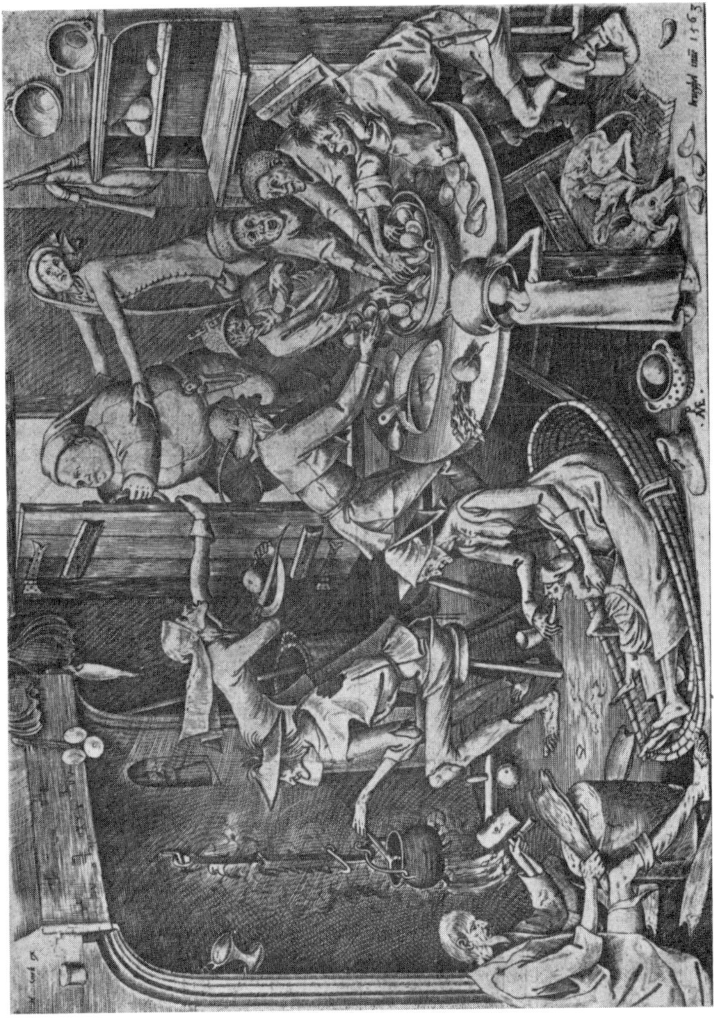

La cuisine des maigres.

La cuisine des gras.

LECTURE

de Ginette MICHAUX
Docteur en Philosophie et Lettres

UNE RENCONTRE : PIETER BRUEGHEL, DOMINIQUE ROLIN

L'Enragé, biographie fictive de Brueghel, ne jure ni avec les connaissances que nous avons de la vie du peintre ni avec les grands axes significatifs de son œuvre que la critique a dégagés. Les historiens de l'art ont souvent insisté sur la tension extrême que présentent les tableaux entre les motifs grouillants, luxuriants, pulsionnels et les signes de mort, de décomposition, qui en figurent l'envers. Ce thème de la cœxistence de pôles inconciliables forme aussi une des ossatures du récit de Dominique Rolin.

Aucun des moments-clés de la vie du peintre, de sa carrière, de ses voyages qui n'y trouve place : les premiers travaux dans l'atelier anversois du graveur Jérôme Cock, la protection de Peter Coecke d'Alost, disciple de Van Orley, homme à la mode, artiste, marchand d'estampes et de sa, femme, miniaturiste célèbre, le voyage en Italie en passant par les Alpes, le compagnonage avec Martin Devos, le passage du dessin à la couleur, le déménagement d'Anvers à Bruxelles, le mariage du peintre et de la fille des Coecke, la naissance de Pieter d'Enfer et de Jan de Velours, la perte d'une petite fille, les grandes toiles des dix dernières années, la maladie et la mort en 1569, aux environs de la quarante-cinquième année. Même les détails sont authentiques : le « bâton à mensonges », sur lequel le peintre portait une entaille à chaque mensonge de sa petite servante et amante anversoise ; le legs à sa femme de *La pie sur le gibet*, la destruction d'estampes subversives, dangereuses par leur critique mordante de cette époque sinistre.

Les traits attestés par Carel van Mander (1604), premier historien de la peinture flamande, sont exploités avec justesse, sauf le goût que prenait, paraît-il, le peintre à effrayer en racontant des histoires de fantômes ! Sans doute l'auteur de *La Voyageuse*, qui n'hésite pas à explorer son destin « post mortem », considère-t-elle qu'il n'y a pas là matière à craindre, à moins que l'horreur qu'elle a de ce qui abuse l'autre ne l'ait empêchée de faire sien ce petit plaisir brueghelien. Par contre, son Brueghel a subi l'influence des « diableries » de Jérôme Bosch, qui, loin de se réduire pour lui à des formes grotesques et risibles, symbolisent l'enfer que l'homme porte en lui. Par cette lecture de l'influence de Bosch sur Brueghel, Dominique Rolin concilie la dette du peintre vis-à-vis du Moyen Age satanique, merveilleux et terrifiant, et le tournant réaliste et psychologique qu'opère son œuvre : Satan et Dieu y symbolisent l'épouvante et la contemplation qui se partagent l'âme humaine. Brueghel, s'il est croyant, n'a pas le souci majeur d'exprimer sa foi par l'art. *Dulle Griet*, celle devant laquelle le Diable lui-même recule, devient le double féminin du peintre qui a osé explorer jusqu'à l'os son enfer intérieur.

Plusieurs points de la biographie de Brueghel restent obscurs : notamment la date et le lieu de sa naissance de même que ses origines sociales ont toujours donné matière à controverses. Cet homme si cultivé, qui sut si bien croquer les divers aspects de la vie du peuple, était-il fils de paysans ou de bourgeois ? Dominique Rolin joue de cette incertitude ; elle fait de lui un enfant du peuple *peut-être* de naissance illustre, puisque trouvé et élevé par des paysans. Par là s'explique du même coup l'inconnue de la date de sa naissance ! L'écrivain applique au peintre le traitement que celui-ci réserve aux motifs qu'il traite, alliant les contraires, à la fois satirique et contemplatif, burlesque et tragique, conciliant dans une tension extrême l'incision du trait et la masse colorée.

Brueghel signait ses tableaux indifféremment : Br*eu*gel, Br*ue*gel, Br*ue*g*h*el... Peu importe, diront certains, l'orthographe n'était pas fixée à l'époque. D'autres font signifier ces variantes et affirment qu'à une époque précise de sa création, Brueghel a laissé tomber le « h » ou a inversé la place du « e » et du « u ». De ces latitudes offertes par l'histoire, Dominique Rolin s'empare à nouveau pour en faire, comme de la naissance et de l'identité contestées, une des lignes de force de son roman. Son Brueghel garde le « h » (et son tranchant) et inverse, lors de sa première toile en couleur, intitulée L'excision de *La pierre de la folie*, la place du « e » et du « u ». J'avance l'hypothèse, étayée plus loin, que cette *inversion de lettres* reprend et condense le grand thème qui traverse tout le roman, de la découverte, au-delà des apparences, de *l'envers du monde* : « Moi, Pieter Br*ue*ghel, chargé de peindre l'autre face de la terre ».

Les traits de Brueghel légués par l'histoire, les motifs de ses dessins et de ses tableaux ne servent donc pas seulement à Dominique Rolin d'objet d'étude et de description. Brueghel-le-Vieux, l'Enragé, et sa peinture, rêvés par elle dans une grande proximité, revivent dans ce roman publié en 1978 et qui, dans le dernier versant de la production de l'auteur, est unique en son genre. La force unifiante du récit tient à la prise de parole du narrateur-peintre qui revoit sa vie au seuil de la mort. Tous les épisodes témoignent de cet ultime point de vue – qui présidait aussi à la création des plus grandes toiles de l'artiste – et l'intrigue, qui s'ouvre sur les heures qui précèdent la mort de Brueghel, se clôt sur celle-ci.

Le style simple, oral, que Dominique Rolin prête à Brueghel – il n'était pas un écrivain –, la logique vraisemblable de son récit – le seizième siècle n'en était pas au nouveau roman –, le rythme rapide de l'écriture et la vigueur du vocabulaire – Brueghel n'était pas un être rongé de doutes – produisent un roman accessible et attirant, en même temps qu'ils constituent une approche sérieuse du grand artiste et du grand art. Ils tranchent avec les dernières créations, autobiographiques, elles, de l'auteur, où la syntaxe, la ponctuation, le découpage en « blocs de mémoire », la nouveauté des thèmes traités échappent à la logique du roman dit classique. Deux des derniers livres de l'écrivain ne craignent pas en effet de mettre en chantier, l'un son agonie et sa mort – *Le gâteau des morts* –, l'autre l'après-mort et l'accouchement périlleux de l'âme hors du corps pourrissant – *La voyageuse*. On y décèle cependant des motifs que traite déjà *L'Enragé* et que ne cache pas l'imagination luxuriante avec laquelle sont rendus les différents aspects de la vie du peintre. Je pense par exemple au thème de l'aliénation de l'homme en quête de son unité, que les motifs de la coupure et de la cicatrice illustrent et qui sont abordés dans *Le gâteau des morts* et dans *La voyageuse* par l'image de la couture.

C'est Brueghel, donc, qui a la parole et les faits qu'il conte correspondent aux connaissances que nous possédons de la vie et de l'époque du peintre. La relation de sa carrière et de ses principes éthiques et esthétiques dénote de la part de l'écrivain une étude attentive et sensible de ses grands tableaux. Pourtant, qui a lu d'autres œuvres de Dominique Rolin... reconnaît bien la plume de Dominique Rolin ! Quel retournement opère cette écriture qui nous rend Brueghel plus que vivant, l'arrache à l'anecdote de sa biographie et à la critique de son œuvre et nous rend telle qu'en elle-même et changée à la fois... Dominique Rolin ? Le style enlevé de *L'Enragé* est soutenu, comme les autres romans de la même époque, par une construction rigoureuse. La répétition d'événements analogues dans la vie du peintre, qui changent cette vie en destin – « n'y a-t-il pas dans ce rythme affolant de répétitions cent motifs pour aller se pendre ? « interroge joyeusement le narrateur – est doublée par le martèlement, dans l'écriture du roman, de constellations signifiantes et thématiques qui en assurent l'unité et qui rappellent quelques-unes des ossatures des autres œuvres de l'écrivain. *L'Enragé* remet sur le métier un travail de séparation féconde par rapport aux oppressions, aux langages communs, aux compromis auxquels chacun s'affronte. Il rejoint par là une des grandes veines de l'inspiration de notre auteur, dont l'écriture analytique n'a de cesse de délier l'individu de la matrice familiale, sociale, culturelle qui l'a fait et l'endort et d'opérer les séparations qui se révèlent conditions de vie.

L'étude qui suit interrogera d'abord le destin que Dominique Rolin réserve au peintre. Elle montrera comment le récit se construit sur des scènes de destruction (ou de séparation sur fond de destruction) et sur leur transformation de plus en plus nette en expériences de création.

Quelques grands repères de l'esthétique picturale du narrateur-peintre seront ensuite présentés. Pour chacun, on dégagera l'idée du « retournement forcené de la réalité » qui centre le monde phantasmatique brueghelien rêvé par Dominique Rolin.

ÉCRITURE D'UNE VIE : DE LA DESTRUCTION À LA CRÉATION

Le premier chapitre de *L'Enragé* présente le narrateur Brueghel sur son lit d'agonie, dans sa maison de la rue Haute à Bruxelles. C'est le cinq septembre mil cinq cent soixante-neuf, il va mourir des suites d'une polyarthrite évolutive, il a quarante-cinq ans. Les Espagnols tuent : dans la rue, cris désespérés d'une femme, chute d'un corps dans le caniveau. Dans son lit, Pieter souffre de la même souffrance que celle du peuple. Mais ce mal qui détruit et la ville et le corps du peintre se transforme en désir de créer. Ce n'est plus du sang, pareil à celui qui « coule épais et noir dans le caniveau » que charrient ses veines, mais « des couleurs, des corps, des visages, des horizons, des arbres, tout ce qu'(il) désire enfin ». La « rageuse » souffrance se change en « rage » de peindre, la destruction vivifie l'élan créateur. A la mort en marche répond, comme un NON, le nom du peintre qu'il énonce à l'heure de sa disparition : « moi, *Pieter Brueghel*, je veux peindre encore ».

Si le roman s'ouvre sur la description de l'oppression des Pays-Bas par les envahisseurs, à laquelle correspondent les craquements douloureux du corps de Brueghel, il est de part en part traversé par de semblables scènes de répression individuelle ou collective qui ont pour effet d'exaspérer son désir de vivre et de peindre le réel. Plus les tentatives d'écrasement, dont témoigne symptomatiquement sa terrible maladie, s'acharnent à le réduire au silence, à le plier, à l'attacher, plus il crie, bondit et s'en va.

Un souvenir affleure à la mémoire du mourant, celui d'une scène qui aurait pu, par la bêtise et la haine dont elle est porteuse, briser son âme d'enfant. Lors d'une promenade avec son amie d'école – Boontje –, Pieter caresse d'une graminée les fesses dénudées de la petite en train de « faire pipi ». Son geste, rapporté par un berger bavard, entraîne la réprobation du village. Poussant la réprobation commune jusqu'au rejet personnel, son père lui dit alors qu'il n'est pas son fils, mais un enfant trouvé. La révélation, niée par la mère, signe l'exclusion brutale du noyau familial de celui qui, sans même s'en rendre compte, n'a pas suivi les règles et les interdits qui en fondent la stabilité. Que l'affirmation paternelle soit exacte ou non, ce que Brueghel ignorera toujours, est secondaire au regard du rejet qui préside à son énonciation. Les premières manifestations du désir, liées à la découverte de la nudité de la petite, sont sanctionnées par la perte de l'amour et par un retrait d'identité. Ce ne sont plus les Espagnols ici, c'est le père qui tue ce qui lui résiste. Il tue l'image du petit garçon aimé de ses parents, il fait s'effondrer les repères qui fondent sa jeune personnalité ; il aurait pu écraser dans l'œuf le désir qui sourd. Si ce meurtre n'est pas réel, le texte en parle cependant en des termes qui permettent de lire dans cet épisode une des causes de la maladie qui torturera le narrateur ; la chair aussi y est touchée, non par les armes mais par les mots. La maladie de Brueghel en prend un sens supplémentaire, devient la marque d'un mal qui pèse sur les hommes, fait de haine, de bêtise, d'oppression.

Mais Brueghel ose « aller ouvertement au bout de (sa) folie » (p. 14). Il quitte de lui-même la ferme, entérinant par ce geste la sentence paternelle qui l'en a de toute façon arraché et se met à « dessiner comme un fou » (p. 33), de l'extérieur, la maison perdue. C'est aussi bien la part perdue de son être « coupé en deux » qu'il recrée dans son croquis avec une force assurée ; la colère se transforme en folie créatrice. Celui qui n'est plus personne et qui ignore d'où il vient va se donner par la peinture un nom nouveau ; seuls ses actes désormais témoigneront de ce qui lui reste d'être. Le dessin qui suit croque une masse d'enfants pris par leurs jeux, masse dont il vient d'être en quelque sorte exclu, que son œil découpe en tableau et qu'il comprend pour la première fois, dans un mélange de joie et de tendresse qui lui fait jeter en l'air sa casquette (p. 35), comme il fera encore dans sa chambre de malade (p. 15), face au mystère de son désir pour sa femme, renaissant au moment même du grand départ.

Un autre épisode, situé au troisième et au quatrième chapitre, reprend ce grand thème de l'inversion de la destruction en création, qui scande le récit. Nous y retrouvons les éléments relevés déjà dans la première scène de l'enfance. A la promenade champêtre et érotique du garçon en compagnie de Boontje, succède l'initiation de l'adolescent à l'amour physique, lors d'une fête de Noël passée au bourg voisin. Aux paroles meurtrières du père, se substitue une expédition punitive, en son absence, des Espagnols dans son village natal. Une fois encore, « la mort et le plaisir étaient étroitement liés » (p. 44). Revenus de Genk, Pieter et son ami Karel ne trouvent que cendres et cadavres découpés, égorgés. L'enfance assassinée une deuxième fois s'illustre de la double mort des Boontje : d'un côté, le « cri de morte » de la petite fille, égorgée, du sang caillé entre les cuisses écartées ; de l'autre, l'œil agonisant de la vache préférée de Pieter, nommée Boontje aussi en souvenir de son amour passé, et que la catastrophe fait pleurer comme une femme. Les motifs de la folie et de l'identité perdue, discrètement présents dans la première séquence, se développent ici dans deux scènes, une de folie réelle, l'autre de folie « créatrice ». Karel, dénudé, « comme possédé du démon » (p. 49), hurle, bondit dans tous les sens, les yeux hors de la tête : « il ne pouvait plus supporter d'être lui, c'est évident » (p. 49). Un feu d'un autre ordre anime Brueghel qui quitte à jamais les lieux dévastés, inversant l'horreur en ardeur : « Mon horreur, soutenue par la révolte et la haine (sentiments qui m'étaient inconnus jusqu'alors), débouchait sur un besoin fou de création » (p. 47). Tous ses dessins sont brûlés dans l'incendie de la ferme : « la destruction de mon travail était stimulante (...). La catastrophe correspondait pour moi à un solennel commencement » (p. 49). La mort d'un petit enfant sur la route de l'exil peut symboliser la mort de l'enfance de Pieter liée au départ vers un destin nouveau : « je marchais, je m'étendais au revers d'un fossé (comme le bébé trouvé qu'il fut jadis), j'étais malheureux, heureux, désespéré, brûlé d'espoir » (p. 55).

Au premier et au dernier chapitre, Brueghel se sépare de la vie et de sa femme, au deuxième, de sa ferme natale – Ooievaarsnest, nid de cigognes –, au troisième, de son village brûlé. Le motif de la coupure s'allie à celui de la folie pour marquer chaque séparation. L'image de l'être « coupé en deux » par le « mensonge vrai » du père est reprise au moment de l'exil : « on me tranchait en deux pour me contraindre à l'oubli » (p. 55). A la fin du chapitre IV encore, la grossesse de la miniaturiste Madame Coecke, devenue sa protectrice, le « coupe de (son) passé » et « range au fond de (son) cerveau les images de l'enfance, séparées de (lui) par un *coup de lance imaginaire* ». C'est à ce moment qu'il tentera d'apprivoiser son image d'adulte, découverte pour la première fois dans un miroir (p. 62). Comme au deuxième chapitre, le regard de l'exclu découpe en tableaux le spectacle du monde, non pour le rejeter à son tour, mais pour en dégager par la peinture la logique souveraine, la cohabitation d'extrêmes inconciliables – vie et mort, jouissance et horreur – pour se créer lui-même en le recréant, pour nommer, fou d'impatience et de désir, son enfer intérieur. C'est le « démon », l'enragé, l'autre en lui qui peint, au point qu'il serre ses « croquis au fond de (son) sac avec des précautions de brigand qui vient de s'emparer d'un trésor » (p. 55).

Si Brueghel, par ses œuvres, s'invente un nom et une identité, il se trouve aussi une nouvelle famille, spirituelle, en la personne des époux Coecke, auxquels il a été recommandé par le maître de ses parents, le Comte de Hornes (p. 82). Par les identifications sociales et culturelles qu'il propose, le nouveau milieu auquel il est introduit l'aide à donner consistance à ce double inconnu, adulte, découvert dans le miroir et à cicatriser les coupures internes infligées par l'histoire, les parents, la communauté. Cette nouvelle famille, élégante, artiste, puissante, verse de l'eau au moulin des rêves de « l'enfant trouvé » : il s'imagine être au moins un descendant des dieux, voire de Dieu, puisque sa facilité à apprendre l'hébreu le fait « réfléchir (...) sur ses origines » (p. 64) et le conforte, par la dénégation des blessures de l'enfance, dans la transformation d'un passé détruit en avenir fécond.

D'autres séparations pourtant affecteront encore la vie du peintre, ravivant les coupures anciennes, relançant le désir de créer. Bien qu'elles ne soient pas toujours le fait d'une intention meurtrière, elles interviennent chaque fois avec en arrière-fond les massacres qui font rage dans le pays. Le décès de *Peter* Coecke (chapitres VI et VII), le protecteur du jeune *Pieter*, crée dans l'univers reconstruit de celui-ci une nouvelle « fracture mentale » (p. 96). Mais le deuil qu'approfondissent les glaces de l'hiver et la fureur des temps, une fois de plus, se transforme en travail « enragé » : « je me suis aussitôt mis au travail avec fureur ». La perte éprouvée en la personne de Peter Coecke s'inscrit dans la suite des arrachements vécus par le héros au point qu'il projette pour la première fois de revoir, à l'occasion de l'enterrement, son village natal brûlé par les Espagnols. Rien n'y est plus comme autrefois, la perte est consommée et Pieter « pleure » en même temps qu'il tremble de joie et de désir. « Jeune, ardent », il conclut qu'« il est grand temps de se mettre au travail ».

Au chapitre suivant, un nouveau départ, à la veille d'un voyage d'études en Italie qui durera deux ans, s'accompagne d'une fessée cruelle administrée par sa mère à la petite Mayken Coecke qui refuse au peintre son adieu. Cette scène, contrepoint de la promenade érotique avec Boontje et de la punition qui la suit, lie une fois encore désir et arrachement : « Quitter mon pays, c'était couper mon individu en deux. Abandonner une de mes formes pour entrer dans une autre qui m'était inconnue encore » (p. 104).

A la charnière de deux pays, de deux époques, le Moyen Age et la Renaissance, « la nostalgie des Flandres quelque part entre la gorge et le ventre », mais « le cerveau et la main de dessinateur indemnes » (p. 110), Brueghel, à l'extrême opposé de sa mentalité, découvrira l'élément qui cicatrisera son être déchiré et donnera à son œuvre l'unité à laquelle il aspire : la couleur. A partir de cet épisode, le motif de l'unité s'impose dans le récit et modifie sans s'y opposer, puisqu'il en procède, le motif de la coupure. C'est une partie « jusqu'alors bouchée » (p. 113) de son imagination qui explose grâce à la découverte de la couleur : « j'étais parfaitement capable d'agir désormais comme un homme coupé dans le sens de la longueur dont on aurait sommairement recollé les moitiés. J'étais moi d'un côté. J'étais également moi de l'autre (...). Voilà du bon travail, Pieter, disais-je à mon reflet dans le miroir » (p. 115).

La fécondité de sa liberté et de sa solitude le conduisent à penser que la voie de l'inspiration se trouve dans l'exil et qu'il faut peut-être vivre loin de chez soi pour « s'inventer de nouvelles racines » : « J'abandonnais en arrière une peau morte, une enveloppe écorchée qui jusqu'alors avait porté mon nom par fraude. Maintenant naissait le vrai Pieter » (p. 122). Les appels au retour de Madame Coecke qui lui envoie un portrait troublant de sa fille et la défection de son compagnon de route Martin de Vos le confortent dans sa décision de rester éloigné des chaînes, souvent abêtissantes sous couvert d'affection, tendues par ses semblables. Mais il s'agit de devenir autre et vivre ailleurs n'y suffit pas. C'est parce qu'il l'a totalement perdue que la Flandre, après ces deux années d'absence, traverse sa mémoire, mais changée, mais rutilante de couleurs. Il y revient autre lui aussi.

Les anciennes défroques de la personnalité du peintre achèvent de tomber lors de la contemplation de *l'Agneau mystique* de Van Eyck, auquel les couleurs donnent l'unité : « de vieilles ombres défroquées tombaient à mesure à mes pieds. Et je devenais mystérieusement *un* à force de contemplation. J'étais enfin *moi*. Et je savais qu'en me déplaçant désormais à travers le temps, à travers l'espace, à travers ma propre mentalité, rien ne serait capable de m'arracher le *un* et le *moi* » (p. 128). La séparation d'avec son pays natal et la découverte de la Renaissance italienne le font naître peintre... et Flamand ! Traquant le choc des contraires et la schize de l'être, il fera de son œuvre « dans l'immédiat et pour toujours un unique tableau », répété de toile en toile avec d'infinies variations (p. 131). L'unité de l'être, « à la crête des contradictions » (Ph. Sollers), s'esquisse à l'horizon des tableaux et cette unité insaisissable, fragmentée, répétée, se marque de l'invention d'un nouveau nom.

Une scène de cruauté, encore, et d'obscurantisme, qui se solde par la mort, préside à la naissance de l'homme nouveau (chapitre IX). Le peintre assiste à une opération barbare pratiquée sur les aliénés par les médecins de l'époque : « On le ligotait sur son siège. On lui faisait un trou dans le crâne. On y enfonçait ensuite une tige en or munie à son extrémité d'un crochet. Et celui-ci (le médecin) s'employait à détacher puis extraire hors de la masse gélatineuse du cerveau un noyau compact aussi gros qu'un œuf de pigeon. Les savants avaient collé le terme de « pierre de la folie » à ce noyau. On le jugeait responsable des dérangements les plus variés sur le plan mental. En dépit d'un certain sentiment d'horreur, je me suis contraint à assister à plusieurs de ces interventions-là, souvent lentes, difficiles, mortelles » (p. 134).

L'aliéné en meurt. Brueghel, lui, suite aux croquis pris lors de ses visites à l'asile, entreprend sa première grande toile « en couleurs » dont la création équivaut pour lui à la mutilation subie par le malheureux fou : « *Ce premier tableau,* (...) était symbolique (...) tout s'est passé en réalité *comme si j'avais dû m'opérer moi-même.* Je m'étais imaginairement ouvert le crâne afin d'en fouiller le contenu avec une minutie scientifique très méritoire. J'avais réussi à en extraire le pourquoi et le comment du *reste de ma vie.* Dès lors je tenais dans le creux de ma main *ma pierre de folie* secrète (...) je me suis juré que mon énergie consisterait à l'exploiter, à la briser en mille morceaux, c'est-à-dire en mille tableaux dont chacun me représenterait en tout ou en partie » (p. 135).

Arracher le noyau du « pourquoi et du comment du reste de (sa) vie » pour le briser en mille toiles qui le représentent, n'est-ce pas rouvrir la cicatrice de l'enfance pour en saisir, dans une unité projetée hors de lui, la part aliénée ? Le peintre, par cette opération, se forge une identité nouvelle, symbolisée par l'inversion de deux lettres qu'il réalise sur son nom : Br*eu*ghel devient Br*ue*ghel (p. 135), alors que le roc de sa vérité condensé dans sa *pierre* de folie fonde son prénom. L'invention de son nom, nouvelle naissance, et la découverte de l'unité de son œuvre resituent le peintre sans feu ni lieu dans les générations ; il rêve alors qu'il noue un pacte nouveau avec ses parents morts : « Mon père et ma mère étaient étendus sur les chaumes, c'était la période des moissons (...). « Fils, comment vas-tu ? Fils, travaille, puisque Dieu t'a créé pour ça. » « Fils, tu es vraiment notre fils, nous te le jurons. » Et ils souriaient. Mais soudain leur sourire se dégradait jusqu'à l'os, de telle sorte qu'ils sont devenus là, deux squelettes apaisés, éternels » (p. 136).

Désormais, montrer l'envers des choses, c'est, pour le héros de Dominique Rolin, prendre acte du trou de mort inscrit au cœur de l'être par la blessure de l'enfance, se nommer à partir de cette séparation, d'où sourd l'énergie créatrice qui le fera, à son tour, père de ses œuvres. Le rêve de reconnaissance de paternité vient, au prix de l'acceptation de la mort, signer la traversée et la mise à nu du noyau de folie dont les fragments extraits produiront l'œuvre future. C'est le fou désormais, son double, la « moëlle de sa moëlle », « diable exalté, tragique et rieur » (p. 138) qui mène la danse : « Le démon me répétait que jusqu'alors mes deux moitiés avaient vécu séparées. L'exploration des couleurs me permettrait de les souder, c'est-à-dire de retrouver une vieille, vieille unité, perdue sans doute depuis l'enfance » (p. 138). Mais si la première moitié de l'être, gouvernée par l'œil et la main, maîtrise la création, l'autre ne cesse de « douter, souffrir, enrager en contrepoint » (p. 139) ; « vivre-mourir pouvait s'écrire en un seul mot » (p. 146). Le thème de la fructueuse tension des contraires et de l'inversion de la destruction en forces de vie, soutenu par les motifs du double et de la coupure, continuera à développer son impeccable et discrète logique à travers les divers chapitres : Flora, sa menteuse maîtresse, le quitte et cette rupture consume le détachement du héros avec le mensonge du père, qui avait fait de lui un être « coupé en deux ». Les premières attaques de la maladie soulignent la scission entre le corps souffrant et l'esprit, la main, l'œil créateurs (chapitre XI). Les grossesses de sa femme, la naissance de ses enfants et la création de son œuvre se doublent de l'enfantement en lui de sa propre mort (chapitre XII).

L'ultime séparation avec lui-même qu'opère pour Brueghel la mort (chapitres I et XIV) fera rebondir encore l'énergie créatrice du paralysé qui rêve qu'il vole (p. 206). « Moi, Pieter Brueghel, je veux peindre encore » : l'artiste se consume dans son œuvre qui, à son tour, l'anéantit. C'est elle désormais qui prend la place de son double et qui porte son nom : « L'univers était peint : je lui avais simplement ajouté mon paraphe. En retour, à la façon d'un reflet plus vivant que la réalité, il m'anéantissait. Dieu n'était pas loin » (p. 184). L'œil et le pinceau du peintre rouvrent dans chaque toile la cicatrice et font chanter encore, de tableau en tableau, l'éclat perdu : « Avec *Le dénicheur*, je repérais au fur et à mesure une espèce de cicatrice mince traversant ce nouveau paysage de part en part. Mais une telle cicatrice était la projection pure et simple d'une autre cicatrice, mince et pâle également, découverte sur une partie de mon propre corps. Il fallait rouvrir celle qui occupait l'espace peint. Il fallait rouvrir aussi l'autre (...). Et tout à coup, le miracle a eu lieu. Le coin du paysage peint s'est ouvert. Sans avoir besoin de quitter mon tabouret, je me suis enfoncé irrésistiblement à l'intérieur de l'espace où scintillait le feuillage d'un seul arbre, un saule je crois » (p. 181).

ÉCRITURE D'UNE ŒUVRE : CONCEPTIONS ESTHÉTIQUES DU BRUEGHEL DE DOMINIQUE ROLIN

Les pages qui suivent cernent dans le roman de Dominique Rolin quelques nœuds métaphoriques qui condensent la conception qu'elle se fait de l'esthétique de Brueghel. Tout un monde imaginaire et pictural, très articulé, se développe à partir de ces points de repère qui nous livrent la logique qui préside à la destinée qu'elle a voulu donner à son héros.

L'os

Un motif phantasmatique, celui de l'os, résume une des voies de la recherche artistique et éthique du peintre. Par l'os, l'univers foisonnant de Brueghel est reconduit à sa mort. Faire apparaître l'os, c'est réduire l'apparence paisible et jouisseuse, ou sanglante et agressive, des hommes et des choses à son squelette, c'est-à-dire à sa vérité. L'ossature, tel un axe de mort, fait « retourner » l'univers à son envers et met au jour son néant. C'est à partir de ce squelette, secret « de structure morale », « volé » par le peintre à l'univers, que cœxistent dans une tension extrême vie et mort, érotisme et horreur, cris et silence. A partir de lui, et non de l'apparence, s'organisent formes et volumes : « la peau est là pour dissimuler grossièrement la vérité de la forme », me suis-je entendu bredouiller entre haut et bas » (p. 60). Ramener un élément à son ossature, c'est mettre à nu sa vérité, au-delà des passions, des illusions, des aliénations : « Quand je la serrais (dit-il d'une femme osseuse), je devenais soudain calme, presque heureux, car j'avais l'impression de baiser la Mort en personne » (p. 123).

La reconnaissance intime par le peintre de la cruauté, de l'horreur, de la dérision, qui forment l'ossature, devenue visible dans ses toiles, de l'expérience humaine, signe l'unité de l'œuvre et organise le dynamisme créateur : « en fait, la sécheresse de mon sang, oui, était branchée sur l'os, donc sur la mort » (p. 111).

L'envers

Les toiles du peintre présentent une tension, sans hiérarchie, de chaque motif et de son contraire : « (ma main) essayait de peindre à larges traits *l'envers* de l'intimité paisible dont je jouissais» (p. 199). La décision prise par Brueghel de se tenir à la pointe d'extrêmes inconciliables, de les nommer l'un et l'autre, de les faire s'entrechoquer, jaillir du néant pour les rendre l'un par l'autre au néant, apparaît dans le récit à l'occasion de chaque nouvelle expérience de vie et de l'élan créateur qui lui est lié. Ainsi le même chapitre décrira une révolte de femmes anversoises suivie de la toile qui en naîtra, *Dulle Griet*, Margot la Folle, et d'autre part la découverte de la *Vierge à l'enfant* de Michel-Ange à Bruges. A l'Enfer et au cauchemar symbolisés par *Dulle Griet* répond la « fusion mystérieuse » de l'Enfant Tout-puissant avec sa mère, versant inverse de celui de la « grande païenne », solitaire et osseuse. Le peintre, créateur, s'identifie à l'Enfant-Roi, comme il s'identifiait à Margot l'Enragée dans son souhait d'être, lui aussi, une femme destructrice.

Si la *Vierge à l'Enfant* de Michel-Ange forme l'envers de *Dulle Griet* et par là en révèle le sens, elle trouvera à son tour son envers dans la Vierge espagnole de Notre-Dame de la Chapelle à Bruxelles, « momie » maigre, « sans pitié », « cadavérique », qui ressemble à *Dulle Griet*, (sa) grande païenne » (p. 16). L'écriture de Dominique Rolin, par les parallélismes construits des séquences, ancre formellement ce grand thème esthétique de *l'envers* et les identifications du peintre à chaque aspect du monde et à son contraire, lui qui se sent investi de la mission de « rendre compte de *l'autre versant* de la terre » (p. 138). Au fil des chapitres, le lecteur rencontre les mendiants pouilleux le long de l'Escaut, limpide et majestueux, le peuple affamé et torturé ici, les salons à la mode là, la petite servante Flora à Anvers, la jeune épouse Mayken à Bruxelles, la mort jointe à la vie, les kermesses tonitruantes sur les champs silencieux, l'enfance qui existe, qui n'a jamais existé, le corps qui souffre, la main qui crée. Tout le récit est traversé par ces expériences autour desquelles se crispe ou se déploie la terreur et la joie de vivre, de peindre, du narrateur. Les ruminations de sa vache préférée deviennent les siennes, l'odeur de la bruyère de l'enfance le trouble à la fin de sa vie, émanée de la robe de sa femme, les larmes dans la barbe chatouillent comme les graminées champêtres, la porcelaine blanche du pot de chambre évoque la fraîcheur d'un œil. Chaque motif du récit comme chaque sujet des tableaux ne parle, à l'endroit, à l'envers, que d'un homme nommé Brueghel. Et le retournement du réel, but du travail de « traversée des apparences » poursuivi par le héros, infléchit aussi le récit de Dominique Rolin : « écrire le lieu problématique pour le rendre plus souplement visible et lisible, *le retourner lentement, patiemment, vers le néant* où il s'abîme », dira la narratrice de *L'Infini chez soi.*

L'identification

L'envers du spectacle sondé par le regard du peintre est donc l'homologue de l'envers de l'image de lui-même qu'il offre, c'est la « grotte mentale » invisible de *L'Enragé.* Dégager l'ossature de l'univers, c'est pour le peintre, « traverser de part en part (sa grotte mentale) et atteindre, de l'autre côté, un sommet libérateur ». Se retrouve ici, rejouée du monde au sujet, la fonction de réversibilité de l'endroit et de l'envers. Quel que soit le motif figuré sur la toile, l'unique sujet du tableau, c'est « le moi éveillé du moi endormi » du peintre dont les rêves (et non la vie qui est un songe) lui révèlent parfois le réel brûlant et dont chaque toile fait luire le bref éclat. Si le peintre maîtrise sa vision et sa création (« je regardais, donc je dominais »), il est aussi l'objet dont cette dernière est faite : « je voyais, oui. Mais, avant tout, j'étais vu » (p. 121). « Je fais sur place une série de gesticulations de *marionnette* pour expliquer au paysage que je suis devenu *sa chose* » (p. 204). L'ossature des Alpes, c'est la sienne ; ses gouffres insondables répondent du dehors à la douleur d'enfer de ses articulations (« l'épine dorsale d'un paysage soulevé, brisé, tordu, devenait la mienne. Des os me poussaient partout, crevaient ma peau » (p. 121) et à « l'enfer qu'en réalité (il) port(e) au fond de (lui) » (p. 97). Chaque toile est un fragment de sa « pierre de folie » enfin trouvée. Obliger le paysage « à se retourner, à offrir son envers » (p. 183) équivaut donc à la mise au jour de la « fracture mentale » dont il est fait ; c'est nommer et aimer, en s'y coulant, l'enfer de son être.

Si son corps malade accouche de la mort comme sa femme accouche de la vie (p. 99), il crée une œuvre qui l'anéantit à son tour, car l'acte créateur l'y a fait passer tout entier : « la nature m'imitait, prenait mon style. Mon œil de peintre avait été assez puissant et têtu pour obliger le monde à se retourner, m'offrir son envers (...). L'univers était peint : je lui avais simplement ajouté mon paraphe. En retour, à la façon d'un reflet plus vivant que la réalité, il m'anéantissait. Dieu n'était pas loin » (pp. 183-184).

La couleur

La couleur, découverte par Brueghel en Italie, aux antipodes de la Flandre, c'est le retour de ce qu'il a perdu depuis l'enfance, jaillissement brillant hors du trou noir de la mémoire : « le choc vécu par mon inconscient jaillissait d'une fosse de l'imagination jusqu'alors bouchée. Et celle-ci se parait soudain des couleurs de l'arc-en-ciel, nourissait mes pinceaux futurs, ruisselait, s'étalait, jouissait » (p. 113).

Si « l'os » est la structure, la couleur, c'est du réel : « si j'étalais mes couleurs sur la toile, on pouvait dire aussi que je manipulais *en direct* du brouillard, un brouillard vivant, presque charnel, et des arbres, et des visages oubliés puis retrouvés, des maisons, des soldats, des mères en larmes, des enfants suppliciés » (p. 174).

L'univers peint dont la structure laisse apparaître les contradictions est soudé par la découverte de la couleur. Grâce à elle, le néant (« l'homme n'est rien ») (p. 138) s'inverse en création rutilante. De l'axe mortel jaillissent les couleurs, comme de la pupille, trou noir de l'œil. D'une part, l'unité colorée du tableau reflète son être enfin cicatrisé : « le démon me répétait que jusqu'alors mes deux moitiés avaient vécu séparées. L'exploration des couleurs me permettait de les souder, c'est-à-dire de retrouver une vieille, vieille unité, perdue sans doute depuis l'enfance » (p. 138). D'autre part, partagées selon la construction du tableau, les couleurs participent à la monstration du choc des contraires : « chaque fait m'était enseigné autant par le dehors que par le dedans. Le bon, le mauvais. La présence et l'absence de Dieu. Le silence, les plaintes. Les puissants, les misérables. L'homme, la femme. Les vieux, les jeunes. Exprimer un nombre incalculable d'extrêmes, tel serait mon rôle. Chaque soir, une fois couché, les couleurs prenaient sous mon front l'allure de personnages de tragédie ou de carnaval. Les couleurs s'affrontaient, se mêlaient, gagnaient la victoire ou sombraient dans la défaite. J'assistais à leur combat avec enthousiasme » (p. 141).

Le sang

La traversée de son enfer intérieur conduit le peintre à déboucher sur un envers du néant, brillant et coloré, à la pointe de la joie. L'ossature du néant et son envers coloré, dits dans leur tension, sont cependant fondés sur une absence : celle du sang. En effet, la cruauté de la mort qu'exprime le peintre se passe des effusions de sang : « le sang ne m'intéressait pas visuellement. Je l'avais évité comme on évite certains sons, jugés inutiles, dans la composition d'une œuvre musicale (...). Pour atteindre un niveau de cruauté parfaite, la sécheresse absolue était de rigueur (...). L'horreur est sèche. Le sang la supprime » (p. 166). « La sécheresse de mon sang était branchée sur l'os, donc sur la mort. »

Si l'étude de l'ossature dit, mieux que l'expressionnisme du sang, l'horreur du réel, la couleur, d'une autre façon, prend le relais du sang : « un déluge de couleurs – comparable à un flot de sang pur – a jailli sous mes tempes, mon front et même ma gorge » (p. 130). Tandis que les Espagnols font couler le sang, les veines de Brueghel charrient, non du sang, mais des couleurs, « tout ce que je désire enfin ». Le sang en effet, c'est celui que font couler les membres du « Tribunal du Sang » (p. 187) et tous les oppresseurs qui font payer aux autres le prix de leur propre néant refoulé, de leur être dénié. L'accueil par le peintre de son enfer intérieur le conduit au contraire à la découverte de l'envers coloré du néant. Aussi, des blessures de l'enfance, ne coule pas le sang, mais la joie créatrice : « mon pinceau trempé de couleurs fouillait les replis oubliés de mon individu. Il y rouvrait de vieilles, vieilles plaies que j'avais cru cicatrisées à jamais. Il en voulait le sang, bien sûr, mais je m'obstinais à penser que le sang devait *être* sans être *là*. Et ma recherche, mon effort, ma fatigue m'apportaient une joie de maternité bien plus exigeante encore que celle de Mayken » (p. 170). La couleur transsubstantie la réalité du sang (son « être-là ») en réel (être) ; sa présence absente, invisible, soude le monde phantasmatique du peintre. La couleur dont il rêve en Italie, le peintre la contemple en Flandre, la reconnaît devant l'*Agneau mystique* des Frères Van Eyck : « je me laissais inonder par d'inépuisables profondeurs de foi chantante ou muette à qui les couleurs donnaient une formidable unité (...). Et je devenais mystérieusement *un* à force de contemplation » (p. 128).

Le regard

Le refus de la part du peintre d'imiter l'harmonie des visages et des corps que propose l'art italien de l'époque tient bien sûr à sa volonté d'accepter les deux faces du réel – « l'expression d'un cul en train de chier avait-elle moins d'importance qu'une bouche, une paire d'yeux ? » (p. 164). Il s'explique aussi par une recherche qui ne s'arrête pas à l'univers de la perception. Au-delà de l'observation de ce qui se présente dans le visible, l'œuvre du Brueghel rêvé par Dominique Rolin en scrute, « à son envers », le point de disparition, d'anéantissement, de jouissance tout aussi bien. Sa démarche est commandée par le regard. C'est dans ce qui se perd de la perception du monde, dans un en-deçà du visible, que s'abîme le regard du peintre, car il y trouve aveuglément ce qui a été soustrait de l'image de lui qu'il offre à la vision, la sienne et celle de ses semblables. La part perdue par le quadrillage, la découpe, qu'opère sur la réalité la perception, revient crever le tableau en un déferlement de lumière.

La toile intitulée *les Aveugles* montre au plus juste ce paradoxe qui fonde l'esthétique brueghelienne, puisque la lumière que les aveugles, trébuchant en chaîne dans leur nuit, ont perdue, revient dans un retournement, cruel, les baigner tout entiers. Mais elle sourd, cette lumière, non de leurs pupilles blessées, mais d'une source située dans le paysage qui les entoure. Ainsi, la courbure douce, comme celle d'un œil, de la campagne baignée de lumière, indique pour d'autres yeux, ceux du spectateur de la toile, ce qu'ont perdu les mendiants représentés. Quant à nous qui admirons le tableau, avouons que la beauté dorée du paysage paisible qui contraste avec ces êtres hagards et la pitié inspirée par leurs épreuves nous voile heureusement, comme dans la catharsis antique, le cruel paradoxe entr'aperçu.

ÉLÉMENTS BIOGRAPHIQUES

1913 : Le 22 mai : naissance à Ixelles de Dominique Rolin. Son père, Jean Rolin, est directeur de la Bibliothèque du ministère de la Justice. Sa mère, Esther Cladel, fille du romancier français Léon Cladel, est professeur de diction.

1932-1935 : Etudes de bibliothécaire à l'Ecole de Service Social, rue du Grand-Cerf ; thèse sur la littérature enfantine. Découverte des romanciers anglo-saxons, Dos Passos, Faulkner.

1934 : Elle écrit sa première nouvelle, *Repas de famille*, publiée dans *Le Flambeau*.

1934-1940 : Dix nouvelles sont publiées dans *Cassandre*.

1936 : *La Peur* reçoit le Prix de la Nouvelle, décerné par la revue *Mesures* (animée par Jean Paulhan).
Elle écrit puis détruit un premier roman, *Les Pieds d'argile*.

1937 : Mariage.

1938 : Naissance de sa fille Christine.
Travail de bibliothécaire à l'Université Libre de Bruxelles jusqu'en 1946.

1938-1939 : Rédaction des *Marais*.

1942 : Denoël publie *Les Marais*. Le roman est lancé par Jean Cocteau et Max Jacob.

1946 : Départ pour Paris.
Le Seuil publie *Les Deux Sœurs*.
Rencontre de Bernard Milleret. Vie commune pendant dix ans.

1952 : *Le Souffle* obtient le Prix Fémina.

1957 : Mort de Bernard Milleret.

1960 : Fondation de *Tel Quel*. Influence décisive, sur l'écriture de Dominique Rolin, du Nouveau Roman, de Sollers, Sarraute, Joyce, Kafka. Dans un premier temps, la critique n'apprécie pas ce « nouveau style ».

1965 : Mort de sa mère.

1975 : Mort de son père.

1978 : *L'Enragé* paraît chez Ramsay et obtient le prix Franz Hellens.

1980 : Reçoit le Prix Kleber Haedens pour *L'Infini chez soi*.

1989 : Reçue à l'Académie royale de langue et de littérature françaises de Belgique où elle succède à Marguerite Yourcenar. Prix Roland de Jouvenel de l'Académie française pour *Vingt chambres d'hôtel*.

1991 : Grand prix Thyde Monnier de la Société des gens de lettres pour l'ensemble de son œuvre. Gallimard republie *Les Marais*.

1992 : Jean Antoine, auteur de deux excellentes émissions de télévision sur Dominique Rolin, achève un téléfilm (« Dominique Rolin, L'infini chez soi ») portant sur l'ensemble de son œuvre. Diffusion par la RTBF et FR3.

1993 : Exposition « Dominique Rolin, le temps approuvé » au Centre Wallonie-Bruxelles (Paris) et au Palais des Beaux-Arts (Bruxelles).

1994 : Grand Prix National des Lettres (France).

CHOIX BIBLIOGRAPHIQUE

1. OEUVRES

Les Marais, Denoël, 1942 ; réédition avec préface de l'auteur, Gallimard 1991.

Anne la bien-aimée, Denoël, 1944.

Les Deux Sœurs, Denoël-Seuil, 1946.

Moi qui ne suis qu'amour, Denoël, 1948.

L'Ombre suit le Corps, Seuil, 1950.

Le Souffle, Seuil, 1952.

Les Enfants perdus, Denoël, 1952.

Les Quatre coins, Seuil, 1954.

Le Gardien, Denoël, 1955.

L'Epouvantail, comédie dramatique, Gallimard, 1957.

Artémis, Denoël, 1958.

Le Lit, Denoël, 1960.

Le For Intérieur, Denoël, 1965.

La Maison la Forêt, Denoël, 1965.

Maintenant, Denoël, 1967.

Le Corps, Denoël, 1969.

Les Eclairs, Denoël, 1971.

Lettre au vieil Homme, Denoël, 1973.

Deux, Denoël, 1975.

Dulle Griet, Denoël, 1977.

L'Enragé, Ramsay, 1978.

L'Infini chez soi, Denoël, 1980.

Le Gâteau des Morts, Denoël, 1982.

La Voyageuse, Denoël, 1984.

L'Enfant-Roi, Denoël, 1986.

Trente ans d'amour fou, Gallimard, 1988.

Vingt chambres d'hôtel, Gallimard, 1990.

Bruges-la-vive, éd. Ramsay/de Cortanze, 1991.

Un convoi d'or dans le vacarme du temps, éd. Ramsay/de Cortanze, 1991.

Deux femmes un soir, Gallimard, 1992. (Réédition en « Folio », 1995).

Les géraniums, nouvelles de jeunesse et quelques autres, Ed. de la Différence, 1993.

Le jardin d'agrément, Gallimard, 1994.

Train de rêves, Gallimard, coll. L'Infini, 1994.

L'accoudoir, Gallimard, 1996.

La rénovation, Gallimard, 1998.

Conférence :

Comment on devient romancier, in *Les Annales*, décembre 1964.

2. TRAVAUX CRITIQUES

Frans DE HAES, *Deux pas de Dominique Rolin*, in *Cahiers internationaux du Symbolisme*, nos 37-39, 1979, pp. 195-200.

Frans DE HAES, *Le Péché oublié*, in *Mille et un soirs au Théâtre-Poème*. Bruxelles, Ed. du Théâtre-Poème, 1983, pp. 70-75.

Frans DE HAES, *A propos de « La Voyageuse »*, in *L'Infini* n° 6, 1984, pp. 123-125.

Frans DE HAES, *« Une espèce de coma frais ». « L'Infini chez soi » de Dominique Rolin*, in *Ecritures de l'imaginaire. Dix études sur neuf écrivains belges*. Bruxelles, Labor, coll. Archives du Futur, 1985, pp. 93-110.

Jacques-Gérard LINZE, *Dominique Rolin et l'exigence grandissante*, in *La Revue Générale Belge*, mars 1970, pp. 31-44.

Ginette MICHAUX, *La folie de Pierre. L'Envers dans l'Enragé de Dominique Rolin*, in *Ecritures de l'imaginaire. Dix études sur neuf écrivains belges*. Bruxelles, Labor, coll. Archives du Futur, 1985, pp. 111-125.

Frans DE HAES, Lecture de *La maison la forêt* de Dominique Rolin, Labor, coll. Espace Nord n° 78, 1992.

Le bonheur en projet. Hommage à Dominique Rolin. Etudes et témoignages rassemblés par Frans De Haes. Choix bibliographique abondant. Labor, 1993, coll. Archives du Futur.

Dossier : Dominique Rolin. Etudes réunies par Paul Renard. In : *Nord'*, Revue de critique et de création littéraire du Nord/Pas-de-Calais, n° 27, juin 1996.

TABLE DES MATIÈRES

Achevé d'imprimer
sur les presses de l'imprimerie CAMPIN
à Tournai (Belgique)
en décembre 1999
pour le compte des éditions LABOR